A FORÇA

QUE NOS ATRAI

Obras da autora publicadas pela Editora Record

ABC do amor
Arte & alma
As cartas que escrevemos
No ritmo do amor
Sr. Daniels
Vergonha
Eleanor & Grey
Um amor desastroso

Série *Elementos*
O ar que ele respira
A chama dentro de nós
O silêncio das águas
A força que nos atrai

Série *Bússola*
Tempestades do Sul
Luzes do Leste

Com *Kandi Steiner*
Uma carta de amor escrita por mulheres sensíveis

BRITTAINY C. CHERRY

A FORÇA
QUE NOS ATRAI

Tradução de
Priscilla Barboza

4ª edição

2022

CIP-BRASIL. CATALOGAÇÃO NA PUBLICAÇÃO
SINDICATONACIONALDOS EDITORES DELIVROS,RJ

C392f   Cherry, Brittainy C.
4ª ed.   A força que nos atrai / Brittainy C. Cherry; tradução de Priscilla Barboza. –
    4ª ed. – Rio de Janeiro: Record, 2022 ·

    Tradução de: The Gravity of Us
    ISBN 978-85-01-11121-0

    1. Romance americano. I. Barboza, Priscilla. II. Título.

                        CDD: 813
17-45581   CDU: 821.111(73)-3

TÍTULO ORIGINAL:
THE GRAVITY OF US

Copyright © 2017. The Gravity of Us by Brittainy C. Cherry.

Publicado mediante acordo com Bookcase Literary Agency.

Texto revisado segundo o novo Acordo Ortográfico da Língua Portuguesa.

Todos os direitos reservados. Proibida a reprodução, no todo ou em parte, através de quaisquer meios. Os direitos morais da autora foram assegurados.

Direitos exclusivos de publicação em língua portuguesa somente para o Brasil adquiridos pela
EDITORA RECORD LTDA.
Rua Argentina, 171 – Rio de Janeiro, RJ – 20921-380 – Tel.: (21) 2585-2000, que se reserva a propriedade literária desta tradução.

Impresso no Brasil

ISBN 978-85-01-11121-0

Seja um leitor preferencial Record.
Cadastre-se no site www.record.com.br e receba
informações sobre nossos lançamentos e nossas promoções.

EDITORA AFILIADA

Atendimento e venda direta ao leitor:
sac@record.com.br

Para o amor,
e todas as mágoas que o derrubam.
Para o amor,
e todas as palpitações que o elevam.

Prólogo

Lucy

2015

Antes de minha mãe falecer, há cinco anos, ela deu três presentes para mim e minhas irmãs. Na varanda da casa da minha irmã Mari está o presente dela, a cadeira de balanço feita de madeira, pois nossa mãe vivia preocupada com o fato de sua mente estar sempre acelerada. Mari era a filha do meio e sempre tinha a sensação de que estava deixando de fazer algo, o que muitas vezes a deixava em um limbo. "Se você não parar de pensar demais nas coisas, sua cabeça vai ficar sobrecarregada, minha filha. Tudo bem se você desacelerar de vez em quando", nossa mãe dizia. A cadeira de balanço era um lembrete para Mari não correr tanto, aproveitar mais a vida e não deixar que ela passasse sem ser vivida.

Nossa irmã mais velha, Lyric, ganhou uma caixinha de música com uma bailarina. Quando éramos crianças, ela sonhava em ser dançarina, mas à medida que os anos foram passando, ela desistiu desse sonho. Nossa mãe sempre foi um espírito livre, e Lyric começou a se ressentir da ideia de escolher uma carreira com base em suas paixões. Mamãe vivia da forma mais apaixonada possível e, às vezes, isso significava não saber se teríamos comida no jantar. Quando ela não conseguia pagar o aluguel, empacotávamos nossas coisas e íamos para a nossa próxima aventura.

Ela e Lyric brigavam o tempo todo. Eu achava que minha irmã se sentia responsável por nós, como se precisasse assumir o papel de mãe da própria mãe. Mari e eu éramos jovens e livres; adorávamos aventuras. Mas Lyric, não. Ela odiava não ter um lugar seguro, um lar; odiava o fato de nossa mãe não ter uma vida estruturada. A liberdade dela era a sua prisão, e Lyric detestava isso. Assim que pôde, ela nos deixou e se tornou uma advogada de sucesso. Eu nunca soube o que aconteceu com a caixinha de música, mas eu tinha esperanças de que ela ainda a guardasse. "Dance sempre, Lyric", minha mãe dizia. "Dance sempre."

O presente que ela me deixou foi seu coração.

Era uma pequena joia que ela usava no pescoço desde adolescente, e eu me senti honrada por recebê-la. "É o coração da nossa família", ela disse. "De um espírito livre para outro, para que você nunca se esqueça de amar intensamente, minha Lucille. Preciso que você mantenha a nossa família unida e esteja sempre ao lado de suas irmãs nos momentos difíceis, está bem? Você será o porto seguro delas. Sei que será assim, porque o amor que existe dentro de você já é intenso demais. Mesmo as almas mais sombrias conseguem se iluminar com o seu sorriso. Você protegerá essa família, Lucy, tenho certeza disso, e é por essa razão que não tenho medo de dizer adeus."

O cordão não saiu do meu pescoço desde que ela faleceu, e naquela tarde de verão eu o segurava com firmeza ao olhar fixamente para a cadeira de balanço da Mari. Ela havia ficado muito abalada com a morte da nossa mãe, e tudo o que havia aprendido sobre espiritualidade e liberdade parecia não fazer mais sentido.

— Ela era tão jovem — disse Mari no dia que mamãe morreu. Minha irmã acreditava que todo mundo deveria viver para sempre.

— Não é justo — gritou ela.

Eu tinha apenas 18 anos, e Mari, 20. Na época, parecia que o sol havia sido roubado de nós, e não tínhamos ideia de como seguiríamos em frente.

— *Maktub* — sussurrei, abraçando-a bem forte. A palavra estava tatuada em nossos pulsos, e significa "está escrito". Tudo na vida acontecia por uma razão, exatamente como tinha que ser, não importava o quanto fosse doloroso. Algumas histórias de amor estavam destinadas a durar para sempre; outras, apenas um verão. O que Mari havia esquecido era que a história de amor entre uma mãe e uma filha dura para sempre, atravessa todas as estações.

A morte não podia mudar aquele tipo de amor, mas, depois que a nossa mãe faleceu, Mari abandonou sua natureza livre, conheceu um cara e se estabeleceu em Wauwatosa, Wisconsin — tudo em nome do amor.

Amor.

O sentimento que fazia as pessoas flutuarem e se estatelarem no chão. O sentimento que iluminava as pessoas e incendiava seus corações. O começo e o fim de cada jornada.

Quando fui morar com Mari e com o marido dela, Parker, eu sabia que não seria algo permanente. No entanto, isso não impediu que eu me sentisse completamente arrasada quando o vi saindo de casa naquela tarde. O ar do fim do verão era cortante, o frio do outono já espiava em meio às sombras. Parker não tinha me visto atrás dele — estava muito ocupado jogando algumas malas em seu sedã cinza.

Em seus lábios contraídos havia dois palitos de dente, e ele usava um lenço dobrado no bolso esquerdo do terno azul-marinho feito sob medida, com caimento perfeito. Quando ele morresse, com certeza ia querer ser enterrado com todos os seus lenços de bolso. Ele tinha essa estranha obsessão, assim como a coleção de meias. Eu nunca tinha visto alguém passar a ferro tantos lenços e meias antes de conhecer Parker Lee. Ele me disse que isso era algo normal, mas sua definição de normalidade divergia da minha.

Por exemplo: comer pizza cinco dias na semana era normal para mim, enquanto Parker afirmava ser uma ingestão desnecessária de carboidratos. Isso deveria ter sido um grande sinal de alerta quando o conheci. Foram muitos durante aquele tempo. Um homem que não gostava de pizza, de tacos ou de usar pijama nas tardes de domingo não deveria ter cruzado o meu caminho.

Ele se inclinou em direção ao porta-malas e começou a reorganizar a bagagem, tentando abrir espaço.

— O que você está fazendo? — perguntei.

Minha voz o assustou, e ele teve um sobressalto, batendo com a cabeça na tampa do porta-malas.

— *Merda!* — Parker ergueu a cabeça e massageou a nuca. — Meu Deus, Lucy. Não vi você aí. — Ele passou as mãos pelo cabelo loiro-escuro antes de enfiá-las nos bolsos da calça. — Pensei que estivesse no trabalho.

— O pai dos meninos chegou em casa mais cedo — respondi, me referindo ao meu emprego de babá, enquanto observava o porta-malas do carro. — Você vai viajar a trabalho, tem algum congresso? Deveria ter me ligado. Eu teria voltado para casa...

— Isso quer dizer que você não vai receber o pagamento de hoje? — interrompeu ele, ignorando a pergunta. — Como você vai ajudar com as despesas? Por que não pegou mais turnos no café? — O suor escorria pela testa dele, o sol de verão castigando nossa pele.

— Pedi demissão do café há semanas, Parker. Não ganhava muito e pensei que, como você trabalha fora, eu seria mais útil ficando em casa.

— Caramba, Lucy. Isso é tão típico de você. Como pôde ser tão irresponsável? Especialmente com tudo o que está acontecendo? — Ele começou a andar de um lado para o outro, retorcendo as mãos com raiva, resmungando e praguejando, deixando-me ainda mais confusa.

— O que *está* acontecendo? — Dei um passo na direção dele. — Aonde você está indo, Parker?

Ele parou, e seus olhos se tornaram pesados. Alguma coisa mudou dentro dele. A irritação havia se transformado em remorso.

— Sinto muito.

— Sente muito? — Meu coração ficou apertado. — Por que está falando isso? — Eu não sabia o porquê, mas um buraco se abriu no meu peito, e uma avalanche de emoções tomou conta de mim. Eu já previa a desgraça que viria com suas próximas palavras.

— Não posso mais continuar com isso, Lucy. Simplesmente não posso.

O modo como ele pronunciou aquelas palavras me provocou um arrepio. Ele falava como se estivesse se sentindo culpado, mas as malas no carro demostravam que, mesmo assim, ele estava decidido. Na cabeça de Parker, ele já tinha ido embora havia muito tempo.

— Ela está melhorando — falei, com a voz embargada pelo medo e pela inquietação.

— É demais para mim. Não posso... Ela está... — Ele suspirou e massageou as têmporas com as palmas das mãos. — Não posso ficar aqui e vê-la morrer.

— Então fique e a veja viver.

— Não consigo dormir. Não como nada há dias. Meu chefe está pegando no meu pé porque meu rendimento no trabalho está caindo, e não posso perder esse emprego, principalmente por causa das despesas médicas. Trabalhei muito para ter o que tenho hoje e não posso correr o risco de perder tudo por causa disso. Não posso me sacrificar mais. Estou cansado, Lucy.

Estou cansado, Lucy.

Como ele tinha coragem de dizer aquilo? Como ele tinha coragem de reclamar que estava cansado, como se fosse ele que estivesse em meio à maior luta de sua vida?

— Todos nós estamos cansados, Parker. Todos nós estamos tentando lidar com a situação. Vim morar com vocês para cuidar dela, para facilitar as coisas para você, e agora você simplesmente está desistindo dela? Do seu casamento?

Ele não disse nada. Meu coração... ficou devastado.

— Ela sabe? Você contou a ela que está indo embora?

— Não. — Ele balançou a cabeça, envergonhado. — Ela não sabe. Achei que seria mais fácil assim. Não quero que ela se preocupe.

Bufei, chocada com as mentiras de Parker e espantada com o fato de ele acreditar nelas.

— Sinto muito. Deixei um dinheiro na mesinha do hall. Vou ligar para você para saber se ela está bem, se tem todo o conforto de que precisa. Posso até transferir mais dinheiro, se for necessário.

— Não quero o seu dinheiro — falei, com a voz nem um pouco comovida pela expressão de dor no rosto de Parker. — Não precisamos de nada que venha de você.

Ele abriu a boca para falar, mas a fechou rapidamente, incapaz de dizer qualquer coisa que pudesse amenizar a situação. Observei cada passo que ele dava em direção à porta do carro e o chamei. Parker parou, sem se virar para mim, mas eu sabia que ele estava prestando bastante atenção em minhas palavras.

— Se você abandonar a minha irmã nesse momento, não precisa mais voltar. Não precisa ligar quando estiver bêbado ou triste e quiser notícias. Quando ela vencer esse câncer, e ela *vai* vencer, não tente voltar e fingir que a ama. Estamos entendidos?

— Sim.

Foi a mesma resposta que ele deu quando prometeu a Mari que a amaria na saúde e na doença. Aquela mesma palavra agora estava repleta de sofrimento, envolta em mentiras sujas.

Ele entrou no carro e acelerou. Fiquei em frente à porta da garagem por alguns instantes, sem saber como entrar em casa e contar para minha irmã que o marido dela a havia abandonado no meio da tempestade.

Meu coração se despedaçou novamente.

Eu estava arrasada pela minha irmã, uma inocente em um mundo repleto de crueldade. Ela tinha desistido de sua natureza livre para viver uma vida mais estruturada, e os dois mundos tinham dado as costas para ela.

Respirei fundo e segurei o pingente em forma de coração.

Maktub.

Em vez de fugir, como Parker havia feito, entrei para ver Mari. Ela estava deitada na cama, descansando. Sorri para ela, que sorriu para mim também. Ela estava tão magrinha... Seu corpo lutava dia após dia contra o fim. Uma echarpe envolvia sua cabeça, e os longos cabelos castanhos, agora, eram apenas uma lembrança. Às vezes, quando se olhava no espelho, ela ficava triste com isso, mas Mari não via o mesmo que eu. Ela era linda, ainda que estivesse doente. Seu verdadeiro brilho não podia ser roubado pelas mudanças em seu corpo, porque a beleza dela vinha da alma, onde somente luz e bondade residiam.

Ela ficaria bem, eu sabia que sim, porque era uma guerreira.

Cabelos cresciam de novo, ossos recuperavam a força, e o coração da minha irmã ainda estava batendo, o que era motivo suficiente para celebrar cada dia.

— Oi, Florzinha — sussurrei, indo até a cama. Deitei-me ao lado dela, e Mari se virou para mim.

Mesmo debilitada, ela conseguia sorrir todos os dias.

— Oi, Docinho.

— Preciso te contar uma coisa.

Ela fechou os olhos.

— Ele foi embora.

— Você sabia?

— Vi quando ele arrumou as malas. Ele achou que eu estivesse dormindo. — As lágrimas escorreram pelos cantos dos olhos ainda fechados de Mari. Por um tempo, ficamos apenas deitadas ali. A tristeza da minha irmã também trouxe lágrimas aos meus olhos, e as lágrimas que ela derramava também expressavam a minha tristeza.

— Você acha que ele vai sentir a minha falta quando eu morrer? — perguntou Mari. Toda vez que ela falava em morte, eu queria xingar o universo por estar fazendo mal à minha melhor amiga, à minha família.

— Não diga isso.

— Mas você acha que ele vai sentir minha falta? — Ela abriu os olhos e se aproximou de mim, segurando minhas mãos. — Lembra quando éramos crianças, e eu tive aquele sonho horrível com a mamãe morrendo? Passei o dia todo chorando, e depois ela teve uma conversa sobre morte com a gente? Sobre como a morte não é o fim da jornada?

— Sim, ela nos disse que a veríamos por toda parte: nos raios de sol, nas sombras, nas flores e na chuva. Que a morte não acaba com a gente, apenas nos desperta para algo maior.

— Você a vê? — sussurrou ela.

— Sim, em tudo. Em absolutamente tudo.

Um soluço escapou dos lábios de Mari quando ela concordou comigo.

— Eu também. Mas eu a vejo, principalmente, em você.

Aquilo foi a coisa mais especial que alguém já tinha me dito. Eu sentia falta da minha mãe todos os segundos, todos os dias, e ouvir Mari dizer que a via em mim significou mais do que ela poderia ter imaginado. Eu a abracei.

— Ele vai sentir sua falta. Ele vai sentir sua falta enquanto você estiver viva e saudável e também quando você partir. Ele vai sentir sua falta amanhã e quando você se tornar a brisa que toca o ombro dele. O mundo vai sentir sua falta, Mari, embora você ainda vá viver por muitos anos. Assim que você melhorar, vamos abrir nossa floricultura, está bem? A gente vai conseguir.

Minha irmã e eu sempre fomos apaixonadas pela natureza. Sempre sonhamos em abrir uma floricultura e, por isso, frequentamos a Milwaukee's School of Flower Design. Nós também nos formamos em administração de empresas, para que soubéssemos como tocar o projeto. Se não fosse o câncer, já teríamos aberto a nossa loja. Então, assim que a doença fosse derrotada, eu planejava fazer tudo o que estivesse ao meu alcance para tornar esse sonho realidade.

— Certo, Mari? Vamos fazer isso — insisti, na esperança de soar mais convincente e dar a ela um pouco de conforto.

— Certo — respondeu ela, mas a voz demonstrava incerteza. Os grandes olhos castanhos, os mesmos olhos de nossa mãe, transbordavam sofrimento. — Pode pegar o pote de vidro? E a bolsinha de moedas?

Suspirei, mas concordei. Corri até a sala, onde havíamos deixado o pote de vidro e a bolsinha de moedas na noite anterior. O pote de vidro, quase cheio, estava envolto por uma fita preta e rosa. Tínhamos começado a enchê-lo quando Mari foi diagnosticada com câncer, havia sete meses. Na lateral estava escrito PN, que significava Pensamentos

Negativos. Toda vez que uma de nós tinha um pensamento ruim, colocávamos uma moeda no pote. Cada pensamento negativo nos guiava para um ótimo destino: Europa. Assim que Mari estivesse melhor, usaríamos o dinheiro para fazer um mochilão pela Europa, um sonho que sempre nos esforçamos para realizar.

A cada pensamento negativo, as moedas nos lembravam de que haveria um futuro melhor.

Já tínhamos oito potes de vidro cheios até a boca.

Sentei de novo na cama, e ela se ergueu um pouco para pegar a bolsinha de moedas.

— Docinho — sussurrou ela.

— Sim, Florzinha?

As lágrimas tornaram-se mais abundantes, seu corpo frágil tomado pela emoção.

— Vamos precisar de mais trocados.

Mari colocou todas as moedinhas no pote e, quando terminou, eu a abracei. Ela chorava copiosamente. Os dois haviam sido casados e felizes por cinco anos, mas sete meses de doença foram o suficiente para que Parker fosse embora, deixando minha pobre irmã com o coração partido.

* * *

— Lucy? — ouvi, sentada na varanda na frente da casa. Fiquei ali na cadeira de balanço por, pelo menos, uma hora, enquanto Mari descansava, esforçando-me para entender como tudo aquilo pôde ter sido obra do destino. Quando ergui os olhos para ver quem me chamava, deparei-me com Richard, meu namorado, vindo apressado na minha direção. Ele desceu da bicicleta e a apoiou na cerca da varanda.

— O que houve? Recebi sua mensagem. — Como sempre, a camisa dele estava coberta de manchas de tinta, uma consequência de ser um artista. — Desculpe por não atender as ligações. Deixei o telefone no silencioso enquanto afogava as mágoas por ter sido rejeitado de novo por outra galeria de arte.

Ele veio até mim e me deu um beijo na testa.

— O que houve? — perguntou novamente.

— Parker foi embora.

Foram necessárias apenas três palavras para Richard ficar de queixo caído. Contei tudo a ele, e, quanto mais eu falava, mais ele ficava boquiaberto.

— Está falando sério? Mari está bem?

Fiz que não com a cabeça; é claro que ela não estava bem.

— Nós deveríamos entrar — sugeriu Richard, estendendo-me a mão, mas recusei.

— Tenho que ligar para Lyric. Estou tentando há horas, mas ela não atende. Vou continuar tentando mais um pouco. Você poderia ver como a Mari está e se ela precisa de alguma coisa?

— É claro.

Levei minha mão ao rosto dele e limpei um pouco da tinta amarela que estava na sua bochecha antes de me inclinar para beijá-lo.

— Sinto muito pela galeria.

Richard deu um sorriso torto e fez um gesto de desdém.

— Está tudo bem. Desde que você não se incomode com o fato de namorar um merda que não é bom o suficiente para que suas obras sejam expostas, não me importo.

Nós namorávamos há três anos, e eu não conseguia me imaginar com mais ninguém além de Richard. Eu simplesmente não entendia como o mundo ainda não tinha dado a ele uma chance de brilhar, pois ele merecia o sucesso.

No entanto, até que esse dia chegasse, eu ficaria ao seu lado e seria sua maior incentivadora.

Assim que ele entrou, disquei o número de Lyric mais uma vez.

— Alô?

— Lyric, até que enfim. — Suspirei, ajeitando-me na cadeira ao ouvir a voz da minha irmã pela primeira vez em muito tempo. — Estou tentando falar com você o dia todo.

— Bem, nem todo mundo pode ser "uma babá quase perfeita" e trabalhar meio expediente num café, Lucy — disse ela, o sarcasmo evidente em sua voz.

— Na verdade, estou só como babá no momento. Pedi demissão do café.

— *Que surpresa.* Bem, você precisa de alguma coisa ou só estava entediada e decidiu me ligar um monte de vezes?

Eu conhecia aquele tom. Era o mesmo que ela usava comigo na maior parte do tempo — um tom de completa decepção pela minha existência. Lyric passou a tolerar as peculiaridades de Mari, principalmente depois que ela e Parker se acertaram. Afinal de contas, foi ela quem os apresentou. Mas comigo a situação era completamente diferente. Por diversas vezes, cheguei a pensar que talvez ela me odiasse porque eu a fazia lembrar da nossa mãe.

Conforme o tempo foi passando, percebi que ela me odiava simplesmente por eu ser eu mesma.

— Sim, não. É sobre a Mari.

— Ela está bem? — perguntou Lyric, a voz repleta de falsa preocupação. Eu podia ouvi-la digitando algo no computador, trabalhando até tarde. — Ela não...?

— Morreu? — Bufei. — Não. Mas Parker foi embora hoje.

— Foi embora? Como assim?

— Simplesmente arrumou as malas, disse que não conseguia mais vê-la morrendo dia após dia e foi embora. Ele a abandonou.

— Meu Deus. Isso é loucura.

— Pois é, também acho.

Por um longo momento, ouvi apenas o som de Lyric digitando antes que ela voltasse a falar.

— Bom, você fez alguma coisa para irritá-lo?

Parei de me balançar na cadeira.

— Como é?

— Qual é, Lucy? Tenho certeza de que você não tem sido a pessoa mais fácil de se conviver desde que se mudou para ajudar a Mari. É muito difícil lidar com você.

De alguma maneira, ela conseguiu fazer o que sempre fazia quando eu estava envolvida em qualquer situação: me colocava como a vilã da história. Ela me culpava por Parker ser um covarde e abandonar a mulher.

Engoli em seco e ignorei o comentário.

— Só queria que você soubesse, mais nada.

— Parker está bem?

O quê?

— Acho que o que você quis dizer foi "Mari está bem?", e não, ela não está nada bem. Está lutando contra um câncer, o marido a abandonou, e ela não tem um centavo, muito menos forças para seguir em frente.

— Ah, então é isso — murmurou Lyric.

— É isso o quê?

— Você me ligou para pedir dinheiro. De quanto precisa?

Meu estômago se revirou quando ouvi aquilo, e senti um gosto amargo na boca. Ela realmente achava que eu tinha ligado para pedir dinheiro?

— Eu te liguei porque a sua irmã está sofrendo e se sentindo sozinha. Pensei que talvez você quisesse vê-la, quisesse saber se ela vai ficar bem. Não quero o seu dinheiro, Lyric. Quero que você comece a agir como uma irmã de verdade.

Outro momento de silêncio enquanto ela digitava.

— Olha, estou atolada de trabalho. Tenho muitos casos para resolver aqui no escritório e não posso abandoná-los agora. Não terei como visitá-la até a semana que vem ou a próxima.

Lyric morava no centro da cidade — um percurso de apenas vinte minutos de carro — mas, mesmo assim, nossa casa ficava muito longe para ela.

— Deixa pra lá, tá bom? Só finja que nunca liguei. — Meus olhos começaram a se encher de lágrimas, chocada com a frieza de alguém que eu, um dia, admirei. O DNA me dizia que ela era minha irmã, mas suas palavras me faziam acreditar que éramos completas estranhas.

— Pare com isso, Lucy. Pare com esse discurso passivo-agressivo. Vou mandar um cheque pelo correio amanhã, está bem?

— Não precisa, sério. Não precisamos do seu dinheiro nem do seu apoio. Nem sei por que te liguei. Foi fraqueza minha. Tchau, Lyric. Boa sorte com os seus casos.

— Ok, tudo bem. E, Lucy?

— O quê?

— Talvez seja melhor você voltar a trabalhar no café o mais rápido possível.

* * *

Depois de algum tempo, eu me levantei da cadeira de balanço e fui até o quarto de hóspedes, o qual eu ocupava temporariamente. Encostei a porta, segurei o pingente e fechei os olhos.

— Ar acima de mim, terra abaixo de mim, fogo dentro de mim, água ao meu redor...

Respirei profundamente algumas vezes e continuei repetindo as palavras que minha mãe havia me ensinado. Toda vez que ela se sentia sem chão, repetia o mesmo mantra na tentativa de encontrar sua força interior.

Apesar de repetir as palavras, eu me sentia um fracasso.

Meus ombros desabaram, e, quando comecei a conversar com a única mulher que realmente havia me compreendido, chorei.

— Mãe, estou com medo e odeio isso. Odeio me sentir assim, porque isso significa que, de alguma maneira, estou pensando da mesma forma que Parker. Uma parte de mim sente que ela não vai sobreviver, e me sinto apavorada todos os dias por causa disso.

Era muito doloroso ver minha melhor amiga desmoronar. Mesmo sabendo que a morte seria apenas o próximo capítulo em sua bela biografia, isso não facilitava as coisas. No fundo, eu sabia que cada abraço poderia ser o último, que cada palavra poderia ser um adeus.

— Eu me sinto culpada, porque, a cada pensamento positivo, tenho cinco pensamentos negativos. Tenho quinze potes de vidro cheios de moedas escondidos no meu armário, e Mari nem faz ideia de que eles existem. Estou cansada, mãe. Estou exausta e me sinto culpada por fraquejar. Tenho que ser forte, porque ela não precisa de ninguém se desesperando perto dela. Sei que você nos ensinou a não odiar ninguém, mas eu simplesmente odeio o Parker. Deus queira que esses não sejam os últimos dias da vida da Mari, mas se forem, ele os tornou ainda piores, e eu odeio isso. Os últimos dias dela não deveriam ser preenchidos com as lembranças do abandono do marido.

Não era justo que Parker pudesse arrumar as malas e fugir para uma vida nova sem a minha irmã. Talvez ele encontrasse o amor de novo algum dia, mas e Mari? Ele seria o amor da vida dela, e isso me doía mais do que ela podia imaginar. Eu a conhecia como a palma da mão, sabia como seu coração era generoso. O sofrimento nela era dez vezes mais intenso do que na maioria das pessoas. Ela vivia sempre com o coração aberto, e isso permitia que todo mundo ouvisse suas lindas batidas, mesmo aqueles que não mereciam. Ela torcia para que todos gostassem do som, pois sempre queria se sentir amada, e eu odiava Parker por fazê-la se sentir um fracasso. Ela morreria com a sensação de que, de alguma forma, havia falhado no casamento, tudo em nome do amor.

Amor.

O sentimento que fazia as pessoas flutuarem e se estatelarem no chão. O sentimento que iluminava as pessoas e incendiava seus corações. O começo e o fim de cada jornada.

À medida que os dias, meses e anos passaram, Mari e eu tínhamos cada vez menos notícias de Parker e Lyric. Os telefonemas motivados por pena foram se tornando menos frequentes, e os cheques motivados pela culpa pararam de chegar. Quando vieram os papéis do divórcio, Mari chorou por semanas. Eu me mantive forte diante de todos, mas chorava por seu coração quando estava sozinha.

Não era justo como o mundo tinha acabado com sua saúde e ainda havia tido a audácia de partir seu coração. A cada inspiração, ela amaldiçoava o próprio corpo por tê-la traído e arruinado sua vida. A cada expiração, ela rezava para que o marido voltasse para casa.

Nunca contei isso a Mari, mas, a cada inspiração, eu rezava para que ela se curasse, e a cada expiração, torcia para que o marido dela nunca mais aparecesse.

Capítulo 1

Graham

2017

Há dois dias, comprei flores para uma pessoa que não era a minha esposa. Desde que fiz isso, não saí do meu escritório. Havia papéis espalhados por todos os lados: bloquinhos, post-its, folhas amassadas com rabiscos sem sentido e palavras riscadas. Sobre a mesa, cinco garrafas de uísque e uma caixa de charutos fechada.

Meus olhos ardiam de exaustão, mas eu não conseguia fechá-los. Encarava fixamente a tela do computador, digitando palavras que eu deletaria mais tarde.

Nunca comprei flores para a minha esposa.

Nunca dei chocolates no dia dos namorados, achava que bichinhos de pelúcia eram ridículos e não fazia ideia de qual era a sua cor preferida.

Ela também não fazia ideia de qual era a minha, mas eu sabia quais eram suas visões políticas. Conhecia o seu ponto de vista sobre o aquecimento global, enquanto ela sabia o que eu pensava sobre religião, e nós dois tínhamos a mesma opinião sobre ter filhos: não os queríamos.

Eram nessas coisas que nós mais combinávamos; era isso que nos unia. Nós dois éramos muito focados na carreira e tínhamos pouco tempo um para o outro, que dirá para uma família.

Eu não era romântico, e Jane não se importava, porque também não era. Não andávamos de mãos dadas nem trocávamos beijos em público. Não gostávamos dessas demonstrações de afeto, nem mesmo nas redes sociais, mas isso não queria dizer que nosso amor não era real. Gostávamos um do outro do nosso jeito. Éramos um casal guiado pela lógica, que compreendia o que era estar apaixonado e comprometido um com o outro, apesar de nunca termos mergulhado nos aspectos românticos de um relacionamento.

Nosso amor era regido pelo respeito mútuo, tinha estrutura. Cada grande decisão que tomávamos era sempre muito bem pensada e frequentemente envolvia diagramas e gráficos. No dia em que a pedi em casamento, fizemos quinze planilhas e fluxogramas para ter certeza de que estávamos tomando a decisão correta.

Romântico?

Talvez não.

Racional?

Com certeza.

Por isso sua recente interrupção era preocupante. Ela nunca me interrompia quando eu estava trabalhando, e fazer isso justo quando eu estava com o prazo apertado era bem esquisito.

Eu ainda precisava escrever noventa e cinco mil palavras.

Isso tudo em cerca de duas semanas, antes que o manuscrito fosse para o editor. Isso era o equivalente a uma média de seis mil setecentos e oitenta e seis palavras por dia. Eu passaria as próximas duas semanas em frente ao computador, mal tendo tempo de sair para pegar um ar.

Meus dedos eram ágeis e digitavam sem parar, o mais rápido que podiam. As olheiras revelavam a exaustão, e minhas costas doíam por não me levantar da cadeira havia horas. Mesmo assim, quando estava em frente ao computador, com os dedos frenéticos e os olhos como os de um zumbi, eu me sentia mais eu mesmo do que em qualquer outro momento da vida.

— Graham — disse Jane, tirando-me do meu mundo de terror e me trazendo para o dela —, precisamos ir.

Ela estava parada na porta do escritório. O cabelo estava cacheado, o que era inusitado, porque ela sempre fazia escova nele. Todos os dias, ela acordava horas antes de mim para domar a vasta cabeleira loira. Eu podia contar nos dedos as vezes que a tinha visto com os cachos naturais. Além do cabelo rebelde, a maquiagem estava borrada, resultado da noite anterior.

Só vi minha esposa chorar duas vezes: a primeira, há sete meses, quando descobriu que estava grávida, e a segunda, há quatro dias, quando as más notícias chegaram.

— Você não deveria ter feito escova no cabelo?

— Não vou fazer escova hoje.

— Mas você sempre faz.

— Não faço nada no cabelo há quatro dias. — Ela franziu o cenho, mas não fiz nenhum comentário. Não queria ter que lidar com as emoções dela essa tarde. Nos últimos quatro dias, ela estava um caco, o oposto da mulher com quem me casei, e eu não era a melhor pessoa para lidar com as emoções dos outros.

Jane precisava de se recompor.

Voltei a encarar a tela do computador, e meus dedos começaram a se mover rapidamente de novo.

— Graham — resmungou ela, aproximando-se de mim com aquele barrigão —, temos que ir agora.

— Preciso terminar o manuscrito.

— Você está escrevendo sem parar há quatro dias. Tem ido dormir quase às três da manhã e já está de pé às seis. Você precisa descansar. E não podemos chegar atrasados.

Pigarreei e continuei digitando.

— Decidi que não vou a esse compromisso idiota. Sinto muito, Jane.

Com o canto dos olhos, vi que ela ficou boquiaberta.

— Compromisso idiota? Graham... é o velório do seu pai.

— Você fala como se isso significasse alguma coisa para mim.

— Mas significa.

— Não me diga o que importa ou não para mim. É ridículo.

— Você está cansado.

Lá vem ela de novo, dizendo como eu deveria me sentir.

— Vou dormir quando tiver 80 anos ou quando estiver na mesma situação do meu pai. Tenho certeza de que ele vai dormir bem essa noite.

Ela se retraiu. Não me importei.

— Você andou bebendo? — perguntou Jane, preocupada.

— Quando foi que você me viu beber em todos esses anos que estamos juntos?

Ela observou as garrafas ao meu redor e soltou um leve suspiro.

— Eu sei, me desculpe. É que... você colocou mais garrafas em cima da mesa.

— É um tributo ao meu querido pai. Que ele apodreça no inferno.

— Não fale mal dos mortos — disse Jane antes de soluçar e levar as mãos à barriga. — Meu Deus, odeio essa sensação. — Ela pegou minhas mãos de cima do teclado e as colocou em seu ventre. — É como se ela estivesse chutando todos os meus órgãos. Não suporto isso.

— Você é tão maternal — zombei, ainda com as mãos em sua barriga.

— Eu nunca quis ter filhos. — Ela suspirou e soluçou outra vez. — *Nunca.*

— Ainda assim, aqui estamos.

Eu não tinha certeza se Jane havia se dado conta do fato de que, em apenas dois meses, ela daria à luz um ser humano de verdade, que precisaria do seu amor e da sua atenção vinte e quatro horas por dia.

Se havia alguém que era menos afeito a demonstrações de amor do que eu, esse alguém era a minha esposa.

— Meu Deus — murmurou ela, fechando os olhos. — Hoje ela está se mexendo de um jeito estranho.

— Talvez devêssemos ir ao hospital — sugeri.

— Bela tentativa. Você vai ao velório do seu pai.

Droga.

— Ainda precisamos encontrar uma babá — lembrou ela. — A empresa me deu algumas semanas de licença-maternidade, mas não vou precisar desse tempo todo se conseguirmos encontrar alguém decente. Eu adoraria uma senhorinha mexicana, de preferência que tivesse *green card*.

Ergui as sobrancelhas, confuso.

— Isso é repugnante e racista, mas, quando seu marido é metade mexicano, tudo fica ainda pior, não acha?

— Você não é mexicano, Graham. Você não fala uma só palavra em espanhol.

— Bem, é isso que me torna apenas metade mexicano, obrigado — eu disse, com frieza.

Às vezes, ela era a pessoa que eu mais odiava. Concordávamos em muitos pontos, mas algumas coisas que ela dizia me faziam repensar cada fluxograma que já fizemos.

Como uma pessoa tão linda podia ser tão feia em certas ocasiões?

Chute.

Chute.

Senti um aperto no peito, as mãos ainda na barriga de Jane.

Aqueles chutes me deixavam apavorado. Se havia uma coisa que eu sabia com certeza era que eu não tinha instinto paternal. Meu histórico familiar me levava a acreditar que qualquer coisa que viesse da minha árvore genealógica não poderia ser boa.

Eu só pedia a Deus que o bebê não herdasse nenhuma das minhas características — ou pior, que herdasse as do meu pai.

Jane recostou na mesa, desarrumando a minha papelada perfeitamente organizada.

— Está na hora de tomar banho e se arrumar. Pendurei o terno no banheiro.

— Já falei, não posso ir. Tenho um prazo a cumprir.

— Você ainda tem um prazo a cumprir, mas o do seu pai já acabou, e agora é o manuscrito dele que precisamos enviar.

— O manuscrito dele é o caixão?

Jane franziu o cenho.

— Não. Não seja bobo. O corpo é o manuscrito. O caixão é apenas a capa do livro.

— Uma capa bem cara também. Não posso acreditar que ele escolheu um caixão banhado a ouro. — Fiz uma pausa e mordi o lábio. — Pensando bem, posso acreditar, sim. Você conhece o meu pai.

— Muitas pessoas estarão lá hoje. Os leitores e os amigos dele.

Centenas de pessoas apareceriam para celebrar a vida de Kent Russell.

— Vai ser um circo — resmunguei. — Eles vão chorar a morte dele na mais completa tristeza, todos incrédulos. Vão contar as histórias, compartilhar o sofrimento. "Não, Kent não. Não pode ser. Ele é a razão pela qual eu me tornei escritor. Cinco anos sóbrio por causa desse homem. Não posso acreditar que ele se foi. Kent Theodore Russell, homem, pai, herói. Vencedor do Prêmio Nobel. Morto." O mundo vai lamentar.

— E você? — perguntou Jane. — O que vai fazer?

— Eu? — Recostei na cadeira e cruzei os braços. — Vou terminar o meu livro.

— Você está triste pela morte dele?

A pergunta dela mal chegou à minha mente antes que eu respondesse:

— Não.

Queria sentir falta dele.

Queria amá-lo.

Queria odiá-lo.

Queria esquecê-lo.

Mas, em vez disso, eu não sentia nada. Levei anos para aprender a não sentir nada pelo meu pai, para apagar toda a dor que ele havia infligido a mim e àqueles que eu mais amava. A única maneira que eu conhecia de silenciar a dor era me afastar e esquecer tudo o que ele tinha feito para mim. Esquecer tudo o que eu tinha desejado que ele fosse.

Quando consegui fazer isso, quase me esqueci de como era ter sentimentos.

Jane não se importava com a minha alma insensível, porque ela também era assim.

— Você respondeu muito rápido — disse ela.

— A resposta mais rápida é sempre a mais verdadeira.

— Sinto falta dele — confessou ela em voz baixa, deixando transparecer a dor pela perda do meu pai. Kent Russell foi o melhor amigo de milhões de pessoas através dos seus livros, dos seus discursos inspiradores, do personagem e da marca que ele vendia para o mundo. Eu também sentiria falta dele, se não conhecesse o verdadeiro homem que ele era na privacidade do lar.

— Você diz isso porque não o conheceu de verdade. Pare de se lamentar por alguém que não merece seu pesar.

— Não — disse ela com rispidez, o tom de voz elevado por causa do sofrimento. Seus olhos começaram a se encher de lágrimas, como vinha acontecendo nos últimos dias. — Você não pode fazer isso, Graham. Não pode subestimar minha dor. Seu pai foi bom para mim. E fez isso quando você foi frio. Ele ficou ao meu lado todas as vezes que eu quis ir embora, então não venha me dizer que pare de lamentar. Você não tem ideia da tristeza que estou sentindo. — A emoção tomava conta do seu corpo. Ela tremia, as lágrimas escorriam pelo rosto.

Virei a cabeça na direção dela, confuso pela súbita explosão, mas então meus olhos desceram até a barriga.

Alterações hormonais.

— Uau — murmurei, um pouco espantado.

Ela se empertigou.

— O que foi? — perguntou Jane, um pouco assustada.

— Acho que você acabou de ter um colapso nervoso por causa da morte do meu pai.

Ela respirou fundo.

— Meu Deus, o que há de errado comigo? Esses hormônios estão me deixando louca. Odeio estar grávida. Juro que vou ligar as trompas depois disso. — Ela se levantou, tentando se acalmar, e secou as lágrimas. Respirou fundo mais algumas vezes. — Você pode, pelo menos, fazer um favor para mim hoje?

— Que favor?

— Pode fingir que está triste durante o velório? As pessoas vão comentar se virem você sorrindo.

Olhei para ela, fingindo uma expressão de tristeza.

Ela revirou os olhos.

— Ótimo, agora repita: meu pai foi muito amado e será lembrado com muito carinho.

— Meu pai era um verdadeiro babaca, e não sentirei a menor falta dele.

Ela deu um tapinha no meu peito.

— Quase bom. Agora vá se vestir.

Eu me levantei, reclamando o tempo inteiro.

— Ah! Você encomendou as flores para a cerimônia? — perguntou Jane enquanto eu tirava a camiseta branca e a jogava no chão do banheiro.

— Sim, cinco mil dólares gastos em plantas inúteis para um velório que vai durar apenas algumas horas.

— As pessoas vão adorar.

— As pessoas são idiotas — retruquei, entrando debaixo da água quente do chuveiro. Durante o banho, fiz o melhor que pude para pensar no discurso fúnebre em homenagem ao homem que foi um herói para muitas pessoas, mas um demônio para mim. Tentei encontrar alguma recordação amorosa, algum momento de carinho, algum instante de orgulho que ele tivesse sentido por mim, mas nada me ocorreu. Nada. Não fui capaz de encontrar sentimentos verdadeiros.

O coração dentro do meu peito — o mesmo que ele ajudou a endurecer — continuava completamente entorpecido.

Capítulo 2

Lucy

— Aqui jaz Mari Joy Palmer, doadora de amor, paz e felicidade. A forma como deixou o mundo foi vergonhosa. Uma morte inesperada, indescritível e mais dolorosa do que jamais pensei que seria. — Encarei o corpo imóvel de Mari e enxuguei a nuca com uma toalhinha. O sol da manhã atravessava as janelas, e eu me esforçava para recuperar o fôlego.

— Morte por *hot yoga*. — Mari soltou um suspiro profundo.

Eu ri.

— Você tem que se levantar, Mari. Eles precisam preparar tudo para a próxima aula. — Estendi a mão em direção a minha irmã, que estava deitada sobre uma pequena poça de suor. — Vamos!

— Vá sem mim — respondeu ela de forma dramática, balançando uma bandeirinha invisível. — Eu me rendo.

— Ah, não. Vamos. — Segurei-a pelos braços e a levantei, mas ela ofereceu resistência. — Você passou pela quimioterapia, Mari. Pode aguentar *hot yoga*.

— Não entendo. Achei que a ioga servia para trazer equilíbrio e paz, não para me deixar encharcada de suor e com o cabelo nojento.

Sorri, olhando para seu cabelo, na altura dos ombros, todo bagunçado e preso num coque no topo da cabeça. Ela estava em remissão havia quase dois anos e, desde então, vivíamos nossas vidas intensamente, e isso incluía nossa floricultura.

Depois de um banho rápido no estúdio de ioga, seguimos para a rua. Quando sentimos o sol de verão em nossa pele, refletindo em nossos olhos, Mari grunhiu.

— Por que decidimos vir de bicicleta hoje? E por que fazemos ioga às seis da manhã?

— Porque nos preocupamos com a nossa saúde e nosso bem-estar e queremos ficar em forma — zombei. — Além disso, o carro está na oficina.

Ela revirou os olhos.

— É nesse momento que pegamos as bicicletas e seguimos para um café para comer donuts e croissants antes de irmos para o trabalho?

— Sim! — respondi ao tirar a tranca da bicicleta e subir nela.

— E por donuts e croissants você quer dizer...?

— Suco verde? Sim, isso mesmo.

Ela resmungou de novo, dessa vez mais alto.

— Eu gostava mais de você quando não estava nem aí para a saúde e seguia uma dieta rigorosa de doces e tacos.

Sorri e comecei a pedalar.

— Aposto que te venço na corrida.

Ganhei dela no percurso até o Delícias Naturais, é claro. Ao entrar, ela praticamente se atirou sobre o balcão.

— Sério, Lucy. Ioga tudo bem, mas *hot yoga*? — Ela fez uma pausa, respirando fundo algumas vezes. — *Hot yoga* podia voltar para o inferno de onde veio para sofrer uma morte longa e dolorosa.

A atendente veio em nossa direção com um sorriso radiante.

— Olá, garotas! O que vão querer?

— Tequila, por favor — respondeu Mari, finalmente erguendo a cabeça da bancada. — Pode colocar em uma embalagem para viagem, se quiser. Assim eu posso tomar no caminho até o trabalho.

A garçonete olhou para a minha irmã sem entender nada, e eu sorri.

— Vamos querer dois sucos verdes e dois *wraps* de ovos com batata.

— Excelente escolha. Preferem *wrap* integral, de espinafre ou de linhaça?

— Ah, pode ser massa crocante de pizza — respondeu Mari. — Com uma porção de batata frita e queijo.

— Linhaça. — Eu ri. — Queremos o de linhaça.

Quando o nosso pedido ficou pronto, escolhemos uma mesa, e Mari atacou seu *wrap* como se não comesse há anos.

— E aí — começou ela, com as bochechas estufadas como as de um esquilo. — E o Richard, como está?

— Bem. Ocupado, mas bem. Parece que um tornado passou recentemente pelo nosso apartamento por conta de seu último trabalho, mas ele está ótimo. Desde que soube que vai fazer uma exposição no museu daqui a alguns meses, ele está em pânico, tentando criar algo inspirador. Quase não dorme, mas ele é assim mesmo.

— Os homens são esquisitos, e não acredito que você está realmente morando com um.

— Eu sei — eu disse, sorrindo. Demorei cinco anos para, enfim, me decidir morar com ele, principalmente porque não me sentia confortável em deixar Mari depois da doença. Estávamos morando juntos havia quatro meses, e eu amava isso. Eu o amava. — Você se lembra do que a nossa mãe dizia sobre morar junto?

— Sim. "No instante em que os homens se sentem confortáveis o suficiente para tirarem os sapatos na sua casa e abrir a geladeira sem pedir permissão, está na hora de mandá-los embora."

— Mulher inteligente.

Mari fez que sim com a cabeça.

— Depois que mamãe morreu, eu deveria ter continuado a viver como ela nos ensinou... talvez assim eu pudesse ter evitado o Parker.

Por alguns segundos, seus olhos ficaram tristes, mas ela logo deixou a mágoa de lado e voltou a sorrir. Desde que Parker a deixou, há pouco mais de dois anos, Mari raramente falava sobre ele, e toda vez que o fazia, era como se uma nuvem de tristeza pairasse sobre ela. Mas Mari lutava contra isso e nunca deixava que essa nuvem se transformasse numa tempestade. Fazia todo o possível para ser feliz e, na maior parte do tempo, conseguia, apesar de alguns segundos de sofrimento de vez em quando.

Segundos em que ela se lembrava de como era antes, se culpava e se sentia sozinha. Segundos em que ela permitia que seu coração se despedaçasse antes de recomeçar a catar os caquinhos.

Mari fazia questão de compensar cada segundo de tristeza com um minuto de felicidade.

— Bom, agora você está vivendo como ela nos ensinou. Antes tarde do que nunca, certo? — perguntei, tentando ajudá-la a afastar o pesar.

— Isso aí! — exclamou Mari, os olhos encontrando a alegria de novo. Sentimentos eram uma coisa estranha; as pessoas podiam ficar tristes em um segundo e felizes no outro. O que mais me surpreendia era como, de vez em quando, elas sentiam as duas coisas ao mesmo tempo. Eu acreditava que era isso que acontecia com Mari naquele momento: um pouquinho de tristeza misturada com alegria.

Eu achava que era uma bela maneira de se viver.

— Vamos para o trabalho? — perguntei, levantando-me da cadeira. Mari resmungou, irritada, mas começou a se arrastar de volta para a bicicleta e logo pedalava em direção a nossa loja.

A Jardins de Monet era a realização do nosso sonho. A loja era decorada com réplicas das pinturas do meu artista favorito, Claude Monet. Quando Mari e eu finalmente fôssemos à Europa, eu passaria um bom tempo nos jardins de Monet, em Giverny, na França.

Às vezes, fazíamos os arranjos de flores de forma que combinassem com as pinturas. Depois de ficarmos devendo a vida em empréstimos bancários, Mari e eu trabalhamos duro para abrir a loja e, aos poucos, tudo foi se acertando. Quase não conseguimos, mas Mari, depois de muito tentar, arranjou um empréstimo de última hora. Mesmo sendo muito trabalhoso e tomando todo o nosso tempo a ponto de não termos mais vida social, eu realmente não podia reclamar de passar meus dias rodeada de flores.

O lugar era pequeno, mas tinha espaço suficiente para dezenas de tipos diferentes de flores, como tulipas-papagaio, lírios, papoulas e, claro, rosas. Também fazíamos entregas para todo tipo de evento. Meus preferidos eram os casamentos, e eu não gostava dos funerais.

Naquele dia, tínhamos um funeral, e era a minha vez de dirigir a van para fazer a entrega.

— Tem certeza de que não quer que eu cuide do casamento dos Garrett e você fica com o funeral do Russell? — perguntei, recolhendo as rosas e os gladíolos brancos para colocar na van. Pelo número de arranjos encomendados, a pessoa que morreu deveria ter sido muito amada. Havia dezenas de rosas brancas para enfeitar o caixão, cinco cruzes de flores com faixas com a palavra "Pai" e dezenas de buquês dos mais variados tipos para decoração.

Eu me surpreendia ao ver como as flores podiam ser tão bonitas para uma ocasião tão triste.

— Não, tenho certeza. Mas posso ajudar você a colocar tudo na van — disse Mari, erguendo um dos arranjos e caminhando em direção ao beco onde nossa van estava estacionada.

— Se você fizer o funeral hoje, paro de te arrastar para a *hot yoga* todo dia de manhã.

Mari soltou uma risadinha.

— Se eu ganhasse uma moeda cada vez que escutasse isso, já estaria na Europa.

— Não, eu juro! Sem suor às seis da manhã.

— Você está mentindo.

— Sim, estou.

— E pare de adiar nossa viagem para a Europa. Vamos mesmo no próximo verão, certo?

Suspirei. Desde que ela ficou doente, há dois anos, eu vinha adiando nossa viagem. Meu cérebro sabia que ela estava melhor, que estava saudável e forte, mas lá no fundo eu tinha medo de viajar para tão longe e algo acontecer com a saúde dela em um país estranho.

Engoli em seco e concordei. Mari abriu um sorriso de satisfação e caminhou de volta para a sala dos fundos.

— Para qual igreja eu vou hoje? — pensei em voz alta, indo até o computador para procurar o arquivo. Parei e semicerrei os olhos ao ler as palavras *UW-Milwaukee Panther Arena*.

— Mari — gritei. — Aqui diz que devo ir até um estádio no centro da cidade... é isso mesmo?

Ela veio correndo, espiou o computador e deu de ombros.

— Uau. Isso explica a quantidade de flores.

Ela passou os dedos pelo cabelo, e eu sorri. Toda vez que ela fazia isso, meu coração se enchia de alegria. Ver o cabelo dela crescer era um lembrete de como a vida tinha mudado, de como tínhamos sorte de estar ali. Eu me sentia muito feliz pelo fato de as flores na van não serem para ela.

— Pois é, mas quem faz um funeral num estádio? — perguntei, confusa.

— Deve ser alguém importante.

Fiz um gesto de desdém, sem dar mais muita importância ao assunto. Cheguei ao local duas horas antes da cerimônia para preparar tudo, e o lado de fora já estava lotado de gente. Havia centenas de pessoas se amontoando nas ruas do centro de Milwaukee, e os policiais patrulhavam a área.

Algumas delas escreviam recados e os depositavam nos degraus da entrada; outras choravam ou engatavam alguma conversa.

Estacionei a van nos fundos do estádio para descarregar as flores, mas um funcionário proibiu meu acesso. Ele abriu a porta e usou o próprio corpo para bloquear minha entrada.

— Desculpe, mas você não pode entrar aqui — disse. — Essa é a entrada VIP. — Ele tinha um *headset* enorme em volta do pescoço, e o modo como encostou discretamente a porta, impedindo-me de espiar, me deixou curiosa.

— Ah, não. Só vim entregar as flores para a cerimônia... — comecei a explicar, mas ele revirou os olhos.

— Mais flores? — O funcionário resmungou e apontou para outra entrada. — O local para entrega é virando a esquina, terceiro portão. Não tem como não perceber — explicou, seco.

— Está bem. Ei, de quem é o funeral? — perguntei. Fiquei na ponta dos pés e tentei espiar o que estava acontecendo lá dentro.

Ele me olhou de cara feia, demonstrando irritação.

— Virando a esquina — disse, antes de fechar a porta de vez.

Tentei abri-la, puxando-a.

Estava trancada.

Um dia eu deixaria de ser tão enxerida, mas, obviamente, isso não aconteceria hoje.

Sorri comigo mesma e balbuciei:

— Prazer em conhecê-lo também.

Quando voltei para a van e fui até a esquina, percebi que não éramos a única floricultura contratada. Três furgões estavam esperando na minha frente, e eles não tinham autorização para entrar; havia funcionários coletando os arranjos na porta. Antes mesmo que eu pudesse estacionar, os empregados foram até a parte de trás da van e bateram nas portas para que eu as abrisse. Assim que abri, eles começaram a retirar as flores sem muito cuidado, e eu me retraí ao ver o modo como uma das mulheres manuseava a coroa de rosas brancas. Ela a jogou sobre o braço, destruindo as molucelas.

— Cuidado! — gritei, mas todo mundo parecia ter ficado surdo.

Quando terminaram, bateram as portas da van, assinaram o recibo e me entregaram um envelope.

— O que é isso?

— Ainda não te disseram? — A mulher suspirou, e então colocou as mãos nos quadris. — As flores são só para decorar o local, e o filho do Sr. Russell quer que sejam devolvidas depois da cerimônia. Aqui há um ingresso para o evento, junto com um acesso aos bastidores para retirar seu produto. Caso contrário, elas irão para o lixo.

— Para o lixo? — perguntei. — Que desperdício!

A mulher ergueu a sobrancelha.

— Sim, porque com certeza as flores não estarão mortas — disse ela com sarcasmo. — Pelo menos assim você poderá revendê-las.

Revender flores de um funeral? Isso era bem mórbido.

Antes que eu pudesse responder, ela me dispensou com um gesto.

Abri o envelope e encontrei o meu ingresso e um cartão que dizia: *Depois da cerimônia, por favor, apresente este cartão para recolher os arranjos de flores. Caso contrário, eles serão descartados.*

Li o ingresso várias vezes.

Um ingresso.

Para um funeral.

Nunca vi um evento tão insólito. Quando virei a esquina para voltar para a rua principal, notei que mais pessoas haviam se aglomerado ali e estavam colando bilhetes nas paredes.

Minha curiosidade só aumentou, e depois de dar algumas voltas ali em busca de uma vaga, entrei em um estacionamento. Parei a van e fui tentar descobrir o que toda aquela gente estava fazendo ali e de quem era aquele funeral. Ao chegar à calçada lotada, notei uma mulher ajoelhada, escrevendo em um pedaço de papel.

— Com licença — falei, cutucando seu ombro. Ela olhou para mim com um sorriso radiante no rosto. — Desculpe incomodar, mas... de quem é esse funeral?

Ela se levantou, ainda sorrindo.

— Kent Russell, o escritor.

— Ah, não é possível.

— Pois é. Todo mundo está escrevendo algumas palavras em homenagem a ele, dizendo como ele salvou vidas e tal, e colando nas paredes do prédio, mas, cá entre nós, estou mais animada para ver G. M. Russell. Só é uma pena que tenha que ser num evento como esse.

— G. M. Russell? Espera aí, o melhor escritor de terror e suspense de todos os tempos? — perguntei, e finalmente a ficha caiu. — Meu Deus! Eu adoro o G. M. Russell!

— Uau. Demorou para você ligar os pontos. À princípio, achei que o seu cabelo loiro fosse pintado, mas agora vejo que, na verdade, você é loira natural — brincou ela. — É um grande evento, porque você sabe como o G. M. é quando se trata de aparições públicas. Ele raramente as faz. Nos eventos literários, não interage com os leitores, apenas dá aquele sorriso forçado e sequer permite que o fotografem, mas hoje poderemos tirar algumas fotos dele. Isso. É. Demais!

— Os fãs foram convidados a comparecer ao funeral?

— É, Kent colocou isso em seu testamento. Todo o dinheiro será doado a um hospital infantil. Tenho ótimos lugares. Minha melhor amiga Heather viria comigo, mas entrou em trabalho de parto. Um saco. As crianças estragam tudo.

Eu ri.

— Quer o meu ingresso extra? — perguntou ela. — É bem lá na frente. E prefiro me sentar ao lado de outra fã do G. M. do que de um fã do Papai Russell. Você ficaria chocada ao saber a quantidade de pessoas que estão aqui por causa dele. — Ela fez uma pausa e ergueu a sobrancelha ao vasculhar a bolsa. — Pensando bem, talvez não, já que foi ele quem bateu as botas. Aqui está, os portões serão abertos agora. — Ela me entregou o ingresso. — Ah, e o meu nome é Tori.

— Lucy — respondi.

Hesitei por um momento, pensando em como era estranho, totalmente fora do comum, comparecer ao funeral de um desconhecido em um estádio, mas... G. M. Russell estava ali dentro, assim como as minhas flores, que iriam para o lixo em algumas horas.

Chegamos aos nossos lugares, e Tori não conseguia parar de tirar fotos.

— Esses lugares são ótimos, não são? Não acredito que consegui esse ingresso por apenas dois mil dólares!

— Dois mil dólares?! — Quase engasguei.

— Eu sei. Um roubo, e tudo o que precisei fazer foi vender um rim no Craigslist para um cara chamado Kenny.

Ela se virou na direção de um homem mais velho que estava à sua esquerda. Ele devia ter quase 80 anos e era muito bem-apessoado. Usava um sobretudo e, por baixo, um terno de camurça marrom com gravata-borboleta branca de bolinhas azuis. Quando ele olhou para nós, deu um sorriso caloroso.

— Oi, desculpe, mas só por curiosidade... quanto o senhor pagou pelo seu ingresso?

— Ah, eu não paguei pelo ingresso — respondeu ele com o sorriso mais gentil do mundo. — Graham foi meu aluno. Fui convidado.

Tori começou a agitar os braços em completo estado de choque.

— Peraí, peraí, peraí... você é o professor Oliver?!

— Eu mesmo. — Ele sorriu, assentindo.

— Você é... o Yoda do nosso Luke Skywalker. Você é o Mágico de Oz. Você é o cara, professor Oliver! Já li tudo o que Graham escreveu e devo dizer que é um prazer conhecer a pessoa que ele sempre elogia tanto... Bem, tanto quanto G. M. Russell elogia alguém, o que não é muita coisa, se entende o que eu quero dizer. — Ela riu. — Posso apertar a sua mão?

Tori continuou falando durante toda a longa cerimônia, mas parou no momento em que Graham foi chamado ao palco para fazer o seu tributo. Antes de começar, ele desabotoou e tirou o paletó, soltou as abotoaduras e dobrou as mangas da camisa de um jeito bem masculino. Em seguida, entreabriu os lábios e deixou escapar um suspiro, e eu podia jurar que ele tinha feito tudo aquilo em câmera lenta.

Uau.

Ele era lindo, nem precisava se esforçar para isso.

Ele era mais bonito do que eu imaginava. Parecia misterioso, encantador, mas extremamente intimidador. O cabelo curto e escuro estava penteado para trás, com alguns fios fora do lugar, e o queixo quadrado era encoberto pela barba por fazer. A pele acobreada era lisa e impecável, não havia qualquer sinal de imperfeição, exceto por uma pequena cicatriz que atravessava o pescoço, mas que não prejudicava sua aparência.

Uma coisa que aprendi com os romances de Graham era que cicatrizes também podiam ser belas.

Ele permaneceu sério, mas isso não era, de fato, uma surpresa; afinal, aquele era o funeral de seu pai. Quando Graham falou, sua voz era suave como uma dose de uísque com gelo. Assim como todos naquele estádio, eu não conseguia tirar os olhos dele.

— Meu pai, Kent Russell, salvou a minha vida. Ele me desafiava diariamente, não só a ser um escritor melhor, mas também a me tornar uma pessoa melhor.

Durante os cinco minutos de seu discurso, ele fez centenas de pessoas chorarem, suspirarem e desejarem também ter pertencido à família de Kent. Eu nunca havia lido nenhum de seus trabalhos, mas Graham me deixou curiosa sobre a obra de seu pai. Quando estava prestes a terminar, ele olhou para o teto e deu um breve sorriso.

— Então, eu encerro minha homenagem usando as palavras do meu pai: seja a inspiração. Seja verdadeiro. Aventureiro. Nós só temos uma vida, e, em honra à memória dele, planejo viver cada dia como se fosse o último capítulo da minha jornada.

— Meu Deus — sussurrou Tori, enxugando as lágrimas. — Você está vendo? — perguntou, fazendo um gesto em direção ao colo.

— Vendo o quê?

— Como a minha ereção invisível está enorme agora. Eu não sabia que era possível ficar excitada ouvindo um discurso fúnebre.

— Também não sabia — eu disse, rindo.

Depois que a cerimônia terminou, Tori e eu trocamos números de telefone, e ela me convidou para participar do seu clube do livro. Depois de nos despedirmos, fui até os fundos do estádio para recolher meus arranjos. Enquanto procurava por eles, não consegui deixar de pensar no quanto me senti desconfortável com a extravagância do funeral de Kent. Parecia meio que... um circo.

Eu não entendia muito de funerais, pelo menos não dos convencionais. Na minha família, nosso último adeus consistia em plantar uma árvore em memória aos nossos entes queridos, honrando suas vidas e trazendo mais beleza ao mundo.

Quando uma funcionária passou por mim carregando um dos meus arranjos, eu a chamei.

— Com licença!

Os fones de ouvido que ela usava impediam que me escutasse, então corri atrás dela, desviando da multidão e tentando não perdê-la de vista. Ela abriu uma porta e jogou as flores fora antes de fechá-la de novo e sair dançando ao som da música que estava escutando.

— Aquelas flores valiam trezentos dólares! — resmunguei alto ao passar pela porta. Quando ela se fechou, corri até as rosas, que haviam sido jogadas numa lixeira.

Já havia escurecido, e senti o ar da noite em minha pele. Comecei a recolher as flores, banhada pela luz do luar. Quando terminei, respirei fundo. Havia paz na noite, como se tudo desacelerasse um pouco, como se toda a agitação desaparecesse até a manhã seguinte.

Ao tentar abrir a porta para voltar, entrei em pânico.

Puxei a maçaneta diversas vezes.

Trancada.

Merda.

Comecei a bater na porta com os punhos fechados, tentando voltar para dentro do estádio a todo custo.

— Ei?!

Gritei por uns dez minutos seguidos antes de desistir.

Meia hora depois, eu estava sentada no chão, observando as estrelas, quando ouvi a porta se abrindo. Eu virei a cabeça e quase perdi o fôlego.

É você.

Graham Russell.

Parado bem ali, atrás de mim.

— Não faça isso — falou, notando que eu o olhava fixamente. — Pare de ficar me encarando.

— Espere, espere! A porta... — Levantei rápido e, antes que eu pudesse dizer a ele que segurasse a porta, escutei-a batendo com força. — ... só abre por dentro.

Ele arqueou a sobrancelha, processando minhas palavras. Em seguida, tentou girar a maçaneta e soltou um suspiro.

— Isso só pode ser brincadeira. — Ele a puxou várias vezes, mas a porta não abria. — Está trancada.

— Sim, está — confirmei.

Ele remexeu nos bolsos da calça.

— E meu celular está no paletó, que está pendurando em uma cadeira lá dentro.

— Sinto muito. Eu emprestaria o meu, mas está descarregado.

— Claro — respondeu, mal-humorado. — Porque esse dia não poderia ficar pior.

Graham bateu na porta por algum tempo, em vão, e então começou a xingar o universo por ter uma vida de merda. Ele andou até o outro lado da área gradeada e levou as mãos à nuca. Parecia completamente exausto por causa dos acontecimentos do dia.

— Eu realmente sinto muito — sussurrei, minha voz tímida e baixa. O que mais eu poderia dizer? — Sinto muito por sua perda.

Ele deu de ombros, desinteressado.

— As pessoas morrem. É um aspecto bastante comum na vida.

— Sim, mas isso não torna as coisas mais fáceis e, por isso, eu sinto muito.

Ele não respondeu, mas também não precisava dizer nada. Eu ainda me sentia maravilhada por estar tão perto dele. Pigarreei e continuei a falar, porque eu não sabia ficar em silêncio.

— Foi um belo discurso.

Ele me fitou com frieza antes de virar a cabeça para o outro lado. Continuei:

— Você realmente demonstrou que seu pai foi um homem bom e gentil, que mudou sua vida e a de outras pessoas. Seu discurso de hoje à noite... foi simplesmente... — Fiz uma pausa, procurando a palavra certa para descrever o discurso fúnebre dele.

— Uma bobagem — concluiu Graham.

Eu me empertiguei.

— Como?

— Aquele discurso foi uma grande bobagem. Alguém o deixou lá fora. Um estranho o escreveu e colou na parede do estádio, alguém que provavelmente nunca passou dez minutos na mesma sala que o meu pai, porque, se tivesse feito isso, saberia a merda de pessoa que Kent Russell era.

— Então você plagiou o discurso que fez no funeral do seu pai?

— Quando você fala assim, parece terrível — retrucou ele, seco.

— Provavelmente porque é terrível mesmo.

— Meu pai foi um homem cruel que manipulava as situações e as pessoas de forma que pudesse ganhar dinheiro com elas. Ele ria do fato de os leitores pagarem pelas merdas que ele escrevia em seus livros de autoajuda e por viverem seguindo as orientações daqueles lixos. Sabe o *Trinta dias para ter uma vida sóbria*? Ele escreveu aquilo quando estava bêbado feito um gambá. Eu tive que ajudá-lo a se levantar do próprio vômito mais vezes do que tenho vontade de admitir. *Cinquenta maneiras de se apaixonar*? Ele transou com prostitutas e demitiu assistentes pessoais que se recusaram a dormir com ele. Kent era um lixo, uma piada, e tenho certeza de que não salvou a vida de ninguém, como tantas pessoas me disseram, comovidas, essa noite. Ele usou todos vocês para comprar um iate e pagar por muitas noites de sexo.

Fiquei de queixo caído.

— Uau. — Chutei uma pedrinha de um lado para o outro. — Diga como você realmente se sente.

Ele aceitou o meu desafio e se virou novamente para me encarar, aproximando-se de mim e fazendo o meu coração disparar. Nenhum homem deveria ser tão encantadoramente sombrio quanto ele; aquela expressão triste nunca saía de seu rosto. Eu me perguntava se ele sabia sorrir.

—Você quer realmente saber como eu me sinto?

Não.

Sim.

Hum, talvez?

Ele não me deu chance de responder.

— Acho um absurdo vender ingressos para um funeral. Acho ridículo lucrar com a morte de um homem, transformar o seu último adeus em um espetáculo circense. Acho assustador que pessoas tenham pagado mais para ter acesso a uma área VIP, mas então me lembro de que pessoas pagaram para se sentar no mesmo sofá que Jeffrey Dahmer se sentou. Os seres humanos não deveriam mais me surpreender de modo algum, mas, mesmo assim, a cada dia eles conseguem me chocar ainda mais com sua falta de inteligência.

— Uau. — Ajeitei meu vestido branco e me mexi de um lado para o outro. — Você não gostava mesmo dele, não é?

Graham desviou o olhar para o chão antes de voltar a me encarar.

— Nem um pouco.

Olhei para a escuridão da noite, observando as estrelas.

— É engraçado, não é? Como o anjo de uma pessoa pode ser o maior demônio de outra.

Mas ele não estava interessado em meus pensamentos. Andou até a porta e começou a bater de novo.

— *Maktub*. — Sorri.

— O quê?

— *Maktub*. Significa "está escrito", tudo acontece por uma razão. — Sem pensar muito, estendi minha mão a Graham. — A propósito, sou Lucy. Apelido de Lucille.

Ele semicerrou os olhos, contrariado.

— Está bem.

Dei um risinho e me aproximei, ainda estendendo a mão para ele.

— Eu sei que às vezes os escritores não têm muito traquejo social, mas é nesse momento que você deve apertar a minha mão.

— Não te conheço.

— Pode parecer surpreendente, mas é justamente por isso que você deve apertar a mão de uma pessoa, para se apresentar a ela.

— Graham Russell — disse ele, continuando a ignorar a minha mão. — Sou Graham Russell.

Abaixei o braço, exibindo um sorriso tímido.

— Ah, eu sei quem você é. Sem querer soar clichê, sou sua maior fã. Eu li todas as palavras que você já escreveu.

— Isso é impossível. Há palavras que escrevi que nunca foram publicadas.

— Talvez. Mas se tivessem sido, juro que teria lido.

—Você leu *A colheita*?

— Li... — Torci o nariz.

Ele sorriu. Não, foi apenas um leve movimento com os lábios. Eu me enganei.

— É tão ruim quanto eu acho que é? — perguntou.

— Não. Só... é diferente dos outros. — Mordi o lábio inferior. — É diferente, mas não sei dizer o porquê.

— Escrevi esse livro depois que minha avó morreu. É uma merda e não deveria ter sido publicado.

— Não. Ele me deixou sem fôlego, só que de uma maneira diferente. Confie em mim, eu diria se achasse que era uma bosta completa. Nunca fui boa em mentir — eu disse, franzindo o nariz enquanto andava de um lado para o outro na ponta dos pés, do mesmo jeito que minha mãe costumava fazer. Voltei a observar as estrelas. — Já pensou em plantar uma árvore?

— O quê?

— Uma árvore, em homenagem ao seu pai. Depois que uma pessoa próxima a mim faleceu e foi cremada, eu e minha irmã plantamos uma árvore misturando as cinzas na terra. Nos feriados, nós levamos o doce preferido dela, nos sentamos embaixo da árvore e o comemos em sua homenagem. É um ciclo completo da vida. Ela veio ao mundo como energia e voltou para a terra do mesmo jeito.

—Você realmente se encaixa nesses estereótipos dos *millennials*, não?

— Na verdade, é uma ótima maneira de preservar a beleza do meio ambiente.

— Lucille...

— Pode me chamar de Lucy.

— Quantos anos você tem?

— Vinte e seis.

— Lucy é um nome infantil. Se você quiser se dar bem de verdade nesse mundo, deveria começar a usar Lucille.

— Anotado. E se você alguma vez quiser se conectar com as pessoas, deveria considerar o apelido Graham Bell.

— Você é sempre ridícula assim?

— Só em funerais onde as pessoas precisam comprar ingressos.

— Quanto estavam cobrando?

— O preço variava de duzentos a dois mil dólares.

— Sério? — Graham ofegou. — As pessoas pagaram dois mil dólares para ver um cadáver?

Passei as mãos pelo cabelo.

— Fora os impostos.

— Estou preocupado com as futuras gerações.

— Não fique; a geração anterior à sua se preocupou com você também, mas é óbvio que você tem uma personalidade brilhante e encantadora — zombei.

Ele quase riu, eu acho.

E quase foi lindo.

— Quer saber de uma coisa? Eu deveria ter percebido que você não escreveu aquele discurso fúnebre. A forma como ele terminou... Aquilo foi uma grande pista de que não foi escrito por você.

— Na verdade, eu menti. Eu escrevi aquele discurso.

— Não, não escreveu.

Eu ri.

Mas ele não.

— Você está certa, não escrevi. Como sabe?

— Bem... você escreve histórias de suspense e terror. Leio todas desde os 18 anos, e elas nunca tiveram um final feliz.

— Isso não é verdade.

— É, sim. Os vilões sempre vencem. Comecei a ler os seus livros depois que perdi uma das minhas melhores amigas, e o tom sombrio deles meio que me trouxe um pouco de conforto. Saber que há outras dores no mundo ajudou a aliviar minha própria dor. De um jeito estranho, os seus livros me trouxeram paz.

— Tenho certeza de que pelo menos um deles teve final feliz.

— Nenhum. — Dei de ombros. — Tudo bem. Ainda são obras--primas, só não são otimistas como o discurso fúnebre de hoje à noite. — Fiz uma pausa e ri de novo. — Um discurso fúnebre e otimista. Provavelmente essa foi a frase mais esquisita que já falei.

Ficamos em silêncio de novo, e de vez em quando Graham volta-va a bater na porta trancada. Depois de cada tentativa frustrada, ele suspirava, decepcionado.

— Sinto muito por seu pai — eu disse mais uma vez, observando como ele parecia tenso. Com certeza tinha sido um longo dia para Graham, e eu odiava perceber que ele queria ficar sozinho e eu o es-tava atrapalhando. Afinal, ele estava ali trancado com uma estranha no dia do funeral do pai.

— Está tudo bem. As pessoas morrem.

— Ah, não. Eu não sinto muito pela morte dele. Eu sou uma dessas pessoas que acredita que a morte é apenas o começo de uma nova aventura. O que eu quis dizer é que sinto muito por ele não ter sido para você o mesmo homem que foi para o restante do mundo.

Ele ficou parado por alguns instantes. Pareceu prestes a dizer alguma coisa, mas, por fim, resolveu ficar em silêncio.

— Você não fala dos seus sentimentos com muita frequência, não é?

— E você fala demais deles — retrucou Graham.

— De qualquer modo, você fez um discurso.

— Você colocou alguma mensagem lá fora? Foi a sua que eu li?

— Não, mas escrevi uma durante a cerimônia. — Procurei dentro da bolsa e puxei o pequeno pedaço de papel. — Não é tão bonita quanto a sua, *sua por assim dizer*, mas... são palavras.

Ele estendeu a mão em minha direção e entreguei o papel, nossos dedos se tocando de leve.

Fã tendo um ataque em três, dois...

— *Ar acima de mim, terra abaixo de mim, fogo dentro mim, água ao meu redor...* — Ele leu minhas palavras em voz alta e então assobiou baixinho. — Você é uma hippie esquisita.

— Sim, sou uma hippie esquisita. — Ele ergueu o canto da boca, como se estivesse se esforçando para não rir. — Minha mãe dizia isso para mim e minhas irmãs o tempo todo.

— Então sua mãe também é uma hippie esquisita.

Uma dorzinha atingiu meu coração, mas continuei sorrindo. Eu me sentei de novo no chão.

— Sim, ela era.

— Era — murmurou ele, franzindo o cenho. — Sinto muito.

—Tudo bem. Alguém me disse uma vez que as pessoas morrem, que é um aspecto bastante comum da vida.

— Sim, mas... — começou ele, mas as palavras morreram. Nossos olhares se encontraram e, por um momento, a frieza se dissipou. Os olhos de Graham demonstravam sofrimento e dor. Ele havia passado o dia inteiro escondendo aquilo do mundo. Provavelmente havia passado a vida inteira escondendo aquilo de si mesmo.

— Eu cheguei a escrever um discurso fúnebre — sussurrou Graham, sentando-se no chão ao meu lado. Ele puxou as mangas da camisa para cima.

— É?

— Sim.

— Quer me mostrar?

— Não.

— Tudo bem.

— Sim — murmurou ele suavemente.

— Tudo bem.

— Não é grande coisa... — alertou, tirando um pedacinho de papel dobrado do bolso de trás da calça.

Dei um cutucão na perna dele.

— Graham, você está sentado do lado de fora de um estádio, preso com uma hippie esquisitona que, provavelmente, nunca mais verá de novo. Não deveria ficar nervoso por compartilhar isso comigo.

— Está bem. — Ele pigarreou, mais nervoso do que deveria estar. — "Eu odiava o meu pai e, há algumas noites, ele faleceu. Ele foi o meu maior demônio, meu grande monstro e o meu verdadeiro pesadelo. Ainda assim, quando ele se foi, tudo ao meu redor, de alguma forma, desacelerou, e sinto falta das recordações que nunca existiram."

Eram poucas palavras, mas tinham um peso muito grande.

— É isso? — perguntei, sentindo que ficava arrepiada.

— É isso.

— Graham Bell? — chamei-o suavemente, virando-me na direção dele e me aproximando alguns centímetros.

— Sim, Lucille? — respondeu ele, aproximando-se um pouco mais de mim também.

— Cada palavra que você escreve se torna a minha nova história favorita.

Ele estava prestes a falar algo quando a porta se abriu, interrompendo nossa troca de olhares.

Eu me virei e vi um segurança berrando para alguém.

— Eu o encontrei! Essa porta não abre pelo lado de fora. Acho que ele ficou preso aqui.

— Meu Deus, finalmente! — exclamou uma voz feminina. No momento em que ela saiu pela porta para nos encontrar, semicerrei os olhos, confusa.

— Jane.

— Lyric?

Graham e eu falamos ao mesmo tempo, olhando para minha irmã mais velha, que eu não via há anos — ela estava grávida e me encarava de olhos arregalados.

— Quem é Jane? — perguntei.

— Quem é Lyric? — perguntou Graham.

Pude notar a emoção em seus olhos, e ela levou as mãos ao peito.

— O que você está fazendo aqui, Lucy? — indagou ela com a voz trêmula.

— Trouxe flores para a cerimônia.

— Você encomendou flores na Jardins de Monet? — perguntou ela a Graham.

Fiquei surpresa ao saber que ela conhecia o nome da minha loja.

— Fiz encomendas em diversas lojas. Por que isso importa? Espere, como vocês se conhecem? — Graham parecia confuso.

— Bem... — falei, meu corpo trêmulo quando voltei minha atenção para a barriga de Lyric, e, em seguida, fitei seus olhos, que eram iguais aos da nossa mãe. Eles se encheram de lágrimas, como se ela tivesse sido pega contando uma grande mentira, e meus lábios se moveram para pronunciar a grande verdade. — Ela é minha irmã.

Capítulo 3

Graham

— Sua irmã? — perguntei, repetindo as palavras de Lucy. Encarei, inexpressivo, minha esposa, que se mantinha calada. — Desde quando você tem uma irmã?

— E desde quando você é casada e está esperando um filho? — indagou Lucy.

— É uma longa história — respondeu ela baixinho, colocando a mão na barriga e se retraindo um pouco. — Graham, está na hora de irmos. Meus tornozelos estão inchados, e estou exausta.

Jane — *Lyric* — dirigiu um olhar para Lucy, que ainda parecia confusa. As duas tinham olhos da mesma cor, mas essa era a única semelhança entre elas. Em uma, o tom de chocolate era frio como o gelo, como sempre; na outra, era suave e cheio de ternura.

Eu não conseguia desviar os olhos de Lucy enquanto minha cabeça trabalhava, tentando entender como alguém como ela podia ser parente de alguém como a minha esposa.

Se Jane tinha um oposto, esse alguém era Lucy.

— *Graham* — vociferou Jane, finalmente desviando minha atenção da mulher de olhos ternos. Eu me virei para ela e arqueei a sobrancelha. Ela cruzou os braços acima da barriga e bufou. — Foi um dia longo, está na hora de irmos embora.

Jane se virou, e já começava a se afastar quando Lucy falou, olhando fixamente para a irmã:

— Você escondeu da gente, da sua família, grande parte da sua vida. Você nos odeia tanto assim?

Jane parou por um momento e empertigou o corpo, mas permaneceu de costas.

— Vocês não são a minha família.

E, com isso, foi embora.

Fiquei ali parado por alguns segundos, sem saber ao certo se conseguiria mover os pés. Vi o coração de Lucy se despedaçar diante de mim. Ela desmoronou completamente, sem qualquer constrangimento. Uma onda de emoção tomou conta daqueles olhos gentis, e ela nem mesmo tentou impedir que as lágrimas escorressem pelo rosto. Ela permitiu que seus sentimentos a dominassem; não demonstrou qualquer resistência ao choro e aos tremores de seu corpo. Vi também como o mundo inteiro desabou sobre seus ombros e como o peso dele começou a se tornar insuportável. Lucy se curvou, parecendo muito menor do que realmente era. Eu nunca tinha visto alguém sentir todas aquelas emoções tão livremente, não desde...

Pare.

Minha mente viajou ao passado, até lembranças que eu tinha enterrado bem lá no fundo. Desviei meu olhar, desdobrei as mangas da camisa e tentei bloquear o som da dor que ela estava sentindo.

Quando me movi em direção à porta, que o segurança ainda mantinha aberta, olhei de relance para a mulher que desmoronava na minha frente e pigarreei.

— Lucille — chamei, ajeitando a gravata. — Um pequeno conselho.

— Sim? — Ela se abraçou. Seu sorriso havia desaparecido, sendo substituído por uma expressão desoladora.

— *Sinta* menos — falei. — Não permita que os outros mexam com as suas emoções desse jeito.

— Desligar os sentimentos?

Assenti.

— Não posso — justificou ela, levando as mãos ao coração e balançando a cabeça. — Eu sou assim. Sou a garota que sente tudo.

Eu jurava que era verdade.

Ela era a garota que sentia tudo, e eu era o homem que não sentia absolutamente nada.

— Então o mundo fará de tudo para torná-la um nada. Quanto mais sentimentos você oferecer a ele, mais ele tirará de você. Acredite em mim. Junte os cacos e siga em frente.

— Mas... ela é minha irmã, e...

— Ela não é sua irmã.

— O quê?

Esfreguei a nuca antes de colocar as mãos nos bolsos.

— Ela acabou de dizer que não te considera como família, o que significa que ela não está nem aí para você.

— Não. — Ela balançou a cabeça, segurando um pingente em formato de coração. — Você não entende. Minha relação com minha irmã é...

— Inexistente. Se você amasse alguém, não falaria sobre essa pessoa? Nunca ouvi falar de você.

Ela permaneceu em silêncio e começou a secar as lágrimas. Em seguida, fechou os olhos, respirou fundo e disse suavemente para si mesma:

— Ar acima de mim, terra abaixo de mim, fogo dentro de mim, água ao meu redor, eu me torno espírito.

Ela continuou repetindo as palavras, e eu semicerrei os olhos, confuso com a personalidade de Lucy. Ela era uma completa desordem: inconstante, impetuosa, apaixonada, repleta de emoções. Parecia completamente consciente de suas falhas e ainda assim permitia a existência delas. De alguma forma, essas falhas a tornavam inteira.

— Você não se cansa? — perguntei. — De sentir tudo tão intensamente?

— Você não se cansa de não sentir nada?

Naquele momento, percebi que estava cara a cara com o meu completo oposto e não tinha ideia do que dizer a uma estranha tão estranha quanto ela.

— Adeus, Lucille — eu disse.

— Adeus, Graham Bell — respondeu.

* * *

— Eu não menti — jurou Jane quando voltávamos de carro para casa. Eu não havia dito que ela era mentirosa nem tinha feito qualquer pergunta sobre Lucy ou sobre o fato de eu desconhecer a existência dela até aquela noite. Eu sequer havia tido qualquer demonstração de raiva, mas ainda assim ela continuava dizendo que não havia mentido.

Jane.

Lyric?

Eu não fazia ideia de quem era a mulher sentada ao meu lado, mas será que eu sabia quem ela era antes da revelação sobre a irmã naquela noite?

— Seu nome é Jane — falei, segurando o volante com força. Ela assentiu. — E Lyric?

— Sim... Não, bem, era, mas eu o mudei há alguns anos, antes mesmo de te conhecer. Quando comecei a me candidatar às vagas nas universidades, sabia que nenhum lugar me levaria a sério com um nome como Lyric. Que tipo de escritório de advocacia contrataria uma pessoa chamada Lyric Daisy Palmer?

— Daisy. Você nunca havia me dito o seu nome do meio antes.

— Você nunca perguntou.

— Ah.

— Você não está zangado?

— Não.

— Uau. — Ela respirou fundo. — Está bem então. Se fosse o contrário, eu estaria tão...

— Não é o contrário — eu a interrompi, sem vontade de conversar depois do dia mais longo da minha vida.

Ela se remexeu no banco, mas permaneceu quieta.

Ficamos em silêncio pelo restante do caminho, as perguntas rodopiando em minha cabeça, mas uma grande parte de mim não queria saber as respostas. Jane não falava sobre seu passado, assim como eu. Todos têm algo na vida que preferem deixar nas sombras, e percebi que a família de Jane era uma delas. Não havia razão para conhecer os detalhes. Ontem ela não tinha uma irmã e hoje, tinha.

Embora eu duvidasse de que Lucy aparecesse para o jantar do Dia de Ação de Graças.

Fui direto para o nosso quarto e comecei a desabotoar a camisa. Demorou apenas alguns segundos para que ela, com os nervos à flor da pele, me seguisse, mas não pronunciasse uma palavra sequer. Começamos a nos despir, e ela se aproximou de mim, quieta, e se virou de costas, me pedindo silenciosamente para que abrisse o zíper do vestido.

Fiz o que Jane me pediu, e ela tirou o vestido antes de colocar uma das minhas camisetas, que sempre usava como se fossem camisolas. A barriga alargava a malha, mas eu não me importava.

Minutos depois, estávamos no banheiro escovando os dentes, e não havíamos trocado nenhuma palavra. Cuspimos e enxaguamos. Nossa rotina normal; o silêncio sempre foi nosso amigo e, naquela noite, nada havia mudado.

Quando nos deitamos, desligamos os abajures das cabeceiras sem dizer nada, nem mesmo um boa-noite.

De olhos fechados, tentei desligar os pensamentos, mas alguma coisa naquele dia tinha despertado minhas lembranças. Então, em vez de perguntar a Jane sobre o passado dela, saí de fininho da cama e fui para o escritório me perder em meu romance. Eu ainda precisava escrever as noventa e cinco mil palavras, então decidi mergulhar na ficção para tentar esquecer a realidade por um tempo. Quando meus dedos trabalhavam, meu cérebro não focava em mais nada além das palavras. Elas me libertavam da confusão em que minha esposa havia me jogado. Elas me libertavam das lembranças de meu pai. Elas me impediam de mergulhar nas profundezas da minha mente, onde eu guardava toda a dor do passado.

Sem a escrita, meu mundo estaria perdido.

Sem as palavras, eu estaria destruído.

— Venha para a cama, Graham — disse Jane, parada na soleira da porta. Era a segunda vez, no mesmo dia, que ela interrompia meu trabalho. Esperava que isso não se tornasse um hábito.

— Tenho que terminar o capítulo.

— Você vai ficar acordado por horas, como nos últimos dias.

— Não tem importância.

— Tenho duas — disse ela, cruzando os braços. — Duas irmãs.

Dei um sorriso torto e voltei a digitar.

— Não vamos fazer isso, Jane.

— Você a beijou?

Meus dedos imediatamente ficaram paralisados, e arqueei as sobrancelhas ao me virar para encará-la.

— O quê?

Ela passou a mão pelo cabelo, e lágrimas brotaram em seus olhos. Jane estava chorando — de novo. Muitas lágrimas em apenas um dia.

— Perguntei se você a beijou.

— Do que você está falando?

— Foi uma pergunta simples. Só me responda.

— Não vamos fazer isso.

— Você a beijou, não foi? — Ela agora chorava copiosamente, e qualquer tipo de pensamento racional havia desaparecido. Em algum momento entre apagarmos as luzes e minha ida ao escritório, Jane tinha se transformado em um caos emocional. E agora a cabeça dela estava inventando histórias. — Você a beijou. Beijou a minha irmã!

Semicerrei os olhos.

— Agora não, Jane.

— O quê?

— Por favor, não tenha um colapso hormonal logo agora. Foi um dia longo.

— Só me diga se beijou a minha irmã — repetiu Jane, parecendo um disco arranhado. — Vamos, me diga.

— Eu nem sabia que você *tinha* uma irmã.

— Isso não muda o fato de você tê-la beijado.

— Vá se deitar, Jane. Sua pressão vai acabar subindo.

— Você me traiu. Eu sempre soube que isso ia acontecer. Sabia que você ia me trair.

— Você está paranoica.

— Só me diga, Graham.

Eu não sabia o que fazer além de dizer a verdade.

— Meu Deus! Eu não a beijei!

— Beijou — gritou Jane, secando as lágrimas. — Sei que sim, porque eu a conheço. Sei como ela é. Provavelmente ela sabia que você era meu marido e fez isso para me atingir. Ela destrói tudo o que toca.

— Eu não a beijei.

— Ela é essa... essa praga, essa doença que ninguém vê. Mas eu vejo. Ela se parece tanto com a minha mãe... Ela arruína tudo. Por que ninguém consegue ver o que ela faz? Não acredito que você tenha feito isso comigo, com a gente. Estou grávida, Graham!

— *Eu não a beijei!* — berrei, minha garganta queimando quando as palavras irromperam da minha boca. Eu não queria saber mais nada sobre o passado de Jane. Não pedi a ela que me contasse sobre as irmãs, não tinha investigado nada nem a importunado com isso, mas, ainda assim, de alguma maneira estávamos discutindo por causa de uma mulher que eu mal conhecia. — Não tenho ideia de quem seja a sua irmã e não tenho qualquer interesse em saber mais sobre ela. Não sei o que está se passando na sua cabeça, mas pare de descontar em mim. Eu não menti para você. Não traí você. Não fiz nada de errado essa noite, então pare de me atacar, principalmente hoje.

— Pare de agir como se você se importasse com o dia de hoje — sussurrou ela, de costas para mim. — Você nem gostava do seu pai.

Minha mente viajou.

Ainda assim, quando ele se foi, tudo ao meu redor, de alguma forma, desacelerou, e sinto falta das recordações que nunca existiram.

— Agora é um bom momento para parar de falar — alertei.

Ela não parou.

— Mas é a verdade. Ele não significava nada para você. Ele era um bom homem e não significava nada para você.

Permaneci em silêncio.

— Por que você não me pergunta sobre minhas irmãs? — insistiu Jane. — Por que não se importa?

— Todos nós temos um passado do qual não gostamos de falar.

— Eu não menti — disse ela mais uma vez, embora eu nunca a tenha chamado de mentirosa. Era como se ela estivesse tentando se convencer de que não havia mentido, quando, na verdade, tinha feito exatamente isso. O fato era que eu não me importava; se eu tinha aprendido uma coisa na vida era que todos mentiam. Eu não confiava em ninguém.

Quando alguém quebrava sua confiança, quando uma mentira vinha à tona, tudo o que essa pessoa dizia, verdade ou mentira, ficava marcado pela sombra da traição.

— Ótimo. Tudo bem. Vamos colocar todas as cartas na mesa. Todas. Tenho duas irmãs, Mari e Lucy.

Estremeci.

— Pare, por favor.

— Não nos falamos. Sou a mais velha, e Lucy é a mais nova. Ela é uma bomba-relógio. — Era uma declaração, no mínimo, irônica, já que Jane estava no meio de um colapso. — E ela é igualzinha a minha mãe, que morreu há alguns anos. Meu pai nos abandonou quando eu tinha 9 anos, e eu não podia culpá-lo, porque minha mãe não batia bem da cabeça.

Bati com as mãos na mesa e me virei para encará-la.

— O que você quer de mim, Jane? Quer que eu te diga que estou furioso por não ter me contado? Tudo bem, estou furioso. Você quer que eu seja compreensivo? Tudo bem, eu entendo. Quer que eu concorde com você, que eu diga que está certa em se afastar dessas pessoas? Ótimo, você tem razão em se manter longe delas. Agora, por favor, você pode me deixar voltar a trabalhar?

— Fale sobre você, Graham. Conte seu passado, sobre o qual você nunca quer conversar.

— Deixa isso pra lá, Jane.

Eu era muito bom em manter meus sentimentos a distância e não me deixar envolver emocionalmente, mas ela estava me pressionando, me testando. Eu queria que ela parasse, porque, quando os sentimentos se libertassem da escuridão da minha alma, não seria tristeza ou angústia que viria à tona.

Seria raiva.

A raiva estava ali, à espreita, e Jane parecia martelar minha mente. Ela me forçava a me transformar em um monstro, o monstro que se deitava ao seu lado todas as noites sem que ela desconfiasse disso.

— Vamos lá, Graham. Fale sobre a sua infância. E a sua mãe? Você teve uma... O que aconteceu com ela?

— Pare com isso — pedi, fechando os olhos bem apertados e cerrando os punhos, mas Jane se recusava a parar.

— Ela não te amava? Ela traiu o seu pai? Ela morreu?

Saí da sala porque eu sentia a raiva aumentando, tornando-se incontrolável. Tentei fugir de Jane, mas ela passou a me seguir pela casa.

— Está bem, você não quer falar sobre sua mãe. Que tal falarmos sobre o seu pai? Diga por que você o despreza tanto. O que ele fez? Você não gostava que ele estivesse sempre ocupado trabalhando?

— Você não quer fazer isso — alertei-a mais uma vez, mas ela estava fora de controle. Ela queria jogar sujo, mas estava jogando com a pessoa errada.

— Ele pegou o seu brinquedo favorito? Não deixou que você tivesse um animalzinho de estimação quando era criança? Esqueceu o seu aniversário?

Meu semblante se fechou, e ela percebeu isso quando nossos olhares se encontraram.

— Ah — sussurrou ela. — Ele esqueceu vários aniversários.

— *Eu a beijei!* — Finalmente explodi, encarando minha esposa, boquiaberta. — É isso que você quer? É essa a mentira que você quer que eu conte? Você está agindo como uma idiota.

Ela me deu um tapa.

Com força.

Cada vez que ela me batia, outro sentimento começava a aflorar. Cada vez que ela me estapeava, uma nova sensação atingia as minhas entranhas.

Dessa vez, foi remorso.

— Desculpe — eu disse, num suspiro. — Desculpe.

— Você não a beijou? — perguntou ela com a voz trêmula.

— É claro que não.

— Foi um dia longo e... ai! — Ela se curvou para a frente, contorcendo-se de dor. — Ai!

— O que foi isso? — Senti um aperto no peito. As mãos dela seguravam a barriga, e as pernas estavam encharcadas. — Jane? — sussurrei, nervoso e confuso. — O que aconteceu?

— Acho que a bolsa estourou.

Capítulo 4

Graham

— É muito cedo, é muito cedo, é muito cedo — sussurrava Jane consigo mesma a caminho do hospital. Suas mãos repousavam sobre a barriga, e as contrações continuavam.

— Você está bem, tudo vai ficar bem — eu disse novamente em voz alta, mas, na minha cabeça, eu estava apavorado. *É muito cedo, é muito cedo, é muito cedo...*

Assim que chegamos ao hospital, fomos levados a uma sala. Logo nos vimos cercados por enfermeiros e médicos, que faziam perguntas tentando entender o que tinha acontecido. Toda vez que eu fazia uma pergunta, eles sorriam e me diziam que eu teria que esperar para falar com o neonatologista de plantão. O tempo passava devagar, cada minuto parecia horas. Eu sabia que era muito cedo para a criança nascer — trinta e uma semanas apenas. Quando o neonatologista finalmente chegou, ele tinha em mãos o prontuário de Jane e deu um breve sorriso ao puxar uma cadeira para ficar ao lado dela na cama.

— Olá, sou o Dr. Lawrence, e vocês vão enjoar de me ver muito em breve. — Ele começou a mexer na pasta e passou uma das mãos pelo queixo barbudo. — Parece que o seu bebê está te dando bastante trabalho agora, Jane. Como ainda está muito cedo, estamos preocupados em realizar o parto com segurança faltando ainda doze semanas de gestação.

— Nove — corrigi. — Faltam nove semanas.

O Dr. Lawrence franziu as sobrancelhas espessas ao analisar o prontuário.

— Não, definitivamente são doze semanas, o que pode trazer algumas complicações. Sei que, provavelmente, vocês já responderam as mesmas perguntas para as enfermeiras, mas é importante saber o que está acontecendo com você e o bebê. Então, em primeiro lugar, você passou por algum tipo de estresse recentemente?

— Sou advogada, então isso faz parte da minha vida — respondeu ela.

— Álcool ou drogas?

— Não e não.

— Cigarro?

Ela hesitou.

Ergui a sobrancelha.

— Sério, Jane?

— Só algumas vezes por semana — respondeu, deixando-me espantado. Ela se virou para o médico e tentou se explicar. — Estou passando por muito estresse no trabalho. Quando descobri que estava grávida, tentei parar, mas não consegui. Era melhor fumar uns poucos cigarros por dia do que meio maço.

—Você falou que tinha parado — eu disse entre os dentes.

— Eu tentei.

— Não é a mesma coisa que parar!

— Não grite comigo! — berrou ela, tremendo. — Cometi um erro. Estou com muita dor, e seus gritos não estão ajudando em nada. Céus, Graham, às vezes eu queria que você fosse um pouco mais gentil, como o seu pai.

As palavras dela me atingiram no fundo da alma, mas me esforcei para não demonstrar nenhuma reação.

Dr. Lawrence fez uma careta antes de dar aquele mesmo sorriso breve.

— O cigarro pode causar muitas complicações quando se trata de um parto e, embora seja impossível saber exatamente a causa, é bom que tenhamos essa informação. Como ainda está muito cedo, e você está tendo contrações, vamos administrar medicamentos para tentar impedir o parto prematuro. O bebê ainda precisa crescer bastante, então faremos o possível para manter a gestação por um pouco mais de tempo. Vamos interná-la e monitorá-la pelas próximas quarenta e oito horas.

— Quarenta e oito horas? Mas... E o meu trabalho?

— Escreverei um bom atestado médico. — Dr. Lawrence deu uma piscadela e se levantou para sair. — As enfermeiras virão em alguns instantes para começar a administrar a medicação.

Quando ele saiu, eu me levantei rapidamente e o segui.

— Dr. Lawrence.

Ele se virou e veio na minha direção.

— Pois não?

Cruzei os braços.

— Nós tivemos uma briga um pouco antes de a bolsa estourar. Eu gritei e... — Fiz uma pausa e passei a mão pelo cabelo antes de cruzar os braços mais uma vez. — Eu só queria saber se essa foi a causa... A culpa é minha?

Dr. Lawrence sorriu com o canto da boca e fez que não com a cabeça.

— Essas coisas acontecem. Não temos como saber a causa, e se torturar não vai te fazer bem. Tudo o que podemos fazer agora é aguardar e nos certificar de que será feito o que for melhor para sua esposa e sua filha.

Assenti e agradeci.

Fiz o que pude para acreditar nas palavras dele, mas, no fundo, eu tinha a sensação de que tudo aquilo era culpa minha.

* * *

Depois de quarenta e oito horas, e com a pressão arterial do bebê caindo, os médicos nos informaram que não tinham opção a não ser realizar uma cesárea. Tudo ficou confuso a partir daí, e meu coração ficou bem apertado durante todo o tempo. Permaneci na sala de cirurgia, sem saber o que sentir quando a bebê nasceu.

Assim que os médicos terminaram os primeiros procedimentos e o cordão umbilical foi cortado, todos começaram a andar para cima e para baixo, agitados, gritando uns com os outros.

Ela não estava chorando.

Por que não estava chorando?

— Novecentas e noventa e duas gramas — anunciou uma enfermeira.

— Vamos precisar do aparelho de CPAP — disse outra.

— CPAP? — perguntei, quando elas passaram apressadas por mim.

— Pressão positiva contínua nas vias aéreas, para ajudá-la a respirar.

— Ela não está respirando? — perguntei para outra enfermeira.

— Está, mas a respiração está muito fraca. Vamos transferi-la para a UTI neonatal e alguém entrará em contato com o senhor assim que ela estiver estável.

Antes que eu pudesse perguntar mais alguma coisa, eles saíram apressados, levando a bebê.

Algumas pessoas ficaram para cuidar de Jane e, assim que ela foi transferida para o quarto, passou algumas horas descansando. Quando finalmente acordou, o médico nos informou sobre o estado de saúde de nossa filha. Eles nos relataram sua luta pela vida e nos garantiram que estavam fazendo todo o possível para que ela tivesse o melhor tratamento na UTI neonatal. Ela ainda corria risco de morrer.

— Se alguma coisa acontecer a ela, saiba que a culpa é sua. — disse Jane assim que o médico deixou o quarto. Ela virou a cabeça em direção à janela para não olhar para mim. — Se ela morrer, não será culpa minha. Será sua.

* * *

— Entendo o que está dizendo, Sr. White, mas... — Jane estava na UTI neonatal, de costas para mim, falando ao celular. — Eu sei, senhor, entendo completamente. Mas minha filha está na UTI e... — Ela fez uma pausa, trocou de posição e assentiu. —Tudo bem, eu entendo. Obrigada, Sr. White.

Ela desligou o telefone e passou a mão pelos olhos antes de se virar na minha direção.

— Está tudo bem? — perguntei.

— Coisas do trabalho.

Assenti.

Ficamos parados, olhando para nossa filha, que lutava para respirar.

— Não posso continuar com isso — sussurrou Jane, nervosa. — Não posso simplesmente ficar aqui e não fazer nada. Eu me sinto tão inútil...

Na noite anterior, achamos que íamos perder nossa garotinha, e senti tudo dentro de mim começar a desmoronar. Jane não estava lidando nada bem com a situação e não tinha dormido um minuto sequer.

— Vai ficar tudo bem — falei, mas eu não acreditava naquilo.

Ela balançou a cabeça.

— Eu não quis isso. Não procurei por nada disso. Eu nunca quis ter filhos. Só queria ser advogada. Eu tinha tudo o que queria, e agora... — Jane andava de um lado para o outro, impaciente. — Ela vai morrer, Graham. O coração dela não é forte o bastante. Os pulmões não estão desenvolvidos. Ela mal está viva. Só continua existindo por causa dessas... — ela fez um gesto para as máquinas ligadas ao corpinho da nossa filha — ... dessas *porcarias*, e nós temos que ficar aqui e vê-la morrer? É cruel.

Não respondi.

— Não posso continuar com isso. Já são quase dois meses nesse lugar, Graham. Não era para ela estar melhorando?

As palavras de Jane me irritavam, e a crença de que nossa filha já não tinha mais chances deixava meu estômago embrulhado.

— Talvez você deva ir para casa e tomar um banho — sugeri. — Descanse um pouco. Vá para o trabalho, talvez isso ajude a relaxar.

— É, você está certo. Tenho muitas coisas para fazer no trabalho. Volto em algumas horas, está bem? Então revezamos, e você poderá ir para casa tomar um banho.

Concordei.

Jane caminhou até onde estava nossa filha e olhou para ela.

— Ainda não disse o nome dela a ninguém. Parece uma bobagem, não é? Dizer o nome dela sabendo que vai morrer.

— Não diga isso — eu a repreendi. — Ainda há esperança.

— Esperança? — Jane me encarou, confusa. — Desde quando você é um homem que tem esperanças?

Eu não tinha resposta, porque ela estava certa. Eu não acreditava em sinais, em esperança ou qualquer coisa assim. Não conhecia Deus até o dia em que minha filha nasceu, e me senti um idiota até mesmo por rezar por ela.

Eu era realista.

Eu acreditava no que eu podia ver, não no que podia existir, mas, ainda assim, uma parte de mim olhava para aquela criaturinha e desejava saber rezar.

Era uma necessidade egoísta, mas eu precisava que minha filha ficasse bem. Precisava que ela sobrevivesse, porque eu não sabia se aguentaria perdê-la. No momento em que ela nasceu, meu peito doeu. Meu coração, de alguma forma, despertou depois de tantos anos adormecido e, quando isso aconteceu, não senti nada além de dor. Dor por saber que ela poderia morrer. Dor por não saber quantos dias, horas ou minutos ainda me restavam com a minha filha. Por isso, eu precisava que ela sobrevivesse, pois assim a dor em minha alma desapareceria.

Era muito mais fácil existir quando minha alma estava fechada para o mundo.

Como ela tinha feito aquilo? Como tinha aberto meu coração simplesmente por ter nascido?

Eu nem mesmo havia falado o nome dela...

Que tipo de monstros nós éramos?

— Vai, Jane — eu disse, com frieza na voz. — Vou ficar aqui.

Ela foi embora sem dizer mais nada, e me sentei na cadeira ao lado da nossa filha, cujo nome eu também tinha muito medo de falar em voz alta.

Esperei por horas antes de tentar ligar para Jane. Sabia que, às vezes, ela ficava tão envolvida com o trabalho que se esquecia de sair do escritório, do mesmo jeito que eu me desligava do mundo quando estava escrevendo.

Ela não atendia ao telefone. Liguei várias vezes ao longo das cinco horas seguintes, mas não consegui falar com Jane, então decidi ligar para a recepção do escritório de advocacia. Quando falei com Heather, a recepcionista, fiquei devastado.

— Oi, Sr. Russell. Sinto muito, mas, hã... na verdade, ela foi mandada embora hoje de manhã. Ela já não estava acompanhando muitos processos, e o Sr. White a dispensou... pensei que soubesse. — Heather abaixou o tom de voz. — Como estão as coisas? Com o bebê?

Desliguei.

Confuso.

Irritado.

Cansado.

Tentei o celular de Jane outra vez, mas caiu direto na caixa postal.

— Precisa de um tempo? — perguntou uma das enfermeiras, verificando o tubo de alimentação da minha filha. — O senhor parece exausto. Se quiser, pode ir para casa e descansar um pouco. Nós ligaremos se...

— Estou bem — eu a interrompi.

A enfermeira começou a falar de novo, mas meu olhar severo fez com que ela se calasse. A mulher terminou de verificar os sinais vitais e me deu um sorriso antes de ir embora.

Fiquei com minha filha, escutando o bipe das máquinas e esperando que minha esposa voltasse para nós. As horas passaram, e me permiti ir para casa tomar um banho e pegar o computador para escrever no hospital.

Meu banho foi rápido. Entrei debaixo da água quente e deixei que ela caísse em mim, queimando minha pele. Em seguida, me vesti e corri até o escritório para pegar o computador e alguns documentos. Foi quando notei o pedaço de papel dobrado em cima do teclado.

Graham,

Deveria ter parado de ler ali. Sabia que não poderia haver nada de bom nas próximas palavras. Sabia que não poderia haver nada de bom em um bilhete inesperado escrita com tinta preta. Nunca.

Não consigo fazer isso. Não consigo ficar e vê-la morrer. Perdi o emprego hoje, algo que batalhei muito para conseguir, e sinto como se tivesse perdido uma parte do meu coração. Não posso ficar aqui e assistir à outra parte desmoronar também. É demais. Sinto muito.

Jane

Olhei fixamente para o papel, relendo o bilhete várias vezes antes de dobrá-lo e guardá-lo no bolso.

As palavras dela me atingiram no fundo da alma, mas me esforcei para não demonstrar nenhuma reação.

Capítulo 5

Lucy

— Esqueci completamente — disse o desconhecido com a voz hesitante. — Quero dizer, nós dois estávamos enrolados com as provas, e eu só estava tentando sobreviver a todo o estresse, então esqueci completamente do nosso aniversário de namoro. Ficou claro que ela não tinha esquecido a data quando apareceu com os meus presentes, toda arrumada para um jantar de comemoração, mas eu não havia feito as reservas.

Sorri enquanto o rapaz me contava todos os motivos pelos quais a namorada estava furiosa com ele.

— E o fato de eu ter esquecido o aniversário dela também não ajuda. Na semana anterior, recebi uma carta dizendo que não fui aceito na faculdade de medicina. Aquilo me deixou arrasado, mas, cara... tudo bem, desculpe... vou só levar essas flores.

— Só isso? — perguntei, registrando no caixa a dúzia de rosas vermelhas que o rapaz havia escolhido na tentativa de se desculpar com a namorada por ter esquecido as duas únicas datas que ele tinha a obrigação de lembrar.

— Sim, você acha que é suficiente? — perguntou, nervoso. — Eu realmente estraguei tudo, nem sei como começar a me desculpar.

— Flores são um bom começo. E palavras também ajudam. Mas, no fim, são as suas ações que vão falar mais alto.

Ele me agradeceu, pagou pelas flores e saiu da loja.

— Dou apenas duas semanas para eles terminarem — disse Mari, com um sorriso de deboche nos lábios enquanto aparava algumas tulipas.

— Sra. Otimista. — Eu ri. — Ele está se esforçando.

— Ele está pedindo conselhos a uma desconhecida sobre o relacionamento dele. É um fracassado — respondeu, balançando a cabeça. — Não entendo. Por que os homens acham que precisam se desculpar *depois* de terem ferrado com tudo? Se eles simplesmente não estragassem as coisas, não teriam motivos para pedir desculpas. Não é tão difícil ser... bom.

Sorri de leve, observando a agressividade com a qual ela cortava as hastes das flores, seus olhos dominados pela emoção. Mari não admitiria o fato de que estava descontando a própria dor nas belas plantas, mas estava claro que era exatamente isso o que ela fazia.

— Você está... bem? — perguntei.

Ela pegou um punhado de margaridas e as jogou num vaso.

— Estou ótima. Só não entendo como aquele cara pode ser tão insensível, sabe? Por que ele pediu conselhos justamente a você?

— Mari.

— O quê?

— Suas narinas estão dilatadas e você está agitando a tesoura de um lado para o outro como uma louca porque um cara comprou flores para a namorada depois de ter esquecido o aniversário de namoro deles. Você está realmente chateada por causa disso ou tem alguma coisa a ver com a data de hoje? Já que hoje seria o seu...

— Aniversário de sete anos de casamento? — Ela cortou duas rosas em vários pedacinhos. — Ah? Seria hoje? Nem tinha lembrado.

— Mari, afaste-se da tesoura.

Ela olhou para mim e então observou as rosas.

— Ah, não. Estou tendo um daqueles colapsos nervosos? — perguntou.

Eu me aproximei e, lentamente, tirei a tesoura da mão dela.

— Não, está tendo um daqueles momentos completamente humanos. Está tudo bem, de verdade. Você pode ficar zangada e triste pelo tempo que precisar. Lembra? *Maktub*. Isso só se torna um problema quando começamos a destruir nossas coisas, especialmente as flores, por causa de caras babacas.

— Argh, tem razão. Desculpe. — Ela resmungou e apoiou a cabeça nas palmas das mãos. — Por que ainda me importo? Já se passaram anos.

— O tempo simplesmente não desliga os sentimentos, Mari. Está tudo bem, mas o melhor de tudo é que fiz planos para nós duas essa noite.

— Sério?

— E envolve margaritas e tacos.

Ela se animou um pouco.

— E molho de queijo?

— Ah, sim. Bastante molho de queijo.

Ela se levantou e me deu um abraço forte.

— Obrigada por estar sempre ao meu lado, Docinho. Mesmo quando não digo que preciso de você.

— De nada, Florzinha. Agora me deixe pegar uma vassoura e limpar a bagunça que você fez com o seu ataque de raiva.

Corri até a sala dos fundos e ouvi o sino da porta tocar, anunciando a chegada de um cliente.

— Oi... Bem, estou procurando por Lucille — disse uma voz grave, chamando a minha atenção.

— Ah, ela está na sala dos fundos — respondeu Mari. — Ela volta em um...

Corri de volta à loja e me deparei com Graham. Ele parecia diferente sem o terno e a gravata, mas, ainda assim, de algum modo, continuava o mesmo. Vestia calça jeans escura e uma camiseta preta justa no corpo, e seus olhos mantinham a mesma frieza.

— Oi — falei sem fôlego, cruzando os braços. — Como posso te ajudar?

Ele retorcia as mãos, inquieto, e desviava o olhar sempre que estabelecíamos contato visual.

— Só estava pensando... você tem visto Jane ultimamente? — Ele estremeceu um pouco e pigarreou. — Quero dizer, Lyric, sua irmã. Tem notícias da sua irmã?

—Você é o Graham Bell? — perguntou Mari, levantando-se da cadeira.

— Graham — corrigiu ele, severamente. — Meu nome é Graham.

— Não a vejo desde o funeral — respondi.

Ele assentiu, e uma faísca de decepção fez com que seus ombros se curvassem.

— Está certo. Bem, se você... — Ele suspirou. — Deixa pra lá. — Ele se virou para ir embora, mas eu o chamei.

— Está tudo bem? Com a Lyric? — Fiz uma pausa. — Jane. — Senti um aperto no peito quando as piores possibilidades passaram pela minha cabeça. — Ela está bem? E o bebê? Está bem?

— Sim e não. O parto foi há quase dois meses, uma menina. Ela nasceu prematura e está no hospital St. Joseph desde então.

— Meu Deus — murmurou Mari, levando a mão ao coração. — Elas estão bem?

— Nós... — começou ele, mas as palavras morreram, demonstrando sua hesitação. Havia medo em seus olhos. — Não é por isso que estou aqui. Eu vim porque Jane sumiu.

— Hã? — Minha mente disparou com todas as informações que ele estava me dando. — Sumiu?

— Jane foi embora ontem, por volta de meio-dia, e não tive mais notícias dela desde então. Ela foi demitida, e não sei onde ela está ou se está bem. Pensei que talvez você soubesse de algo.

— Não. — Eu me virei para Mari. — Você tem alguma notícia da Lyric?

Mari fez que não com a cabeça.

— Tudo bem. Desculpe por vir até aqui. Não quis incomodar.

— Você não... — antes que eu pudesse terminar a frase, ele já havia saído pela porta — ... incomoda.

— Vou tentar ligar para ela — disse Mari, correndo para pegar o celular, o coração provavelmente tão acelerado quanto o meu. — Aonde você vai? — perguntou ao me ver seguindo em direção à porta.

Não tive tempo de responder, pois saí da loja tão rápido quanto Graham.

— Graham! — chamei, segundos antes que ele entrasse em seu Audi preto. Ele olhou para mim, confuso por eu estar ali.

— O quê?

— Eu... o que... você não pode simplesmente entrar na minha loja, soltar esse tipo de informação e ir embora. O que posso fazer? Como posso ajudar?

Ele meneou a cabeça.

— Você não pode ajudar.

Então ele entrou no carro e foi embora, deixando-me desorientada.

Minha irmã havia sumido, eu tinha uma sobrinha que estava lutando pela vida e não havia nada que eu pudesse fazer para ajudar?

Difícil de acreditar.

— Vou até o hospital — eu disse a Mari assim que voltei para a loja. — Para saber como estão as coisas.

— Também vou — respondeu ela, mas eu falei que era melhor que continuasse na loja. Havia muito o que fazer e, se nós duas saíssemos, atrasaríamos todo o serviço.

— Continue tentando falar com a Lyric. Se ela atender a uma de nós, será você.

— Tudo bem. Prometa que vai me ligar se alguma coisa der errado e você precisar de mim — pediu ela.

— Prometo.

* * *

Quando entrei na UTI neonatal, notei primeiro as costas de Graham. Ele estava sentado em uma cadeira, o corpo curvado e os olhos grudados na incubadora onde estava a filha.

— Graham — sussurrei, atraindo a atenção dele. Quando ele se virou para me olhar, parecia esperançoso, como se achasse que eu era Jane. O lampejo de esperança desapareceu no momento em que ele se levantou e se aproximou ainda mais da bebê.

— Não precisava ter vindo.

— Eu sei. Só achei que deveria me certificar de que estava tudo bem.

— Não preciso de companhia — resmungou Graham, enquanto eu me aproximava. Quanto mais perto eu chegava, mais tenso ele ficava.

— Tudo bem se você estiver triste ou assustado... — sussurrei, olhando fixamente para a garotinha, cujos pulmões pareciam trabalhar intensamente. — Não precisa ser forte o tempo todo.

— A minha fraqueza vai salvá-la?

— Não, mas...

— Então não desperdice o meu tempo.

— Teve notícias da minha irmã?

— Não.

— Ela vai voltar — falei, esperando não estar mentindo.

— O bilhete que ela me deixou dizia o contrário.

— Sério? Isso é... — Minhas palavras se desvaneceram antes que eu pudesse dizer que aquilo era chocante. De alguma maneira, não era. Minha irmã mais velha sempre gostou de fugir, assim como nosso pai. Resolvi mudar o assunto. — Qual é o nome dela? — perguntei, olhando para a garotinha.

— Não há motivo para dizer às pessoas o nome dela se ela vai... — Agora foi a voz dele que falhou. Ele cerrou os punhos e fechou os olhos. Quando os abriu novamente, alguma coisa naquele olhar frio havia mudado. Por uma fração de segundo, ele permitiu que os sentimentos o dominassem enquanto observava a filha lutando para sobreviver. Graham baixou a cabeça e sussurrou: — Se ela vai morrer.

— Ela ainda está aqui, Graham. — Fiz um gesto com a cabeça na direção da bebê. — Ela ainda está aqui e é linda.

— Mas por quanto tempo? Só estou sendo realista...

— Bem, então você está com sorte, porque eu sou otimista.

Graham cerrava os punhos com muita força, deixando a pele avermelhada.

— Não quero você aqui! — exclamou ele, vindo na minha direção. Por um momento, pensei no quanto estava sendo desrespeitosa por estar em um lugar onde não era bem-vinda.

Mas notei que Graham estava tremendo.

Um leve tremor que percorria seu corpo quando ele olhava para a filha, para o desconhecido. Foi nesse momento que eu soube que não poderia deixá-lo.

Eu me aproximei dele, abri seus punhos e segurei a sua mão. Eu sabia que a bebê estava lutando uma batalha difícil, que Graham também travava uma guerra. Ao segurar sua mão, percebi que ele deixou escapar um pequeno suspiro de alívio.

Ele engoliu em seco e soltou a minha mão alguns segundos depois, mas parecia que tinha sido tempo suficiente para fazê-lo parar de tremer.

— Talon — sussurrou Graham com a voz assustada, como se achasse que, ao me dizer o nome da filha, estaria oferecendo a ela o beijo da morte.

— Talon — repeti suavemente, um sorriso se formando em meus lábios. — Bem-vinda ao mundo, Talon.

Então, pela primeira vez, vi Talon Russell abrir os olhos.

Capítulo 6

Graham

— Você tem certeza de que está bem? — perguntou Lucy, sem perceber que tinha ultrapassado todos os limites com suas idas ao hospital. Ela foi até lá todos os dias nas duas últimas semanas para ver como Talon e eu estávamos. Cada dia que passava, eu ficava mais irritado com a persistência dela. Eu não queria que ela estivesse ali, e agora era óbvio que a minha ida à floricultura para procurar Jane tinha sido uma péssima ideia.

O pior de tudo? Lucy nunca ficava calada.

Ela nunca parava de falar. Era como se todos os seus pensamentos precisassem passar pela sua boca. E, o que era ainda pior, cada palavra vinha repleta dessas bobagens hippies, positividade... Quando ela falava, só faltavam o baseado, os cristais e um tapete de ioga.

— Posso ficar se você precisar — ofereceu ela mais uma vez. O tubo de alimentação de Talon logo seria retirado, e os médicos estavam confiantes de que ela seria capaz de começar a se alimentar sozinha, o que era um passo na direção certa depois de meses de incertezas. — Sério, Graham. Não tem problema se eu ficar por mais algumas horas.

— Não. Pode ir.

Ela assentiu e finalmente se levantou.

—Tudo bem. Volto amanhã.

— Não.

— Graham, você não precisa passar por isso sozinho — insistiu Lucy. — Posso ficar aqui e ajudar se...

—Você não percebe? Não quero você aqui. Vá incomodar outra pessoa com a sua piedade.

Ela ficou boquiaberta e deu alguns passos para trás.

— Não tenho pena de você.

— Então deve ter pena de si mesma por não ter vida própria — murmurei, sem fazer contato visual, mas ainda assim pude notar o olhar pesaroso no rosto dela.

— Há momentos em que eu entendo você, sabe? Em que percebo o quanto você está machucado, em que vejo sua dor e sua preocupação... mas você logo arruína tudo com a sua grosseria.

— Pare de agir como se me conhecesse.

— Pare de agir como se não tivesse um coração. — Lucy mexeu na bolsa, pegou um papel e uma caneta e anotou o número do seu telefone. — Aqui, pegue isso, caso você precise de mim ou mude de ideia. Já trabalhei como babá e posso ajudar se precisar.

— Por que você não consegue entender? Não preciso de nada que venha de você.

— Acha que isso diz respeito a você? — Ela riu com desdém, balançando a cabeça. Seus dedos foram até o pingente em formato de coração. — Parece que o seu ego está impedindo você de entender as coisas. Não estou aqui por você. Eu mal te conheço. A última coisa que a minha mãe me pediu foi que eu cuidasse das minhas irmãs, e como a Lyric não está aqui, acho importante que eu cuide da filha dela.

— Talon não é sua responsabilidade.

— Talvez não, mas você gostando ou não, ela é da minha família, então, por favor, não deixe que o seu orgulho e sua raiva te impeçam de me procurar se você precisar.

— Não vou precisar de você. Não preciso de ninguém — explodi, sentindo-me irritado com a personalidade bondosa dela. Era ridículo como ela era capaz de se doar tanto, tão livremente.

Lucy semicerrou os olhos e inclinou a cabeça, me observando. Eu odiava quando ela me olhava daquele jeito. Detestava quando nossos olhares se encontravam, e ela me encarava como se visse uma parte da minha alma que nem eu mesmo sabia que existia.

— Quem magoou você? — sussurrou ela.

— O quê?

Ela se aproximou e colocou o papel com o número do telefone na minha mão.

— Quem te magoou tanto e te transformou nessa pessoa tão fria?

Meus olhos seguiram Lucy enquanto ela se afastava, mas ela foi embora sem olhar para trás.

* * *

Três semanas se passaram, e finalmente os médicos me informaram que era o momento de levar Talon para casa. Demorei duas horas para me certificar de que o bebê conforto estava instalado corretamente no carro e pedi a cinco enfermeiras que verificassem se ele estava preso com firmeza.

Nunca dirigi tão devagar em toda a minha vida, e todas as vezes que me virei para olhar Talon, ela estava dormindo tranquilamente.

Vou estragar tudo.

Eu sabia que isso ia acontecer. Não sabia nada sobre ser pai. Não fazia ideia de como cuidar de uma criança. Jane teria sido ótima nisso. Claro, ela nunca quis ter filhos, mas era perfeccionista. Ela teria aprendido a se tornar a melhor mãe do mundo. Entre nós dois, ela seria a melhor opção para cuidar de Talon.

Já eu... Aquilo era um erro cruel.

— Shhh — tentei acalmá-la ao carregar o bebê conforto para casa. Talon tinha começado a chorar no instante em que a tirei do carro, e meus nervos estavam à flor da pele.

Será que ela está com fome? Será que preciso trocar a fralda? Está com calor? Com frio? Está respirando direito? Os pulmões estão fortes o bastante? Será que ela vai sobreviver a essa noite?

Assim que coloquei minha filha no berço, eu me sentei no chão ao lado dela. Toda vez que ela se movia, eu me levantava para ver se estava tudo bem. Se ela não se movia, eu também me levantava para verificar se Talon estava viva.

Vou estragar tudo.

Os médicos estavam errados. Eu sabia que eles estavam errados. Não deveriam ter dado alta para ela. Talon não estava pronta. Era muito pequena, e minhas mãos eram muito grandes.

Eu a machucaria.

Cometeria um erro que custaria a vida da minha filha.

Não posso fazer isso.

Peguei o celular e disquei o número para o qual vinha ligando há semanas.

— Jane, sou eu, Graham. Só queria que você soubesse... Talon está em casa. Ela está bem. Não vai morrer, Jane, só queria que você soubesse disso. Pode voltar para casa agora. — Eu segurava o telefone com força, e minha voz estava firme. — Venha para casa. Por favor. Eu não posso... Não posso fazer isso sem você. Não consigo fazer isso sozinho.

Era a mesma mensagem que eu havia deixado inúmeras vezes desde o momento em que os médicos me disseram que Talon teria alta. Mesmo assim, Jane não voltou.

Aquela noite foi a mais difícil da minha vida.

Todas as vezes que minha filha começava a chorar, eu não conseguia fazer com que parasse. Sempre que a segurava no colo, tinha medo de machucá-la. Quando ela se recusava a comer, eu me preocupava com sua saúde. A pressão era muito grande. Como a vida de uma pessoa tão pequena dependia de mim?

Como um monstro poderia cuidar de uma criança?

Repetia várias vezes em minha cabeça a pergunta que Lucy tinha feito na última vez que a vi.

Quem me magoou tanto e me tornou uma pessoa tão fria?

A parte do "quem" era fácil.

O motivo é que era obscuro.

Capítulo 7

Aniversário de 11 anos

O menino estava parado no corredor escuro; não sabia se o pai queria que ele fosse notado. Ele ficou sozinho em casa por algum tempo naquela noite, e se sentia mais seguro assim. O rapazinho tinha certeza de que o pai voltaria para casa bêbado, porque era isso que o passado lhe havia ensinado. O que ele não tinha certeza era de qual versão bêbada de seu pai entraria pela porta da frente dessa vez.

Às vezes, ele era brincalhão, outras, extremamente cruel.

Às vezes era tão cruel que o menino fechava os olhos à noite e se convencia de que as atitudes do homem bêbado eram invenção da sua cabeça, pois o pai não poderia ser tão frio. O garoto dizia a si mesmo que nenhuma pessoa poderia odiar tanto alguém do próprio sangue — mesmo sob o efeito do álcool.

No entanto, a verdade era que, às vezes, aqueles que mais amávamos eram os monstros que nos colocavam para dormir.

— Venha aqui, filho — chamou o homem, fazendo o menino se sentir importante. Ele correu até a sala onde o pai estava com uma mulher. O homem sorria, as mãos da mulher entrelaçadas nas dele. — Essa é a Rebecca — disse, com um brilho nos olhos, quase radiante.

A mulher era linda, os cabelos castanhos caindo sobre os ombros. O nariz era fino e combinava perfeitamente com os grandes olhos, também castanhos.

Seus lábios eram carnudos e pintados de vermelho e, quando sorria, fazia o menino se lembrar da mãe.

— Olá — disse Rebecca com suavidade, a voz repleta de ternura e insegurança. Ela estendeu a mão na direção do menino. — É maravilhoso finalmente poder conhecê-lo.

O garoto manteve a distância, sem saber o que dizer ou sentir.

— Bem, aperte a mão dela — repreendeu o pai. — Diga olá, filho.

— Olá — sussurrou o menino, como se estivesse preocupado em cair em uma armadilha do próprio pai.

— Rebecca será a minha nova esposa, sua nova mãe.

— Eu já tenho uma mãe — retrucou o menino, a voz mais alta do que pretendia. Ele pigarreou e voltou a sussurrar. — Eu tenho mãe.

— Não — corrigiu o pai. — Ela nos deixou.

— Ela deixou você. Porque você é um bêbado!

O menino sabia que não deveria ter dito aquilo, mas também sabia o quanto o seu coração doía ao pensar que a mãe o havia abandonado, o havia largado com o monstro. Sua mãe o amava, ele tinha certeza disso. Mas, um dia, ela ficou muito assustada e o medo a fez fugir.

Ele sempre se perguntava se ela havia se dado conta de que o tinha deixado para trás.

Ele sempre rezava para que, algum dia, ela voltasse.

O pai se empertigou e cerrou os punhos. Quando estava prestes a repreender o filho malcriado, Rebecca colocou a mão sobre o ombro dele, acalmando-o.

— Está tudo bem. Essa é uma situação nova para todos nós — disse ela, passando a mão nas costas do menino. — Não estou aqui para substituir sua mãe. Sei o quanto ela significa para você, e não é o meu desejo tomar o lugar dela. Mas espero que, um dia, de alguma maneira, você encontre um lugar no seu coração para mim também, porque assim são os corações. Quando você pensa que eles estão completamente preenchidos, de alguma forma, você encontra um espacinho para um pouquinho mais de amor.

O menino permaneceu em silêncio, novamente sem saber o que dizer. Ele ainda podia ver a raiva nos olhos do pai, mas alguma coisa no toque de Rebecca o mantinha calmo. Ela parecia ser a bela que, de algum modo, domou a fera.

Apenas por essa razão, o menino desejou secretamente que ela ficasse com eles naquela noite e, quem sabe, durante a manhã também.

— Agora vamos falar de coisas divertidas — disse a moça, levantando-se e caminhando até a mesa da sala de jantar. Ela voltou com um cupcake; no topo havia uma vela com listras verdes e amarelas. — Ouvi dizer que você está completando 11 anos hoje. É verdade?

O menino assentiu, com cautela.

Como ela sabia?

O próprio pai não havia mencionado nada o dia todo.

— Então você deveria fazer um pedido. — Rebecca abriu um grande sorriso, como a mãe dele costumava fazer. Ela pegou um isqueiro na bolsa e o acendeu. O menino observou quando o pavio começou a queimar, a cera lentamente escorrendo pelas laterais, derretendo sobre a cobertura. — Vá em frente, assopre a vela e faça um pedido.

Ele fez como ela disse, e o sorriso dela se tornou ainda maior.

O rapazinho cometeu um erro naquela noite, mas nem percebeu. Aconteceu muito rápido, entre o momento em que ele abriu a boca para assoprar a vela e o momento em que a chama se apagou.

Naquela fração de segundo, naquele pequenino espaço de tempo, ele sem querer abriu seu coração e deixou que ela entrasse.

A última mulher que havia se lembrado do seu aniversário tinha sido sua mãe, e ele a amava muito.

Rebecca o lembrava muito dela, desde o sorriso bondoso, a insegurança, os lábios pintados e olhos grandes até a disposição para amar.

Ela não estava errada sobre o coração e o amor. Os corações sempre estão dispostos a acolher um novo amor, mas quando esse amor finalmente cria raízes, a mágoa às vezes começa a espreitar nas sombras.

E é nas sombras que a mágoa envenena o amor, transformando-o em algo mais melancólico, mais feio. A mágoa mutila o amor, o humilha e deixa cicatrizes. Aos poucos, paralisa as batidas do coração.

— Feliz aniversário — disse Rebecca, pegando um pouco da cobertura com o dedo e levando-a à boca. — Espero que todos os seus desejos se realizem.

Capítulo 8

Lucy

Meu celular começou a tocar no meio da noite. Rolei na cama, procurando por Richard, mas ele não estava ao meu lado. Olhei de relance para o corredor, onde havia luz e jazz tocando, o que significava que ele estava acordado e trabalhando em sua arte. Meu celular continuava tocando, e eu esfreguei os olhos antes de atender.

— Alô? — Bocejei, tentando me manter acordada. Meu quarto ainda estava na penumbra; não havia qualquer indício de luz do sol. Devia faltar algumas horas para amanhecer.

— Lucille, é o Graham. Eu te acordei? — perguntou ele com a voz trêmula.

Ouvi um bebê chorando ao fundo enquanto me sentava na cama e bocejava mais uma vez.

— Não. Estou sempre acordada às três da manhã. — Dei uma risadinha. — O que foi? Algum problema?

— Talon veio para casa hoje.

— Isso é ótimo.

— Não... — retrucou, a voz falhando. — Ela não para de chorar. Não está mamando. Quando está dormindo, penso que ela morreu, então verifico se o coração dela está batendo, o que a faz acordar e começar a chorar de novo. Quando eu a coloco no berço, ela grita ainda mais alto do que quando está nos meus braços. Preciso... eu...

— Qual é o seu endereço?

— Você não precisa...

— Graham, endereço, agora.

Ele obedeceu e me deu as instruções de como chegar à sua casa, em River Hills. Pelo visto, ele tinha uma vida bem confortável.

Eu me vesti rapidamente, prendi o cabelo cacheado bagunçado num coque mais bagunçado ainda e corri até a sala, onde estava Richard. Ele observava intensamente um dos desenhos feitos com carvão.

— Ainda está trabalhando? — perguntei.

Ele se virou para olhar para mim e ergueu uma das sobrancelhas.

— Aonde você está indo? — O rosto dele estava diferente.

—Você está sem barba — comentei. — E... tem um bigode.

— É. Eu precisava de inspiração e sabia que fazer a barba poderia ajudar a me expressar. Você gostou?

— É... — Torci o nariz. — Artístico?

— Então é exatamente o que esse artista aqui está ambicionando. Mas, espera, aonde você vai?

— Graham acabou de ligar. Talon teve alta do hospital, e ele a levou para casa, mas está tendo uma porção de problemas.

— São... — Richard deu uma olhada no relógio e semicerrou os olhos. Ele havia perdido os óculos em algum lugar naquela bagunça, eu tinha certeza. —Três da manhã.

— Eu sei. — Fui até ele e beijei o topo de sua cabeça. — E é exatamente por isso que você deveria dormir um pouco.

Ele acenou, me dispensando.

— Pessoas que precisam preparar exposições em museus não dormem, Lucy. Elas criam.

Eu ri, indo em direção à porta.

— Bem, tente criar algo de olhos fechados por algum tempo. Volto logo.

Quando estacionei na entrada da garagem de Graham, fiquei espantada com o tamanho da casa. Claro, todas as mansões de River Hills eram impressionantes, mas a dele era de tirar o fôlego. Era como a sua personalidade — reclusa do resto do mundo. A frente da casa era rodeada de árvores, enquanto os fundos tinham vista para uma área aberta. Os caminhos de cascalho delimitavam as áreas onde supostamente deveria haver flores e plantas bem-cuidadas, mas a grama estava alta. Seriam ótimas áreas para um belo jardim. Eu podia visualizar as espécies únicas de flores e videiras que ocupariam aquele espaço. Um pouco além dos caminhos de cascalhos, havia mais árvores a perder de vista.

O sol ainda não tinha nascido, e a casa estava às escuras, mas ainda assim era linda. Diante da varanda havia duas estátuas enormes de leões e no terraço, três gárgulas. Caminhei até a porta com dois copos de café, mas, no exato momento em que ia tocar a campainha, Graham abriu a porta e me puxou para dentro com um movimento rápido.

— Ela não para de gritar — disse, sem me cumprimentar, conduzindo-me apressadamente pela casa. A única fonte de luz era um abajur que ficava na mesa da sala de estar. As cortinas de todas as janelas eram de um vermelho-escuro pesado, deixando o ambiente ainda mais sombrio. Ele me levou até o quarto de Talon, onde a menininha estava deitada no berço, o rostinho vermelho de tanto gritar.

— Ela não está com febre, e eu a deitei de costas porque, você sabe, pesquisei muito sobre a síndrome da morte súbita infantil e sei que ela ainda não é capaz de rolar no berço, mas e se o fizer por acidente? E ela não está mamando direito. Não sei o que devo fazer, então estava prestes a tentar o método Mãe Canguru.

Quase ri do desespero dele, só não o fiz porque Talon estava chorando. Olhei ao redor, percebendo que o quarto dela era duas vezes maior que o meu. Havia dezenas de livros sobre pais de primeira viagem abertos e espalhados pelo chão, outros estavam fechados, mas com páginas dobradas, para que ele pudesse voltar a lê-los depois.

— O que é o método Mãe Canguru? — perguntei.

Quando desviei os olhos dos livros, dei de cara com Graham sem camisa, parado na minha frente. Meus olhos percorreram o peitoral definido e a pele dourada antes que eu me forçasse a parar de admirá-lo. Para um escritor, ele era incrivelmente bonito e malhado. Uma tatuagem subia pelo braço esquerdo até a escápula. E seus bíceps eram enormes.

Por um momento, pensei se ele realmente era um escritor e não o The Rock.

Depois que tirou o pijaminha de Talon, deixando-a somente de fralda, ele se inclinou sobre o berço, pegou-a ainda chorando e aconchegou-a nos braços musculosos. Começou a balançá-la para a frente e para trás, o ouvido da bebê encostado em seu peito, sobre o coração.

— É quando a criança e um dos pais têm contato pele a pele para estabelecer uma conexão. Funciona melhor com as mães, acredito, embora as enfermeiras tenham me dito que eu deveria tentar fazer isso, o que parece algo sem sentido — explicou Graham, mas o choro continuava. Ele a segurava como se ela fosse uma bola de futebol americano e a balançava freneticamente, nervoso por não ser capaz de acalmá-la.

— Talvez devêssemos tentar a mamadeira de novo — sugeri. — Quer que eu a prepare?

— Não. Você não saberia a temperatura correta.

Sorri, sem me incomodar com o descrédito dele.

— Tudo bem, passe ela para mim e você pode ir fazer a mamadeira. — Ele franziu o cenho, e uma expressão de dúvida aprofundou uma ruga em sua testa. Eu me sentei na cadeira de balanço cinza que ficava no canto e estendi os braços. — Prometo que não vou deixá-la cair.

— Você tem que proteger a cabecinha dela — recomendou ele, colocando Talon lentamente, *muito lentamente*, em meus braços. — E não se mova até que eu volte.

— Você tem a minha palavra, Graham.

Antes de deixar o quarto, ele me olhou de relance, como se esperasse que o bebê caísse ou que alguma coisa ridícula acontecesse. Eu não podia culpá-lo por seus medos; parecia que Graham tinha dificuldades em confiar nas pessoas, especialmente depois que minha irmã o havia abandonado.

— Oi, linda — eu disse a Talon, balançando-a na cadeira e segurando-a bem junto de mim. Ela era linda, quase uma obra de arte. Há algumas semanas, ela era um amendoinzinho, mas desde a última vez que a vi, tinha ganhado mais de dois quilos. Ela era uma sobrevivente, um raio de esperança. Quanto mais eu a embalava na cadeira, mas ela parecia se acalmar. Quando Graham retornou, Talon estava dormindo tranquilamente em meus braços.

Ele pareceu surpreso.

— Como você fez isso?

Dei de ombros.

— Acho que ela gosta muito dessa cadeira.

Ele comprimiu os lábios e se aproximou da filha. Em seguida, tirou-a dos meus braços e colocou-a no berço.

— Vá embora.

— O quê? — perguntei, confusa. — Desculpe, mas eu fiz alguma coisa errada? Pensei que você quisesse...

— Pode ir agora, Lucille. Seus serviços já não são mais necessários.

— Meus serviços? — indaguei, atordoada pela frieza dele. — Eu vim para ajudar. Você me chamou.

— Agora estou te dispensando. Adeus.

Ele me levou apressadamente até a porta e me colocou para fora sem dizer uma palavra. Não disse sequer um "obrigado" antes de bater a porta na minha cara.

— Não se esqueça de tomar o café que eu trouxe. Está na bancada — gritei, batendo na porta. — É bem amargo, sabe? Assim como a sua alma.

* * *

— Ele ligou para você às três? — perguntou Mari, destrancando a porta da loja na manhã seguinte. Não a abríamos aos domingos, mas gostávamos de deixar tudo preparado para a semana. — Tudo bem que eu fiquei feliz quando você não apareceu às cinco para a *hot yoga*, mas me perguntei onde você estava. Como está a bebê?

— Muito bem. — Sorri ao pensar em Talon. — Ela é perfeita.

— E ele... está cuidando de tudo sozinho?

— Está fazendo o melhor que pode — falei, entrando na loja. — Ele está se esforçando, eu acho. Imagino que tenha sido difícil para ele me ligar.

— É tão estranho que ele tenha ligado para você... Ele mal te conhece.

— Acho que Graham não tem mais ninguém da família. O pai devia ser o último parente vivo. Além disso, eu dei meu número, caso ele precisasse de ajuda.

— E aí ele te expulsou?

— Aham.

Mari revirou os olhos.

— Parece um ótimo ambiente para uma criança, bem estável. Eu notei que ele era meio ríspido quando veio à loja.

— Ele é um pouco grosseiro sim, mas acho que realmente quer fazer tudo certo com a Talon. Ele foi forçado a encarar essa situação e achava que teria uma parceira para ajudá-lo. Mas agora está tendo que fazer tudo sozinho.

— Não consigo imaginar... Não acredito que Lyric simplesmente o deixou. Pensei que ela fosse capaz de ter mais consideração pelos outros depois do que aconteceu com o Parker e eu.

— Ela abandonou a filha recém-nascida no hospital, Mari. Se algum dia a gente achou que ela pudesse ter qualquer consideração por outras pessoas, esqueça.

Era loucura pensar que conhecemos uma pessoa a vida toda e, de repente, nos damos conta de que não sabemos absolutamente nada sobre ela.

O tempo era uma maldição, pois transformava os relacionamentos em coisas estranhas.

Mari balançou a cabeça.

— Que confusão. Mudando de assunto, tenho uma surpresa para você.

— É um *smoothie* verde?

— Eu disse que era uma surpresa, não uma mistura nojenta de plantas. Vamos oficialmente contratar mais uma florista! Vou entrevistar algumas pessoas nas próximas semanas.

Desde que abrimos a floricultura, sempre conversávamos sobre contratar mais funcionários, mas não tínhamos dinheiro suficiente para isso. Então, o fato de que agora estávamos em posição de arcar com os custos de mais uma pessoa na equipe era animador. Não havia nada mais emocionante do que ver um sonho crescer.

Quando eu estava prestes a falar, o sino na porta da frente tocou, e olhamos para ver quem era.

— Perdão, mas não estamos abertos hoj... — Não consegui nem terminar a frase quando vi quem estava parado ali, segurando um buquê de rosas.

— Parker — disse Mari, perdendo o fôlego, suas forças se esvaindo assim que pronunciou o nome dele. O corpo dela reagiu de imediato; os ombros se curvaram, as pernas fraquejaram. — O q-que você está fa-fazendo aqui? — gaguejou ela, e eu desejei que isso não tivesse acontecido, pois deixava transparecer o efeito que Parker tinha sobre minha irmã. O efeito que ele, obviamente, queria ter.

— Eu, hã... — Ele deu um risinho nervoso e olhou para o buquê que carregava. — Acho que é um pouco idiota trazer flores para uma floricultura, não é?

— O que você está fazendo aqui, Parker? — perguntei, minha voz muito mais séria do que a de minha irmã. Cruzei os braços e não desviei o olhar dele nem por um segundo.

— Bom ver você também, Lucy — disse ele. — Esperava poder falar com a minha mulher por um minuto.

— Você não tem mais uma mulher — retruquei. A cada passo que ele dava em direção a Mari, eu interferia. — Você a perdeu quando arrumou as malas e foi embora, há alguns anos.

— Tudo bem, tudo bem, é justo. Eu mereço isso — replicou Parker. Mari murmurou alguma coisa, o que o fez arquear uma sobrancelha.

— O que foi que você disse?

— Eu disse que você não merece porra nenhuma! — vociferou minha irmã, a voz ainda hesitante, porém mais alta agora. Ela não era o tipo de pessoa que falava palavrões, então, quando um palavrão escapou de seus lábios, eu soube que ela estava abalada.

— Mari — começou Parker. Ela deu as costas, mas ele continuou falando. — Teríamos completado sete anos juntos.

Ela não se virou para encará-lo, mas notei que estava insegura.

Seja forte, irmã.

— Sei que estraguei tudo. Sei também que parece abominável aparecer aqui depois de todo esse tempo com umas drogas de flores, mas sinto a sua falta.

Ela pareceu ainda mais balançada.

— Sinto falta de nós dois. Eu sou um idiota, tá bom? Cometi um monte de erros idiotas. Não estou pedindo que você me aceite de volta hoje, Mari. Não estou pedindo que você se apaixone por mim. Sou apenas um cara, parado em frente a uma moça, convidando-a para tomar um café.

— Meu Deus — resmunguei.

— O quê? — perguntou Parker, ofendido pela minha irritação.

— Você copiou essa fala de *Um lugar chamado Notting Hill*!

— Não exatamente! Julia Roberts pediu que Hugh Grant a amasse. Eu só pedi a ela que aceitasse tomar um café — explicou Parker.

Eu revirei os olhos.

— Não importa. Vá embora.

— Sem querer ofender, Lucy, mas não vim aqui por sua causa. Eu vim por causa da Mari, e ela não me disse para...

— Vá embora — disse Mari, a voz redescobrindo a força. Ela se virou para encará-lo, de cabeça erguida, tão forte quanto um carvalho.

— Mari... — Ele tentou se aproximar, mas ela ergueu a mão para detê-lo.

— Eu disse a você que fosse embora, Parker. Não tenho nada a falar e não quero saber de você. Agora, saia daqui.

Ele hesitou por alguns segundos antes de deixar as flores sobre o balcão e ir embora.

No momento em que a porta se fechou, Mari soltou todo o ar dos pulmões, e eu corri até a sala dos fundos.

— O que você está fazendo? — perguntou ela.

— Pegando o incenso de sálvia — respondi. Quando éramos crianças, nossa mãe guardava esse incenso em casa e o acendia toda vez que havia algum tipo de discussão. Ela sempre dizia que brigas traziam energias negativas para o ambiente e que era melhor que o limpássemos logo. — Parker tem uma energia péssima, e eu me recuso a deixar que a negatividade dele se entranhe em nossas vidas de novo. Hoje não, Satã. — Acendi o incenso e comecei a andar pela loja, espalhando a fumaça.

— Falando no diabo...

Mari pegou meu celular, que tinha começado a tocar.

Quando olhei para a tela, vi o nome de Graham.

Com cautela, atendi a ligação, passando o incenso de sálvia para a minha irmã.

— Alô?

— A cadeira não está funcionando.

— O quê?

— Eu disse que a cadeira não está funcionando. Você me disse que ela gostava da cadeira de balanço e que foi assim que você conseguiu fazê-la dormir, mas não está funcionando. Estou tentando a manhã toda, e ela não consegue dormir. Ela não está mamando quase nada e... — As palavras sumiram por um momento antes que ele falasse, dessa vez com suavidade: — Volte.

— O quê? — Encostei no balcão, estupefata. — Você me expulsou da sua casa.

— Eu sei.

— Isso é tudo o que você tem a me dizer? "Eu sei"?

— Ouça, se não quiser vir me ajudar, tudo bem. Não preciso de você.

— Sim, precisa, por isso está me ligando. — Mordi o lábio inferior e fechei os olhos. — Chegarei aí em vinte minutos.

— Está bem.

E, de novo, nem mesmo um obrigado.

— Lucille?

— Sim?

— Chegue em quinze.

Capítulo 9

Graham

Lucy estacionou sua lata-velha de cor vinho, e eu abri a porta de casa antes mesmo que ela saísse do carro. Segurava Talon no colo, embalando-a enquanto ela chorava, inquieta.

— Você demorou vinte e cinco minutos — eu a repreendi.

Ela apenas sorriu. Estava sempre sorrindo.

Aquela mulher tinha um sorriso que me fazia lembrar do passado, um belo sorriso cheio de esperança.

A esperança era o remédio dos fracos para os problemas da vida. Meu passado havia me mostrado isso.

— Prefiro dizer que isso é apenas um atraso elegante.

Quanto mais ela se aproximava, mais tenso eu ficava.

— Por que você está cheirando à maconha?

Ela riu.

— Não é maconha, é sálvia. Acendi um incenso.

— Por que você acendeu um incenso de sálvia?

Ela deu de ombros, e outro sorriso surgiu em seus lábios.

— Para espantar energias negativas como a sua.

— Ah, certo, hippie esquisita. Aposto que você carrega pedras e cristais com você também.

No mesmo instante, ela abriu a bolsa de alça transversal e tirou um punhado de cristais.

Porque *é claro* que ela os carregava.

— Venha aqui. — Ela estendeu as mãos, tirou Talon dos meus braços e começou a niná-la. — Você precisa descansar. Eu cuido dela.

A culpa que eu sentia ao ver Talon se acalmar tão rapidamente nos braços de Lucy era enorme.

— Não posso dormir.

— Pode, sim. Você acha que não pode dormir porque está paranoico achando que algo vai acontecer à sua filha. O que é uma reação bastante compreensível, e tenho certeza de que muitos pais de primeira viagem passam por isso. Mas você não está sozinho agora, Graham. Estou aqui.

Hesitei, e ela me cutucou de leve no ombro.

— Vá. Eu posso fazer isso.

— Você disse que já trabalhou como babá antes, certo?

— Sim, gêmeos e o irmão mais novo deles. Trabalhei lá desde a primeira semana e fiquei até irem para a escola. Graham, eu juro, Talon vai ficar bem.

— Tudo bem. — Passei a mão pela barba e comecei a seguir rumo ao meu quarto. Um banho parecia ótimo. Não conseguia me lembrar de quando tinha tomado banho pela última vez ou de quando tinha comido alguma coisa. *Quando foi a minha última refeição? Eu tinha comida na geladeira? Ela ainda estava funcionando?*

Contas.

Eu paguei minhas contas? Meu telefone não foi cortado ainda, o que é um bom sinal, porque preciso ligar para o pediatra da Talon pela manhã.

Médico.

Consultas médicas — tenho que marcar as consultas.

Babá? Preciso entrevistar babás.

— Cale-se — ordenou Lucy.

— Eu não falei nada.

— Não, mas a sua cabeça está a mil com tudo o que você poderia estar fazendo em vez de dormir. Antes de conseguir ser produtivo, você precisa descansar. E, Graham?

Ela me observava com um olhar gentil.

— Sim?

— Você está fazendo tudo certo com a sua filha.

Pigarreei e enfiei as mãos nos bolsos da calça jeans. *Lavar roupas — quando foi a última vez que lavei roupas?*

— Ela chora o tempo todo. Não está feliz comigo.

Lucy riu, o tipo de risada que a fez inclinar a cabeça para trás. Ela ria muito alto e em horas impróprias.

— Bebês choram, Graham. É normal. Isso tudo é novo, tanto para ela quanto para você. É um mundo novo, e vocês dois estão tentando se adaptar a ele.

— Ela não chora com você.

— Confie em mim. — Lucy voltou a sorrir e olhou para Talon, que, aparentemente, estava tranquila em seu colo. — Espere alguns minutos e vou implorar para que você troque de lugar comigo. Então vá. Descanse um pouco antes de ter que cuidar dela de novo.

Fiz que sim com a cabeça e, antes de sair, pigarreei mais uma vez.

— Peço desculpas.

— Por quê?

— Pelo jeito como expulsei você essa manhã. Foi grosseiro e, por isso, eu peço desculpas.

Ela inclinou a cabeça para o lado e me observou com olhos questionadores.

— Por que eu tenho a sensação de que há milhões de palavras flutuando na sua cabeça, mas você só permite que algumas delas escapem?

Não respondi.

Enquanto eu a observava embalar minha filha, que ficava cada vez mais agitada, Lucy sorriu e piscou para mim.

— Está vendo? Eu disse. Ela só está agindo como um bebê. Vou cuidar dela por um tempo. Vá e cuide de você.

Agradeci a Lucy em silêncio, e ela sorriu como se tivesse me escutado.

* * *

No instante em que a minha cabeça pousou no travesseiro, adormeci. Não tinha percebido que estava tão exausto até o momento em que pude descansar de verdade. Foi como se meu corpo se fundisse ao colchão e o sono me engolisse por inteiro. Não tive sonhos ou pesadelos, e me senti aliviado por isso.

Só acordei e me revirei na cama quando ouvi Talon gritar.

— Jane, pode ir até lá? — sussurrei, ainda meio adormecido. Então abri os olhos e tive um vislumbre do outro lado da cama. Estava completamente arrumado, o lençol esticado. Minha mão deslizou pelo espaço vazio que me lembrava todos os dias que eu estava sozinho.

Levantei e, enquanto andava pelo corredor, ouvi um sussurro suave.

— Está tudo bem, está tudo bem.

Quanto mais eu me aproximava do quarto de Talon, mais a voz gentil me acalmava. Fiquei parado na porta, observando Lucy com minha filha no colo, dando a mamadeira a ela.

Ver o meu quarto vazio era um lembrete de que Jane tinha ido embora, mas ter Lucy diante de mim era um aviso de que eu não estava sozinho.

— Ela está bem? — perguntei, e Lucy se virou na minha direção, surpresa.

— Ah, sim. Só está com fome. — Ela me olhou de cima a baixo. — Vejo que você não está mais com cheiro de esgoto.

Passei a mão pelos cabelos ainda úmidos.

— É, tomei um banho rápido e tirei um cochilo mais rápido ainda. Ela veio até mim.

— Quer dar a mamadeira a ela?

— Eu... não. Ela não...

Lucy fez um gesto com a cabeça na direção da cadeira de balanço.

— Sente-se. — Comecei a protestar, mas ela foi firme. — *Agora*.

Fiz como ela disse e, quando me sentei, ela colocou a bebê nos meus braços. No momento em que a troca aconteceu, Talon começou a chorar, e eu tentei devolvê-la para Lucy, mas ela se recusou a pegá-la.

— Você não vai machucá-la.

— Ela não gosta de ficar no meu colo. Não se sente confortável.

— Não, *você* não se sente confortável. Mas você consegue, Graham. Apenas respire fundo e acalme sua energia.

Fiz uma careta.

— Seu lado hippie esquisito está vindo à tona.

— E o seu lado medroso também — retrucou ela. Em seguida se inclinou, colocou a mamadeira na minha mão e me ajudou a alimentá-la. Depois de alguns instantes, Talon começou a mamar e a ficar mais calma, e os olhos cansados estavam quase se fechando. — Você não vai machucá-la, Graham.

Lucy era capaz de ler meus pensamentos sem que eu pudesse fazer nada a respeito, e eu odiava isso. Eu me sentia apavorado ao pensar que um toque meu poderia acabar com a vida de Talon. Meu pai uma vez me disse que eu arruinava tudo em que tocava, e eu tinha certeza de que esse seria o caso com a minha bebê.

Eu mal conseguia dar a mamadeira a ela, que dirá criá-la.

Lucy ainda segurava a minha mão enquanto me ajudava. O toque dela era suave, gentil e surpreendentemente acolhedor para a minha alma nada acolhedora.

— Qual é o seu maior sonho?

Fiquei confuso com a pergunta.

— Como assim?

— Qual é o seu maior sonho na vida? — perguntou ela de novo. — Minha mãe sempre nos fazia essa pergunta quando éramos crianças.

— Eu... não tenho sonhos.

Os lábios dela se contraíram, mas ignorei a decepção com a minha resposta. Eu não era o tipo de homem que tinha sonhos; eu era do tipo que simplesmente existia.

Quando Talon terminou, entreguei-a para Lucy, que a colocou para arrotar e, em seguida, a pôs no berço. Nós dois ficamos ali, inclinados sobre ela, velando seu sono. O aperto que eu sentia em meu peito desde o nascimento de Talon continuava.

Ela se remexeu no berço e franziu o cenho antes de relaxar e mergulhar em um descanso profundo. Eu me perguntava se ela estava sonhando e se algum dia teria um grande sonho na vida.

— Uau — disse Lucy com um sorrisinho nos lábios. — Ela definitivamente herdou sua expressão ranzinza.

Dei uma risada baixa, fazendo Lucy se virar para mim.

— Desculpe, mas você acabou... — Ela apontou o dedo para mim e cutucou o meu braço. — Graham Russell acabou de dar uma risada?

— Um lapso. Não vai acontecer de novo — falei, seco, me empertigando.

— Ah, como eu queria que acontecesse de novo. — Nossos olhares se encontraram; estávamos apenas a alguns centímetros de distância, e nenhum dos dois conseguia falar nada. O cabelo loiro de Lucy era bem cacheado e um pouco rebelde; esse parecia ser o seu estado natural. Mesmo no funeral, o cabelo estava bagunçado.

Uma bela bagunça, de certa forma.

Um cacho solto caía sobre o ombro esquerdo e, ao estender minha mão para colocá-lo atrás da orelha de Lucy, notei que tinha algo preso ali. Quanto mais eu me aproximava, mais eu notava sua tensão aumentando.

— Graham — sussurrou ela. — O que você está fazendo?

Deslizei meus dedos pelo cabelo dela, e ela fechou os olhos, a tensão plenamente visível.

—Vire-se — ordenei.

— O quê? Por quê?

— Vire-se — repeti. Ela arqueou a sobrancelha, e eu revirei os olhos antes de falar um "por favor". Ela fez o que pedi. — Lucille? — sussurrei, inclinando-me para mais perto dela, minha boca a centímetros de sua orelha.

— Sim, Graham Bell?

— Suas costas estão cobertas de vômito.

— O quê? — indagou ela, tentando ver a parte de trás do vestido, que estava coberta com o vômito de Talon. — Meu Deus!

— Está no seu cabelo também.

— Puta que pariu! — Ela se deu conta das palavras que tinha dito e cobriu a boca. — Desculpe, quero dizer, que droga. Eu tinha esperanças de voltar para o mundo real sem estar coberta de vômito.

Quase ri de novo.

— Você pode usar o chuveiro, e posso te emprestar algumas roupas enquanto as suas estiverem na lavadora.

Ela sorriu, algo que fazia com muita frequência.

— Esse é o seu jeito estratégico de me pedir para ficar e ajudar a cuidar de Talon por mais algumas horas?

— Não — eu disse de forma rude, ofendido pelo comentário. — Isso é ridículo.

Ela desfez o sorriso irônico.

— Só estou brincando, Graham. Não leve tudo tão a sério. Relaxe um pouco. Se estiver tudo bem por você, eu adoraria aceitar a sua oferta. Esse é o meu vestido da sorte.

— Não deve trazer tanta sorte assim, já que está coberto de vômito. Sua definição de sorte está totalmente equivocada.

— Uau. — Lucy assobiou. — Seu encanto é quase contagiante — zombou.

— Eu não quis dizer que... — Minhas palavras se perderam e, apesar de Lucy estar sorrindo, pude perceber o leve tremor em seus lábios. Eu a deixei chateada. É claro que sim. Não de propósito, mas, ainda assim, foi o que aconteceu. Fiquei sem saber o que fazer e tentei recuperar a compostura. Deveria ter dito algo mais, mas as palavras não vieram.

— Acho que vou para casa. Posso me limpar lá — disse ela, a voz mais baixa enquanto procurava a bolsa.

Assenti. Eu também não gostaria de ficar perto de mim.

Quando ela estava saindo, finalmente falei:

— Não sou bom com as palavras.

Ela se virou e balançou a cabeça.

— Não. Eu li os seus livros, e você é ótimo com as palavras, bom até demais. Você não sabe é como se relacionar com as pessoas.

— Vivo boa parte do tempo no meu universo particular. Não interajo com outras pessoas com muita frequência.

— E com a minha irmã?

— Não nos falávamos muito.

Lucy riu.

— Tenho certeza de que isso torna a relação um pouco difícil.

— Estávamos muito perto de sermos felizes.

Ela balançou a cabeça e semicerrou os olhos.

— Nenhuma pessoa apaixonada deveria ser nada menos do que feliz.

— Quem falou alguma coisa sobre estar apaixonado? — respondi.

A tristeza que inundou o olhar de Lucy me deixou desconfortável, mas, quando ela piscou, o sentimento já havia desaparecido. Eu apreciava o fato de ela nunca deixar a tristeza permanecer por muito tempo.

— Sabe o que pode ajudar com as suas habilidades sociais? Sorrir.

— Eu sorrio.

— Não. Você faz cara feia, olha atravessado. É isso que você faz. Não vi você sorrindo nenhuma vez.

— Quando eu encontrar um motivo para sorrir, vou me certificar de te avisar. A propósito, me desculpe, sabe... por te deixar chateada. Eu... sei que posso ser um pouco frio.

— O eufemismo do ano. — Lucy riu.

— Sei que eu não falo muito e, quando falo, normalmente é a coisa errada, então peço desculpas. Você tem sido mais do que generosa comigo e com Talon, e é por isso que estou um pouco perdido. Não estou acostumado a pessoas ajudando só por... quererem ajudar.

— Graham...

— Espere, me deixe terminar antes que eu diga alguma coisa que vá estragar tudo. Só queria te agradecer por hoje e também pelas visitas ao hospital. Sei que não sou uma pessoa fácil de lidar, mas o fato de você ter me ajudado mesmo assim é mais importante para mim do que você possa imaginar.

— Não há de quê. — Ela mordeu o lábio inferior e murmurou a palavra *maktub* algumas vezes. — Escute, pode ser que eu me arrependa disso, de verdade, mas se você quiser, posso passar aqui pelas manhãs, antes de ir para o trabalho, e depois do expediente para dar uma mãozinha. Sei que em algum momento você terá que voltar a escrever o seu próximo best-seller, e eu posso cuidar dela enquanto você trabalha.

— Eu... posso pagar por seus serviços.

— Não são serviços, Graham, é ajuda, e não preciso do seu dinheiro.

— Eu me sentiria melhor se te pagasse.

— E eu me sentiria melhor se você não fizesse isso. De verdade. Eu não ofereceria ajuda se não pudesse, de fato, ajudar.

— Obrigado. E, Lucille?

Ela ficou esperando pelo meu comentário.

— Esse vestido é muito bonito.

Lucy rodopiou na ponta dos pés.

— Mesmo com vômito?

— Mesmo com vômito.

Ela baixou a cabeça por um instante antes de voltar a olhar em minha direção.

— Você é frio e intenso ao mesmo tempo, e eu não consigo entendê-lo. Eu não sei decifrar você, Graham Russell. Tenho orgulho da minha capacidade de decifrar as pessoas, mas você é diferente.

— Talvez eu seja um daqueles romances que você tem que ler até o final para entender.

Sorrindo, Lucy deu alguns passos de costas rumo ao banheiro para limpar o vômito. Os olhos continuavam fixos nos meus.

— Uma parte de mim quer pular até a última página e ver como termina, mas detesto spoilers e adoro um bom suspense.

Depois que ela terminou de se limpar, seguiu para o saguão de entrada.

— Mando uma mensagem de texto para saber se você precisará de mim essa noite, caso contrário, volto amanhã de manhã. E, Graham?

— Sim?

— Não se esqueça de sorrir.

Capítulo 10

Lucy

Nas semanas seguintes, eu me dividi entre os arranjos florais e Talon. Quando eu não estava na Jardins de Monet, ajudava Graham. Sempre que ia até a casa dele, mal nos falávamos. Ele passava a bebê para mim, entrava em seu escritório, fechava a porta e escrevia. Graham era um homem de poucas palavras, e uma coisa que eu aprendi com a nossa convivência era que elas sempre se revelavam bastante duras. Portanto, seu silêncio não me fazia mal algum.

Pelo contrário, me trazia paz.

Às vezes, eu passava por seu escritório e o ouvia deixando mensagens de voz para Lyric. Cada mensagem era uma atualização sobre a vida de Talon, detalhando seus altos e baixos.

Em uma noite de sábado, quando cheguei à casa de Graham, fiquei um pouco surpresa ao ver um automóvel marrom parado na entrada. Estacionei o carro, caminhei até a porta da frente e toquei a campainha.

Enquanto eu esperava, balançando nos calcanhares para a frente e para trás, meus ouvidos entraram em alerta ao ouvir risadas vindas de dentro da casa.

Risadas?

Da casa de Graham Russell?

— Quero menos gordura e mais carne na próxima vez — disse uma voz segundos antes de a porta se abrir. Quando vi o homem, dei um sorriso.

— Ah, olá, senhorita — cumprimentou ele, alegremente.

— Professor Oliver, certo?

— Sim, sim, por favor, me chame de Ollie. Você deve ser Lucille. — Ele estendeu a mão para que eu o cumprimentasse.

— Pode me chamar de Lucy. Graham acha que é muito informal, mas eu sou assim. — Sorri para Graham, que estava alguns metros atrás do professor, sem dizer uma palavra.

— Ah, Graham, o cavalheiro formal. Sabe, tentei fazê-lo parar de me chamar de professor Oliver há anos, mas ele se recusa a me chamar de Ollie. Acha que é infantil.

— Mas *é* — insistiu Graham, pegando o chapéu fedora marrom de Ollie e entregando-o de forma incisiva. — Obrigado pela visita, professor Oliver.

— É claro, é claro. Lucy, foi um prazer conhecê-la. Graham fala muito de você.

— Acho difícil acreditar nisso.

Ollie franziu o nariz e riu.

— Verdade, verdade. Ele não falou muito de você. Ele é um idiota caladão, não é? Mas veja bem, Lucy... Posso te contar um segredo?

— Eu adoraria ouvir quaisquer segredos e dicas que puder me dar.

— Professor Oliver — disse Graham, severo —, você não disse que tinha outro compromisso?

— Ah. Ele está ficando irritado, não está? — Ollie o ignorou e continuou falando. — Aqui está uma dica para lidar com o Sr. Russell: ele não diz muito com a boca, mas conta uma história inteira com os olhos. Se observar de perto, os olhos dirão a você tudo o que ele está sentindo. Ele é realmente um livro aberto; você só precisa aprender a ler em seu idioma. Quando perguntei sobre você, ele disse que você era legal. Mas seus olhos me disseram que ele estava agradecido por poder contar com você. Lucy, a garota dos grandes olhos castanhos... Graham pensa maravilhas de você, mesmo que não diga nada.

Os lábios de Graham estavam contraídos, mas uma pequena faísca em seus olhos derreteu meu coração. Talon tinha a mesma beleza no olhar.

— Muito bem, senhor, acho que já chega de falar asneiras. É óbvio que você já abusou da minha hospitalidade.

O professor não se deixou abalar pela frieza de Graham.

— E, ainda assim, você continua me pedindo que volte. Vejo você na semana que vem, filho, e, por favor, menos gordura, mais carne. Pare de se subestimar com essa escrita mediana quando você está muito acima disso. — Ollie se virou para mim e se inclinou respeitosamente. — Lucy, foi um prazer.

— O prazer foi todo meu.

Quando Ollie passou por mim, cumprimentou-me com o chapéu e caminhou até o carro assobiando.

Sorri para Graham, que permaneceu sério. Ficamos no saguão de entrada em silêncio durante alguns instantes, simplesmente olhando um para o outro. Com certeza aquilo foi esquisito.

— Talon está dormindo — disse ele, quebrando o contato visual.

— Ah, tudo bem.

Eu sorri.

Ele comprimiu os lábios.

A mesma coisa de sempre.

— Bom. Posso fazer um pouco de meditação no seu jardim de inverno, tudo bem? Eu levo a babá eletrônica comigo, e se Talon acordar, vou dar uma olhada nela.

Graham assentiu, e passei por ele antes que falasse novamente.

— São seis horas.

Eu me virei.

— Sim, são seis horas.

— Janto nesse horário, no escritório.

— Sim, eu sei.

Ele pigarreou e pareceu hesitante. Baixou os olhos por alguns segundos antes de voltá-los para mim.

— A esposa do professor Oliver, Mary, me enviou comida congelada para duas semanas.

— Ah, nossa, isso foi muito legal da parte dela.

— Sim. Uma das refeições está no forno agora, e é suficiente para mais de uma pessoa.

— Ah. — Ele continuou me encarando, mas não disse nada. — Graham?

— Sim, Lucille?

— Está me convidando para jantar com você essa noite?

— Se quiser, há comida suficiente.

Por um instante, fiquei na dúvida, perguntando-me se aquilo era um sonho, mas eu sabia que, se não respondesse rapidamente, o momento se perderia.

— Eu adoraria.

— Você tem alguma restrição alimentar? É vegetariana? Não come glúten? Tem intolerância à lactose?

Eu ri, porque tudo em Graham era muito seco e sério. Ao fazer aquelas perguntas, seu olhar era tão severo e intenso que não pude deixar de achar graça.

— Não, não, pode ser qualquer coisa.

— É lasanha — disse ele, com um tom de voz que dava a entender que aquilo talvez não fosse bom.

— Está ótimo.

— Tem certeza?

— Tenho certeza, Graham Bell.

Ele apenas assentiu.

— Vou arrumar a mesa.

A mesa da sala de jantar era ridiculamente grande, tinha doze lugares. Ele colocou os pratos e os talheres nas extremidades e fez um gesto para que eu me sentasse. Em seguida, serviu a refeição em meio a um silêncio assustador, e então foi ocupar seu lugar na ponta oposta.

Não havia muitas luzes na casa e, às vezes, as janelas ficavam fechadas, impedindo que os raios de sol entrassem. Os móveis também eram escuros e esparsos. Com certeza eu era a coisa mais reluzente ali, com minhas roupas coloridas e os cabelos loiros desalinhados.

— O clima está bom lá fora para uma noite de primavera em Wisconsin — eu disse, depois de vários minutos de silêncio constrangedor. O tempo era o assunto mais banal de todos, mas foi o único em que consegui pensar. Esse tipo de conversa sempre me ajudou a passar por qualquer situação.

— É mesmo? — murmurou Graham, desinteressado. — Não fui lá fora.

— Ah. Bem, o clima está bom.

Ele não comentou nada, apenas continuou jantando.

Humpf.

— Já pensou em fazer um jardim lá fora? — perguntei. — É a época perfeita para começar a plantar, e você tem um lindo quintal. Tudo o que precisa fazer é aparar a grama. Isso realmente daria um novo aspecto ao lugar.

— Não estou interessado nisso. É um desperdício de dinheiro.

— Ah. Bem, tudo bem.

Humpf.

— Ollie parece legal — eu disse, fazendo uma última tentativa. — Ele é o cara, não é?

— Ele é bom para o que ele é — murmurou.

Inclinei a cabeça, observando seu olhar, pondo em prática a dica que Ollie tinha me dado.

— Você realmente se importa com ele, não?

— Ele foi meu professor na universidade e agora é meu instrutor de escrita criativa. Nada mais, nada menos.

— Eu ouvi você rindo com ele. Você não ri com muitas pessoas. Não sabia que tinha senso de humor.

— Não tenho.

— Certo, é claro — concordei, sabendo que ele estava mentindo. — Mas parece que vocês dois são bastante próximos.

Graham não respondeu, e esse foi o fim de nossa conversa. Continuamos o jantar em silêncio e, quando ouvimos o choro de Talon pela babá eletrônica, nós dois tivemos um sobressalto.

— Vou vê-la — dissemos ao mesmo tempo.

— Não. Eu... — começou ele, mas balancei a cabeça.

— É por isso que estou aqui, lembra? Termine sua refeição. E obrigada por ter me convidado para jantar.

Ele assentiu, e fui ver Talon. Os olhos dela estavam arregalados, e ela parou de chorar, as lágrimas logo sendo substituídas por um sorriso. Era como eu imaginava o sorriso de Graham. Assim que preparei o leite e comecei a dar-lhe a mamadeira, ele entrou no quarto e se recostou no batente da porta.

— Ela está bem? — perguntou.

— Só está com fome.

Ele pigarreou.

— O professor Oliver tem uma personalidade espalhafatosa. Ele é indiscreto, tagarela e fala um monte de besteiras noventa e nove por cento do tempo. Não tenho ideia de como a esposa e a filha aguentam suas esquisitices. Para um homem de 80 e poucos anos, ele age como uma criança, e muitas vezes parece um palhaço bem-educado.

— Ah. — Bem, pelo menos constatei que ele parecia desgostar de todo mundo na mesma proporção que não gostava de mim.

Graham baixou a cabeça e olhou para os dedos, que estavam entrelaçados.

— E ele é o melhor homem que já conheci, meu melhor amigo.

Ele se virou e se afastou sem dizer mais nada, e assim, por uma pequena fração de segundo, Graham Russell me permitiu ter um vislumbre de seu coração.

Por volta das onze, terminei de limpar o quarto de Talon e fui ao escritório de Graham, onde ele estava escrevendo, completamente focado em suas palavras.

— Ei. Estou indo para casa.

Ele esperou um instante, terminou de digitar a frase e se virou para mim.

— Obrigado por seu tempo, Lucille.

— Tudo bem. Ah, na sexta-feira acho que não vou poder vir. Meu namorado vai fazer uma exposição, então terei de estar lá.

— Ah — disse ele, e notei que o lábio inferior se contraiu de leve.
— Tudo bem.

Joguei a bolsa sobre o ombro.

— Se quiser, pode levar a Talon à exposição. Pode ser bom levá-la a outros lugares além do consultório do médico.

— Não posso. Tenho que terminar esses próximos capítulos até sábado.

— Ah, tudo bem... Bom, tenha uma boa noite.

— Que horas? — perguntou assim que segui para o corredor.

— Hã?

— Que horas é a exposição?

Um pouco de esperança se formou dentro de mim.

— Oito horas, no museu.

Ele assentiu.

— Posso terminar mais cedo. Traje formal?

Eu mal consegui conter o sorriso.

— Black tie.

— Anotado. — Pela expressão de Graham, ele deve ter percebido a minha animação. — Não é uma promessa. Só prefiro saber, caso eu decida ir.

— É claro. Vou colocá-lo na lista de convidados, só por precaução.

— Boa noite, Lucille.

— Boa noite, Graham Bell.

Quando me afastei, não pude deixar de pensar em como a noite tinha se desenrolado. Para uma pessoa comum, as interações de Graham deveriam parecer normais, mas eu sabia que, para ele, havia sido um dia extraordinário.

Claro, ele não tinha me garantido que conseguiria ir à exposição, mas havia uma pequena chance. Se esse era o homem que ele se tornava depois de uma visita do professor Oliver, rezei em silêncio para que ele viesse todos os dias.

* * *

Havia alguns breves momentos em que eu via como Graham cuidava da filha. Era a esses momentos que eu me apegava quando ele estava distante, mais frio do que gelo. Muitas vezes, eu o via sem camisa, deitado no sofá, com Talon em seus braços. Todos os dias ele fazia o método Mãe Canguru, por medo de não estabelecer uma ligação com a menina. Mas eles estavam mais ligados do que Graham poderia imaginar. Ela o adorava, e ele a adorava. Uma vez, enquanto eu descansava na sala de estar, ouvi pela babá eletrônica quando ele falou com a filha, tentando acalmar seu choro:

— Você é amada, Talon. Prometo sempre cuidar de você. Prometo ser uma pessoa melhor por você.

Graham nunca revelaria esse lado de seu coração para mim. Nunca se permitiria ser visto em um estado de espírito tão vulnerável. No entanto, o fato de ele não ter medo de amar Talon no silêncio de sua casa aquecia minha alma. Descobri que ele não era um monstro, afinal. Era simplesmente um homem que tinha sido ferido no passado e que se abria lentamente para o mundo graças ao amor pela filha.

* * *

Cheguei ao museu pouco depois das oito por causa de um atraso em uma entrega, e quando entrei, usando um vestido roxo com brilho, fiquei chocada com a quantidade de pessoas que já estavam lá. A exposição de Richard era na ala oeste do museu, e todos estavam vestidos como se estivessem no Met Gala em Nova York.

Eu tinha comprado meu vestido em uma promoção na Target.

Meus olhos percorreram o salão em busca de Richard. Quando finalmente o encontrei, fui até ele, apressada.

— Oi. — Sorri, interrompendo a conversa que ele estava tendo com duas mulheres sobre uma de suas obras. Elas estavam deslumbrantes em seus vestidos longos vermelhos e dourados. Os cabelos estavam arrumados com perfeição, e as maquiagens, divinas.

Richard olhou para mim e me deu um meio-sorriso.

— Oi, oi, você chegou. Stacy, Erin, essa é a Lucy.

As duas olharam para mim de cima a baixo quando estendi a mão para cumprimentá-las.

— Sou a *namorada* dele.

— Não sabia que você tinha namorada, Richie — disse Erin, apertando a minha mão com uma expressão levemente contrariada.

— Também não — interveio Stacy.

— Há cinco anos — falei entre os dentes, fazendo o possível para dar um sorriso falso.

— Ah... — disseram as duas ao mesmo tempo em tom de descrença.

Richard pigarreou, pousou a mão nas minhas costas e começou a me conduzir para longe delas.

— Senhoras, peguem uma bebida. Vou dar uma volta com Lucy.

Elas também se afastaram, e Richard se inclinou em minha direção.

— O que foi isso?

— Do que você está falando? — perguntei, tentando minimizar o fato de que eu não tinha me comportado de maneira normal naquela conversa.

— O seu aviso "esse é o meu homem, afastem-se, suas vacas".

— Desculpe — murmurei, ficando ereta. Eu não era ciumenta, mas a sensação que aquelas mulheres haviam me provocado era bastante desconfortável. Era como se não tivessem gostado de saber que eu existia.

— Tudo bem, de verdade — disse Richard, tirando os óculos e limpando-os com um lenço que estava no bolso. — Seu vestido é curto — comentou, olhando ao redor.

Dei uma voltinha.

— Gostou?

— É curto, só isso. Além do mais, seus saltos são amarelos e *muito* altos. Você está mais alta do que eu.

— E isso é um problema?

— Eu me senti um pouco diminuído, só isso. Quando eu te apresentar, vou parecer o cara baixinho ao lado da namorada gigante.

— São só alguns centímetros.

— Ainda assim, é depreciativo.

Eu não soube como interpretar as palavras de Richard e, antes que eu pudesse responder, ele comentou sobre o meu cabelo.

— E há pétalas de rosas em seu cabelo.

Sorri e acariciei o arranjo de flores que eu havia feito na floricultura antes de ir. Era composto de gipsófilas e pequenos botões de rosas e tulipas, e estava preso em uma trança francesa que recaía sobre o ombro esquerdo.

— Gostou? — perguntei.

— Parece um pouco infantil — respondeu, colocando os óculos de volta. — Eu só... pensei que tinha dito o quanto esse evento é importante para mim, Lucy. Para a minha carreira.

— Eu sei, Richard, isso tudo é incrível. O que você fez é incrível.

— Sim, mas parece um pouco estranho você chegar vestida dessa maneira.

Entreabri os lábios, sem saber o que dizer, mas, antes que eu pudesse responder, ele pediu licença, dizendo que precisava cumprimentar pessoas muito importantes.

Perambulei pelo salão sozinha antes de finalmente chegar ao bar, onde um cavalheiro sorriu para mim.

— Oi, o que posso oferecer a você?

— Um vestido diferente — brinquei. — E talvez sapatos mais baixos.

— Você está linda. E, cá entre nós, acho que você é a mais bem vestida no salão, mas o que eu posso saber? Sou só um barman, não um artista.

Eu sorri.

— Obrigada. Vou querer água com uma fatia de limão, por enquanto.

Ele ergueu a sobrancelha.

— Tem certeza de que não quer vodca? Essa parece uma ocasião para grandes quantidades de vodca.

Eu ri, fazendo que não com a cabeça.

— Embora eu concorde com você, acho que já estou chamando atenção o suficiente. Não há necessidade de permitir que a minha versão bêbada apareça.

Agradeci pela água gelada e, quando me virei, vi as costas de um homem parado em frente a uma das pinturas de Richard. Ao lado dele, havia um bebê conforto, e nele estava a criança mais linda do mundo. Uma onda de alegria me atingiu ao vê-los ali. Era difícil explicar como dois rostos familiares me traziam tanta confiança.

— Vocês vieram! — exclamei, indo até Talon e me abaixando para beijar a testa dela de leve.

Graham olhou para mim por um instante antes de voltar a observar a pintura.

— Sim, viemos.

Ele usava um terno todo preto, gravata cinza e abotoaduras. Os sapatos reluziam, como se tivessem sido engraxados para a ocasião. O cabelo estava penteado para trás com um pouco de gel, e a barba estava bem-aparada.

— Isso significa que você terminou os capítulos?

Ele negou com a cabeça.

— Vou terminar assim que chegar em casa.

Senti um aperto no peito. Ele nem tinha finalizado o trabalho, mas havia arrumado tempo para ir à exposição.

— Lucille?

— Sim?

— Por que estou olhando para um quadro de três metros de altura do seu namorado nu?

Eu ri e tomei um gole d'água.

— É uma exposição sobre autodescoberta. Richard mergulhou fundo em si mesmo para expressar seus pensamentos, medos e crenças através da visão que tem de seu corpo, usando diferentes materiais como argila, carvão e pastel.

Graham olhou ao redor da sala, analisando os autorretratos e as obras em argila de Richard.

— Aquela é uma estátua de dois metros de altura do pênis dele? — perguntou.

Assenti, sentindo-me desconfortável.

— É, sim.

— Humpf. Ele é bem confiante na própria... — Graham inclinou ligeiramente a cabeça e pigarreou — masculinidade.

— Gosto de acreditar que confiança é o meu sobrenome — brincou Richard, entrando na nossa conversa. — Desculpe, acho que não nos conhecemos.

— Ah, sim. Richard, esse é o Graham. Graham, esse é o Richard.

— O *namorado* da Lucy — disse Richard, o veneno escorrendo de suas palavras ao estender a mão para apertar a de Graham. — Então é você quem está roubando a minha namorada, hein?

— Mais Talon do que eu — respondeu ele, seco como sempre.

— E você é escritor? — perguntou Richard, sabendo muito bem que Graham era, na verdade, G. M. Russell — Desculpe, acho que nunca ouvi falar dos seus livros. Acho que nunca li nada que você tenha publicado. — Ele estava sendo estranhamente agressivo, deixando a situação constrangedora.

— Tudo bem — retrucou Graham. — Um grande número de pessoas já leu meus livros, então seu desconhecimento não afeta o meu sucesso.

Richard soltou uma risada alta e forçada e deu um tapinha no ombro de Graham.

— Muito engraçado. — Ele colocou as mãos nos bolsos, e seu olhar vagou até o meu copo. Ele ergueu a sobrancelha. — Vodca?

— Água.

— Isso é bom. Provavelmente é melhor que você não beba essa noite, certo, querida?

Dei um meio-sorriso, mas não disse nada.

Graham fez uma careta.

— Por que isso? — perguntou.

— Ah, bem, quando Lucy bebe, ela se torna um pouco... pateta. Muito falante, pode acreditar. É como se o álcool ressaltasse todas as suas peculiaridades e, às vezes, é difícil lidar com isso.

— Ela parece adulta o suficiente para fazer as próprias escolhas — comentou Graham.

— E a escolha dela foi não beber essa noite — retrucou Richard, sorrindo.

— Tenho certeza de que ela pode falar por si mesma. Afinal, ela tem as próprias cordas vocais.

— Sim, mas ela teria dito exatamente o que falei.

Graham deu um sorriso forçado. Foi o sorriso mais infeliz que eu já vi.

— Com licença, preciso ir a qualquer outro lugar — disse ele com frieza, pegando o bebê conforto de Talon e se afastando.

— Uau. — Richard assobiou baixo. — Que idiota.

Dei um empurrão no ombro dele.

— O que foi aquilo? Você foi um pouco agressivo, não acha?

— Bem, sinto muito. Não sei se me sinto bem com a ideia de você passar tanto tempo na casa dele.

— Estou lá para ajudar a cuidar da Talon, que é minha sobrinha, parte da minha família. Você sabe disso.

— Sim, mas acho que você deixou de fora o fato de que ele parece a droga de um deus grego, Lucy. Quero dizer, que tipo de autor tem os braços do tamanho do Titanic? — indagou Richard, seu ciúme claramente visível.

— Ele malha quando tem bloqueio criativo.

— Deve ter muita coisa bloqueando esse cara. Bom, venha comigo. Há algumas pessoas que preciso que você conheça.

Ele segurou meu braço e começou a me puxar. Eu me virei, procurando Graham, e ele estava sentado em um banco, segurando Talon e olhando na minha direção. Seu olhar era intenso, como se milhões de pensamentos estivessem rodopiando em sua mente.

Richard me conduziu pelo salão e me apresentou a um monte de gente que estava muito mais elegante do que eu. Toda vez ele falava da minha roupa, mencionando como ela era peculiar, assim como minha personalidade. Ele dizia aquilo com um sorriso, mas eu conseguia ver que ele estava aborrecido.

— Posso fazer uma pausa? — perguntei, depois de falar com uma mulher que olhou para mim como se eu fosse lixo.

— Só mais duas pessoas. Isso é importante, eles *são* as pessoas mais importantes com quem devemos falar hoje.

Aparentemente, meu intervalo teria que esperar.

— Sr. e Sra. Peterson — disse Richard, estendendo a mão para cumprimentá-los. — Estou muito feliz por vocês terem vindo.

— Não seja tão formal, Richard. Por favor, nos chame de Warren e Catherine — pediu o homem, enquanto os dois nos cumprimentavam com sorrisos calorosos.

— Certo, é claro. Novamente, estou muito feliz por vocês estarem aqui.

Catherine usava um xale de pele nos ombros e joias caras, o que deixava seu sorriso ainda mais reluzente. Seus lábios estavam pintados de fúcsia, e ela se portava como se fosse da realeza.

— Não perderíamos isso por nada, Richard. E você deve ser Lucy. — Ela sorriu e apertou minha mão. — Estava curiosa para conhecer a mulher que inspira esse homem talentoso.

— Sou eu. — Ri sem entusiasmo, puxando a ponta do vestido com a mão livre, esperando que Richard não comentasse sobre ele. — Desculpe-me, mas como vocês dois sabem...

— O Sr. Pet... Desculpe, *Warren*... é um dos mais importantes artistas do mundo, e ele é de Milwaukee, Lucy — explicou Richard. — Falei da obra dele com você muitas vezes.

— Não — eu disse, com suavidade. — Não estou certa disso.

— Mas eu estou. Acho que você esqueceu.

Warren riu.

— Não se preocupe com isso, Lucy. Minha própria esposa se esquece de mim cinquenta vezes por dia, não é verdade, Catherine?

— Desculpe, eu te conheço? — zombou Catherine, dando uma piscadinha para o marido. Eles eram muito gentis, mas eu sabia que Richard ainda estava irritado comigo, apesar de eu ter certeza de que nunca tinha ouvido falar deles.

— Então, Richard, qual será o próximo passo na sua carreira? — perguntou Warren.

— Bem, fui convidado por um amigo meu para uma exposição em Nova York — comentou.

— Hã? — perguntei, surpresa por só saber disso naquele momento. — Eu não fazia ideia...

— Eu soube essa tarde, na verdade. — Richard se inclinou e me deu um beijo. — Você se lembra do Tyler? Ele vai a um grande evento de arte na cidade e disse que eu poderia ficar no apartamento dele.

— Ah, o Rosa Art Gala? — perguntou Warren. — Meus trabalhos ficaram em exposição lá por muitos anos. É uma semana mágica. Juro que todo artista deve participar desse evento pelo menos uma vez. Encontrei algumas das minhas influências artísticas mais importantes nesse período.

— E perdeu muitos neurônios também — zombou Catherine. — Com tinta, álcool e maconha.

— Será incrível, tenho certeza — comentou Richard.

— Você também vai, Lucy? — indagou Warren.

— Ah, não. Ela é dona de uma floricultura — disse Richard, sem me dar chance de responder. Eu sequer havia sido convidada, para começo de conversa. — Mas eu gostaria que ela pudesse ir.

— Você é florista? — perguntou Warren, ansioso. — Você deveria pensar em fazer uma parceria com algum artista para uma das exposições que o museu realiza aqui. Você faz um arranjo floral, e o artista cria uma obra baseada nele. É muito divertido.

— Parece mesmo incrível — concordei.

— Se você precisar de um artista para essa parceria, me avise e vejo o que posso fazer. Tenho certeza de que posso colocar o seu nome na exposição.

— Agora é a hora da pergunta mais importante da noite: o que você está bebendo, Lucy? — perguntou Catherine.

— Ah, só água.

Ela passou o braço pelo meu e começou a me conduzir para longe dali.

— Bem, isso não está certo. Gosta de gim? — perguntou.

Antes que eu pudesse responder, Richard falou:

— Ah, ela ama gim. Lucy vai tomar o que você estiver bebendo, tenho certeza.

Enquanto nós quatro seguíamos em direção ao bar, Catherine fez uma pausa.

— Meu Deus, Warren! Warren, *olhe!* — Ela fez um gesto com a cabeça na direção de Graham, que estava colocando Talon adormecida de volta no bebê conforto. — Aquele é G. M. Russell?

Warren tirou os óculos do bolso.

— Acho que é.

— Você conhece o trabalho dele? — perguntou Richard, de mau humor.

— Se eu conheço? Somos apaixonados por ele. É um dos melhores escritores do país, além do pai, é claro. Que ele descanse em paz — falou Warren.

— Ah, não. Ele é muito melhor do que Kent. Ele escreve com tanta paixão, é assustadoramente lindo.

— Sim. — Warren assentiu. — Concordo plenamente. Na verdade, minha série *Sombras* foi inspirada em um romance dele, *Implacável*.

— Esse é um dos meus favoritos — respondi, animada. Aquele livro tinha um lugar permanente na minha estante. — E a reviravolta no final?

— Meu Deus, querida, que reviravolta! — As bochechas de Catherine ficaram vermelhas. — Ah, eu adoraria conhecê-lo.

Eu não sabia que meu namorado poderia ser tão babaca em uma única noite, mas ele continuava a me surpreender com seus comentários absurdos.

— Na verdade, ele é amigo da Lucy — disse, sem esforço. Graham estava longe de ser meu amigo, apesar de ser o único capaz de me trazer algum conforto no salão naquela noite. — Lucy, você acha que pode apresentá-lo?

— Hum, com certeza, é claro. — Sorri para o casal animado e os levei até Graham.

— Ei, Graham.

Ele se levantou, ajeitou o terno e entrelaçou as mãos.

— Lucille.

— Está se divertindo? — perguntei.

Ele permaneceu em um silêncio constrangedor. Depois de um momento, pigarreei e gesticulei para o casal.

— Esses são Warren e Catherine. Eles são...

— Dois dos seus maiores fãs! — exclamou Catherine, estendendo a mão e apertando a de Graham com entusiasmo. Graham deu um grande sorriso forçado, também conhecido como seu "sorriso de escritor diante de um fã", presumi.

— Obrigado, Catherine. É sempre um prazer conhecer os leitores. Essa noite fiquei sabendo que algumas pessoas nunca ouviram falar do meu trabalho, mas o fato de vocês dois o conhecerem bem é animador.

— Não ouviram falar do seu trabalho? Que blasfêmia! Não consigo pensar em uma só alma que não te conheça — retrucou Warren. — Você é uma lenda viva, de certa maneira.

— Infelizmente, nosso querido Richard aqui parece discordar — ironizou Graham.

— Sério, Richard? Você não conhece o trabalho de Graham? — Havia uma leve decepção na voz de Catherine.

Richard riu, nervoso, passando a mão pela nuca.

— Ah, não, é claro que eu conheço o trabalho dele. Só estava brincando.

— Sua definição de brincadeira é um pouco equivocada — comentou Graham, seco.

Talon começou a espernear um pouco, e me abaixei para pegá-la. Sorri para o seu rostinho doce, enquanto Graham e Richard travavam uma guerra estranha.

O grupo podia sentir a tensão aumentando, e Warren deu um largo sorriso antes de olhar ao redor.

— Então, Richard, seu trabalho é único.

Meu namorado se empertigou, orgulhoso.

— Sim. Gosto de pensar nisso como um despertar do meu lado mais obscuro e intenso. Foi uma busca difícil e profunda, que levou muito tempo. Quase entrei em colapso por ser tão vulnerável e aberto e por pensar que, nessa exposição, as pessoas entrariam na minha alma. Foi duro, com certeza, derramei muitas lágrimas, mas consegui.

Graham bufou, e Richard lhe dirigiu um olhar severo.

— Desculpe, falei algo engraçado?

— Não, exceto tudo que acabou de sair da sua boca — respondeu Graham.

— Você parece saber tudo, não? Bem, vá em frente, me diga o que você vê quando olha ao redor — insistiu Richard.

Não faça isso, Richard. Não desperte a fera.

— Confie em mim, você não quer saber o que estou pensando — disse Graham, mantendo a cabeça erguida.

— Não, vamos, nos ilumine com seu conhecimento, porque estou meio cansado da sua atitude. Não há qualquer justificativa para o seu tom pretensioso e extremamente desrespeitoso.

— Desrespeitoso? Pretensioso? — Graham arqueou a sobrancelha.

Ah, não. Percebi a veia saltando em seu pescoço e, embora ele mantivesse a voz calma, estava cada vez mais irritado.

— Estamos em uma sala cheia de pinturas e esculturas do seu pênis e, sinceramente, você não parece ser nada além de um homem tentando compensar o que falta na sua vida. E a julgar pela sua altura e pela necessidade de forçar as pessoas a encararem sua genitália claramente fantasiosa, está faltando muita coisa.

Todos ficaram boquiabertos e atordoados com as palavras de Graham. Meus olhos se arregalaram, e senti um aperto no peito ao puxá-lo pelo braço.

— Posso conversar com você em outra sala? — perguntei, mas era muito mais uma ordem do que um pedido educado. Levei Talon até uma sala às escuras e perguntei: — O que foi aquilo?

— Do que você está falando?

— De você. E do seu comportamento.

— Não sei do que você está falando.

— Vamos, Graham! Pelo menos uma vez na vida você pode deixar a arrogância de lado?

— Eu? Arrogante? Você está brincando? Ele fez retratos de si mesmo *nu* e os considerou obras de arte, quando na verdade é só algum tipo de bobagem hipster que não deveria estar nesse museu.

— Ele é talentoso.

— Sua ideia de talento está equivocada.

— Eu sei. Afinal de contas, eu leio os seus livros.

— Ah, muito boa observação, Lucille. Você realmente se superou — disse Graham, revirando os olhos. — No entanto, ao contrário do seu pseudonamorado, conheço meus defeitos quando se trata do meu trabalho. Ele acredita que é o melhor dos melhores.

— Como assim? O que você quis dizer com "pseudonamorado"?

— Ele não conhece você — disse Graham, de modo assertivo.

— Estamos juntos há mais de cinco anos, Graham.

— E, ainda assim, ele não tem ideia de quem você é, o que não é uma surpresa, porque ele parece ser tão arrogante que não tem tempo para se concentrar em mais ninguém.

— Uau. — falei, completamente desconcertada por suas palavras.

— Você nem o conhece.

— Conheço o tipo. É aquela pessoa que experimenta um gostinho do sucesso e acha que pode jogar as coisas e as pessoas do passado fora. Não sei como ele olhava para você antes, mas agora ele olha como se você não fosse nada. Como se fosse inferior a ele. Dou duas semanas para o seu relacionamento acabar. No máximo um mês. Sou capaz de apostar.

— Você está sendo um idiota.

— Estou falando a verdade. Ele é babaca e convencido. Isso é engraçado, levando em consideração que o nome dele é Richard. O apelido dele é Dick? Se for, se encaixa perfeitamente, porque ele é de fato um idiota.

Graham estava com muita raiva, o rosto completamente vermelho enquanto mexia sem parar nas abotoaduras. Eu nunca o tinha visto tão furioso, o que era muito diferente da sua inexpressividade habitual.

— Por que você está tão zangado? O que você tem?

— Deixa pra lá, esqueça. Passe a Talon para mim.

— Não, você não pode fazer isso. Não pode explodir e ser desrespeitoso com o meu namorado e depois querer que eu esqueça.

— Posso e fui.

— Pare com isso, Graham. Pelo menos uma vez na vida, diga o que realmente está sentindo!

Ele entreabriu os lábios, mas não disse nada.

— Sério? Nem uma palavra? — perguntei.

— Nem uma palavra — respondeu ele em voz baixa.

— Então acho que você está certo. Acho que está na hora de você ir.

— Concordo. — Graham estava a poucos centímetros de mim, sua respiração quente se condensando em minha pele. Meu coração martelava no peito, sem entender o que Graham estava fazendo, e ele se aproximou ainda mais. Endireitou a gravata, abaixou o tom de voz e falou: — Você sorri e se considera livre, mas isso não significa que a gaiola não exista. Significa apenas que você baixou os padrões, que não se permite mais voar para longe.

As lágrimas queimavam meus olhos quando Graham pegou Talon dos meus braços e se virou para sair. Pouco antes de deixar a sala, ele fez uma pausa e respirou fundo. Voltou-se na minha direção, olhou dentro dos meus olhos, e seus lábios se entreabriram, como se ele quisesse falar novamente. Ergui a mão.

— Por favor, só vá embora — sussurrei com a voz trêmula. — Acho que não consigo suportar mais nada essa noite, Sr. Russell.

Minha frieza ao usar o sobrenome dele o fez se empertigar e, quando ele foi embora, minhas lágrimas começaram a cair. Segurei meu pingente de coração e respirei fundo algumas vezes.

— Ar acima de mim, terra abaixo de mim, fogo dentro de mim, água ao meu redor...

Repeti as palavras até que meus batimentos cardíacos voltassem a um ritmo normal. Repeti as palavras até que minha cabeça parasse de girar. Até aliviar a dor da ferida que Graham tinha causado à minha alma. Então, retornei à exposição com um sorriso falso e, mentalmente, repeti as palavras mais algumas vezes.

Capítulo 11

Lucy

— Ele ainda está ligando? — perguntou Richard, limpando os pincéis na pia do banheiro. Encostei na parede do corredor, vendo o nome de Graham piscar na tela do celular.

— Está.

Eu não o via desde o evento de Richard, há cinco dias, e ele não tinha parado de me ligar desde então.

— E ele não deixa mensagem?

— Não.

— Bloqueie o número. Ele é a definição de psicopata.

— Não posso. E se algo acontecer a Talon?

— Você sabe que ela não é sua responsabilidade, certo? Ela não é sua filha.

— Eu sei. É que... — Mordi o lábio e encarei o telefone. — É difícil explicar.

— Não, eu entendo, LuLu. Você é uma pessoa generosa, mas precisa tomar cuidado, porque um homem como ele gosta de sugar as pessoas. Ele vai tirar tudo o que puder de você e depois tratá-la como lixo.

Lembrei-me do jantar que nós tivemos uma semana antes. A noite em que Graham me mostrou um lado doce que não imaginei que ele tivesse. O problema de Graham Russell era que ele vivia quase completamente dentro de seu mundo. Ele nunca havia permitido que alguém conhecesse seus pensamentos ou sentimentos. Então, na noite em que ele teve aquela explosão repentina na exposição, foi como se eu descobrisse uma pessoa totalmente diferente da que conhecia.

Em vez de continuar a conversa sobre Graham, resolvi mudar de assunto.

— Você realmente precisa ficar fora por uma semana?

Richard passou por mim e seguiu em direção à sala de estar, onde suas malas estavam abertas.

— Eu sei; não queria ficar tanto tempo fora, mas agora que consegui expor meu trabalho no museu, tenho que manter o ritmo. Além disso, quando se é convidado para uma festa de gala em Nova York, você tem que ir.

Parei atrás dele e o abracei.

— Tem certeza de que as namoradas não podem ir junto? — brinquei.

Ele se virou, sorrindo, e beijou meu nariz.

— Bem que eu queria. Vou sentir sua falta.

— Também vou sentir a sua. — Sorri, beijando-o de leve. — Se você quiser, posso demonstrar exatamente o quanto.

Richard deu um sorriso torto e olhou o relógio.

— Embora isso seja extremamente tentador, tenho que ir para o aeroporto em vinte minutos e ainda nem terminei de arrumar as malas. — Ele se desvencilhou do meu abraço e voltou a arrumar a bagagem.

— Tudo bem. Bom, tem certeza de que não quer que eu te leve ao aeroporto?

— Não, não precisa. Vou chamar um Uber. Você vai treinar a garota nova no trabalho hoje, não vai? — Richard deu uma olhada no relógio mais uma vez antes de voltar sua atenção para mim. — Acho que você já está atrasada.

— Sim, tem razão. Então está bem. Mande mensagem antes do avião decolar e ligue quando pousar.

Eu me inclinei e o beijei.

— Está certo, vou fazer isso. E, amor? — Ele pegou as chaves para sair.

— Sim?

— Bloqueie o número dele.

* * *

— Desculpe, estou atrasada — falei, entrando apressada na Jardins de Monet pela porta dos fundos.

Mari estava conferindo os pedidos da semana com Chrissy, a nova florista. Ela era uma mulher bonita, tinha cerca de 70 anos e já havia sido dona da própria floricultura. Ensinar a ela o funcionamento da loja era fácil — ela entendia mais de flores do que eu e Mari juntas.

Quando dissemos que ela era muito qualificada para a função, ela discordou, afirmando que tinha administrado seu negócio por muitos anos, mas que era difícil cuidar de todo o trabalho. Disse também que os amigos a aconselharam a se aposentar, mas seu coração sentia que precisava viver cercada pelas flores por um pouco mais de tempo. Portanto, o emprego na nossa loja seria perfeito.

— Não se preocupe. — Chrissy sorriu. — Já dei uma olhada nos pedidos de hoje.

— Sim, e também me ensinou a usar esse novo software para organizar os pedidos. Em outras palavras, acho que contratamos uma feiticeira — brincou Mari. — Richard já foi para Nova York?

— Sim, infelizmente. Mas ele voltará logo.

— Essa é a primeira vez que vocês passam uma semana longe um do outro. Tem certeza de que consegue lidar com isso?

— Estou planejando comer um monte de besteiras, tipo chips de couve e guacamole.

— Minha querida, sem querer ofender, mas chips de couve não é considerado besteira — disse Chrissy, irônica.

— É o que venho dizendo há milhões de anos! — exclamou Mari, indo até a porta da frente para abrir a loja. — Mas tudo bem, vou levar Chrissy comigo para o casamento em Wauwatosa. Você precisa de alguma coisa?

— Não. Divirtam-se! Estarei aqui quando voltarem.

Assim que elas saíram pela porta dos fundos, um senhor entrou na loja e tirou seu chapéu fedora com um gesto rápido.

Senti um aperto no peito ao vê-lo e, quando nossos olhares se encontraram, ele sorriu.

— Lucy — disse, animado.

— Oi, Ollie. O que está fazendo aqui?

Ele andou pela loja, observando as flores.

— Gostaria de comprar algumas rosas para uma dama especial. — O sorriso de Ollie era encantador, e ele começou a assobiar enquanto explorava o local. — Embora eu não tenha certeza do que ela gosta. Você poderia me ajudar?

— É claro. Fale um pouco sobre ela.

— Bem, ela é linda. E tem olhos que hipnotizam. Quando ela olha para alguém, é como se essa pessoa fosse a mais importante do mundo.

Meu coração se aqueceu ao ouvi-lo falar da mulher com tanto carinho. Ele continuou a descrevê-la, e andamos pela loja escolhendo uma flor para cada faceta do que parecia ser uma personalidade vibrante.

— Ela é gentil e se importa com as pessoas. Tem um sorriso que ilumina o ambiente. É inteligente também, muito inteligente. Não tem medo de estender a mão e ajudar quem precisa, mesmo diante de uma situação difícil. E a última palavra que posso usar para descrevê-la é... — disse, escolhendo uma rosa vermelha. — Pura. Ela é pura, não se deixou contaminar pela crueldade do mundo. É simples e encantadoramente pura.

Peguei a rosa da mão dele.

— Parece ser uma mulher maravilhosa.

— Ela é, sim.

Fui até o balcão e comecei a podar as hastes das flores, e ele escolheu um vaso vermelho. O arranjo tinha flores de diferentes cores e estilos, uma seleção deslumbrante. Essa era a minha parte favorita do trabalho: quando as pessoas entravam na loja e não tinham ideia do que queriam. Rosas eram lindas, sim, assim como as tulipas. No entanto, havia algo gratificante em ser capaz de criar um arranjo que expressasse a personalidade da pessoa amada.

Coloquei uma fita em torno do vaso e, quando comecei a fazer um laço, Ollie semicerrou os olhos.

— Você está ignorando as ligações dele.

Por um segundo eu me atrapalhei com a fita.

— É complicado.

— É claro que é — concordou. — Afinal, estamos falando do Graham. — Ele abaixou o tom de voz e segurou o chapéu junto ao peito. — Minha querida, o que quer que ele tenha feito, ele sente muito.

— Ele foi cruel — sussurrei. O laço não estava perfeito, então eu o desfiz e comecei novamente.

— É claro que foi. Afinal, estamos falando do Graham. — Ele riu. — O que significa que ele não teve a intenção.

Eu não disse mais nada sobre o assunto.

— As flores custam quarenta e quatro dólares e trinta e dois centavos, mas temos um desconto para a primeira compra, então elas sairão por trinta e quatro dólares e trinta e dois centavos.

— É muito gentil da sua parte, Lucy. Obrigado. — Ele pegou a carteira e me entregou o dinheiro. Então colocou o chapéu de volta na cabeça e se virou para ir embora.

— Ollie, está se esquecendo das flores!

Ele se voltou na minha direção.

— Não, senhorita. Um amigo meu pediu que eu passasse aqui e escolhesse essas flores para você. Perguntei a ele algumas características suas, e nós dois criamos esse buquê.

— Graham disse aquelas coisas sobre mim? — perguntei, sentindo um aperto no peito ao olhar para o arranjo de flores.

— Bom, ele falou uma das palavras, e eu apenas completei com as minhas, baseando-me nos poucos momentos em que passamos juntos. — Ele pigarreou e inclinou a cabeça. — Ouça, não estou dizendo que você deve voltar, mas se o fizer, provará que ele está errado.

— O que você quer dizer com isso?

— Graham acha que todos sempre vão embora. Se o passado ensinou algo a ele, foi isso. Então, uma parte dele sente alívio por você ter sumido. Afinal, ele tinha certeza de que um dia você iria embora. É por isso que ele não me suporta. Não importa o que ele faça, eu vou continuar aparecendo, e isso o deixa louco. Então, se você quiser se vingar dele por ter te magoado, a melhor forma de fazer isso é provar que ele está errado, que nem todo mundo vai abandoná-lo. Eu juro, Graham vai agir como se odiasse você, mas lembre-se: a verdade está nos olhos dele. Ele te agradecerá um milhão de vezes com o olhar.

— Ollie?

— Sim?

— Que palavra ele usou? Para me descrever?

— Pura, minha querida. — Ele me cumprimentou com o chapéu uma última vez e abriu a porta. — Ele disse que você é pura.

* * *

Ele estava com o cenho franzido e os braços cruzados quando cheguei.

— Você voltou — disse Graham, parecendo surpreso ao me ver na varanda. — Sinceramente, achei que voltaria antes.

— Por que você pensaria isso?

— O professor Oliver me disse que você recebeu as flores.

— Sim.

Ele ergueu a sobrancelha.

— Isso foi há quatro dias.

— Aham.

— Bem, demorou muito para vir agradecer. — As palavras severas e secas não eram uma surpresa, mas, ainda assim, por alguma razão, elas mexeram comigo.

— Por que eu agradeceria pelas flores? Você nem mesmo as escolheu.

— E isso importa? — perguntou Graham, passando a mão na nuca. — Ainda assim você as recebeu. Está sendo ingrata.

— Você está certo, Graham. *Eu* sou a grosseira aqui. De qualquer modo, só vim porque você me deixou uma mensagem dizendo que Talon estava doente.

Entrei na casa sem ser convidada, tirei o casaco e o deixei na poltrona da sala de estar.

— Ela está febril, mas eu não sabia... — Ele fez uma pausa. — Você voltou porque ela estava doente?

— É claro que sim. — Bufei. — Não sou um monstro. Se Talon precisa de mim, estou aqui para cuidar dela. Você só me deixou uma mensagem falando sobre isso hoje.

— Sim, é claro. Olha...

— Não precisa se desculpar, isso faz com que você pareça fraco.

— Eu não ia me desculpar. Eu ia dizer que perdoo você.

— Que me perdoa? Por quê?

Ele tirou meu casaco da poltrona e o colocou dentro no armário.

— Por ter sido infantil e desaparecido por vários dias.

— Isso é uma piada, não é?

— Não sou do tipo que faz piadas.

— Graham... — comecei a falar, mas então fechei os olhos e respirei fundo algumas vezes. Não queria dizer algo de que pudesse me arrepender depois. — Você pode, ao menos por um segundo, aceitar que foi culpado pelo que aconteceu no museu?

— Culpado? Eu fui sincero naquela noite.

— Em tudo? — Fiquei chocada. — Então você não está arrependido?

— É claro que não — disse ele, colocando as mãos nos bolsos da calça jeans. — Só falei a verdade, e é uma pena que você seja emotiva demais para aceitá-la.

— Sua definição de verdade difere muito da minha. Nada do que você disse era verdade. Você deu a sua opinião, a qual eu não havia pedido.

— Ele tratou você como...

— Pare, Graham. Ninguém te perguntou nada sobre como ele me tratou. Ninguém pediu a sua opinião. Eu só te convidei para o evento porque achei que seria bom para você e para Talon saírem um pouco de casa. Foi um erro.

— Não pedi a você que sentisse pena de mim.

— Você está certo. Eu é que sou boba por estender a mão a você, por tentar construir algum tipo de relacionamento com o pai da minha sobrinha.

— Bem, isso é culpa sua. Sua necessidade de encontrar vida em tudo e em todos é ridícula e só demonstra seu comportamento infantil. Você deixa suas emoções te guiarem, e isso torna você uma pessoa fraca.

Fiquei boquiaberta, sem acreditar no que estava ouvindo, e balancei a cabeça de leve.

— O fato de não ser como você não me torna uma pessoa fraca.

— Não faça isso — disse Graham, com suavidade.

— Isso o quê?

— Não faça com que eu me arrependa dos meus comentários.

— Não fiz isso.

— Então quem fez?

— Não sei. Talvez tenha sido sua consciência.

Ele semicerrou os olhos escuros, e quando Talon começou a chorar, fiz menção de ir ao quarto dela.

— Não. Pode ir, Lucille. Seus serviços não são mais necessários.

— Você está sendo ridículo. Eu posso ajudá-la.

— Não. Vá embora. É óbvio que você quer ir embora, então vá.

Graham era um monstro nascido das circunstâncias mais terríveis. Ele era dolorosamente lindo, de um modo sombrio. Suas palavras me mandavam ir embora, mas seus olhos me imploravam que ficasse.

Passei por ele, nossos ombros roçando um no outro, e permaneci firme, encarando-o.

— Não vou a lugar algum, Graham, então pode parar de desperdiçar seu fôlego.

Entrei no quarto de Talon, esperando que ele tentasse me deter, mas Graham não me seguiu.

— Oi, querida — falei, pegando-a no colo. Eu sabia que havia se passado só uma semana desde a última vez que a vi, mas podia jurar que ela tinha crescido. O cabelo loiro parecia um pouquinho mais comprido, e os olhos castanhos sorriam de uma maneira só dela.

Talon parecia bem, mesmo tossindo um pouco e com a testa quentinha. Deitei-a no trocador para trocar a fralda e cantarolei baixinho enquanto ela sorria radiante para mim.

Como sempre, fiquei me perguntando se o sorriso do pai seria como o dela, caso ele soubesse o que era sorrir. Tentei imaginar como os lábios carnudos de Graham ficariam se ele desse um sorriso.

Talon ficou na cadeira de descanso por meia hora, e eu li para ela alguns livros que estavam na estante. Ela dava risadinhas, e quando o nariz escorria, fazia os barulhinhos mais fofos do mundo. Por fim, ela adormeceu, mas não tive coragem de colocá-la de volta no berço. Ela parecia muito confortável com o balanço da cadeirinha.

— Preciso dar o remédio dela daqui a mais ou menos uma hora — disse Graham, desviando o meu olhar do bebê adormecido. Ele estava parado na porta com um prato nas mãos. — Eu... hã... — Ele deu alguns passos, evitando contato visual. — Mary preparou rocambole de carne e purê de batata. Imaginei que você estivesse com fome e que não ia querer comer comigo, então... — Ele colocou o prato sobre a cômoda. — Aqui está.

Graham me deixava confusa ao me fazer mudar de opinião o tempo todo sobre quem ele realmente era e quem ele demonstrava ser. Era difícil de acompanhar.

— Obrigada.

— Tudo bem. — Ele ainda evitava o contato visual, e observei quando suas mãos abriram e fecharam repetidamente. — Você me perguntou o que eu estava sentindo naquela noite. Você lembra?

— Lembro.

— Posso dizer agora?

— É claro.

Quando ele ergueu a cabeça e nossos olhares se encontraram, senti meu coração bater mais forte. E, quando Graham moveu os lábios, absorvi cada palavra que saiu de sua boca.

— Eu senti raiva. Senti muita raiva dele. Seu namorado olhava para você como se não fosse digna da atenção dele. Falou mal da sua roupa a noite toda ao apresentá-la às pessoas. Ele falava como se você não fosse boa o suficiente para ele e, pelo amor de Deus, ele paquerava outras mulheres todas as vezes que você virava as costas. Ele foi insensível, grosseiro e um completo idiota.

Graham baixou a cabeça por uma fração de segundo antes de voltar a me fitar. Seu olhar, que antes estava frio, agora era suave, gentil e cauteloso.

— Ele foi um completo idiota por pensar que você não era a mulher mais bonita naquele lugar. Sim, eu entendo, Lucille. Você é uma hippie esquisita e tudo em você é intenso e estranho, mas quem ele pensa que é para exigir que você mude? Você é um presente para qualquer homem, e ele te tratou como se você não fosse mais do que uma escrava desprezível.

— Graham... — comecei, mas ele levantou a mão.

— Eu peço desculpas por te magoar e por ofender o seu namorado. Aquela noite me fez lembrar de coisas que presenciei no passado, e estou envergonhado por ter deixado que isso me abalasse daquela maneira.

— Eu aceito suas desculpas.

Graham me deu um meio-sorriso e se virou para sair, fazendo-me imaginar o que teria acontecido em seu passado que o havia chateado tanto.

Capítulo 12

Noite de Ano-Novo

— *O livro entrou para a lista de best-sellers do New York Times justo hoje. Sabe o que isso significa, Graham? — perguntou Rebecca, forrando a mesa de jantar com uma toalha nova.*

— *Mais uma razão para o papai ficar bêbado e convidar as pessoas para virem aqui em casa — murmurou ele, apenas para que ela ouvisse.*

Ela deu uma risadinha e pegou o caminho de mesa. Entregou a ele uma ponta e segurou a outra.

— *Não vai ser tão ruim esse ano. Ele não tem bebido tanto ultimamente.*

Pobre, doce e ingênua Rebecca, *pensou Graham. Ela devia estar fazendo vista grossa para as garrafas de uísque guardadas na gaveta da escrivaninha do seu pai.*

Enquanto ele a ajudava a arrumar a mesa de jantar para os dezesseis convidados que chegariam dentro de duas horas, seus olhos percorreram a sala. Rebecca estava morando com ele e o pai havia dois anos, e ele nunca tinha imaginado que poderia ser tão feliz. Quando seu pai ficava zangado, Graham buscava apoio no sorriso de Rebecca. Ela era o lampejo de luz durante as tempestades.

Além disso, todo ano ele ganhava um bolo de aniversário.

Ela estava linda naquela noite, com seu vestido elegante de Ano-Novo. Quando ela caminhava, o vestido dourado acompanhava seus movimentos, arrastando-se no chão atrás dela. A mulher usava sapatos de salto alto que alongavam o seu corpo pequeno, mas, ainda assim, parecia bem mignon.

— Você está bonita — elogiou Graham, fazendo-a olhar para ele com um sorriso.

— Obrigada, Graham. Você também está muito bonito.

Ele sorriu também, porque ela sempre o fazia sorrir.

— Você acha que vai vir alguém da minha idade hoje à noite? — perguntou. Ele odiava o fato de todas as festas sempre terem só adultos.

— Acho que não — respondeu Rebecca. — Mas talvez amanhã eu possa levar você para encontrar seus amigos.

Isso deixou Graham feliz. Seu pai sempre estava muito ocupado para levá-lo aos lugares, mas Rebecca sempre arranjava tempo.

Por um momento, ela olhou para o relógio sofisticado em seu pulso, que o pai do menino havia lhe dado de presente depois de uma das muitas brigas que tinham.

— Você acha que ele ainda está trabalhando? — perguntou ela, franzindo o cenho.

— Aham.

— Será que devo interromper? — Ela mordeu o lábio inferior.

— Hum-hum. — Ele fez que não com a cabeça.

Rebecca atravessou a sala, ainda olhando o relógio.

— Ele vai ficar zangado caso se atrase... Vou verificar. — Ela caminhou até o escritório, e bastaram alguns segundos para que Graham ouvisse os gritos.

— Estou trabalhando! O próximo livro não se escreverá sozinho, Rebecca! — berrou Kent, pouco antes de a madrasta voltar correndo para a sala de jantar, visivelmente abalada, os lábios contraídos.

Ela sorriu para Graham e deu de ombros.

— Sabe como ele fica quando tem um prazo a cumprir — disse, inventando uma desculpa.

Graham fez que sim com a cabeça. Ele sabia mais do que ninguém.

Seu pai era um monstro, especialmente quando tinha passado do prazo de entrega de algum livro.

Mais tarde, naquela noite, poucos minutos antes de os convidados começarem a chegar, Kent vestiu seu terno de grife.

— Por que não me chamou antes? — gritou ele com Rebecca enquanto ela arrumava os aperitivos na sala de estar. — Eu estaria atrasado se não tivesse visto a hora quando fui ao banheiro.

Graham virou de costas para o pai e revirou os olhos. Ele sempre tinha que virar de costas para poder fazer isso, caso contrário, apanharia.

— Sinto muito — respondeu ela, sem querer se estender no assunto e aborrecer Kent ainda mais. Era noite de Ano-Novo, uma de suas ocasiões favoritas, e ela se recusava a começar uma discussão.

Kent bufou, ajeitando a gravata.

— Você deveria se trocar — disse ele a Rebecca. — Essa roupa te deixa muito exposta, e a última coisa de que preciso é que meus amigos pensem que minha esposa é uma prostituta. — Ele usou um tom baixo para falar e sequer olhou para ela ao pronunciar aquelas palavras.

Como ele não percebia?, pensou Graham. Como seu pai não tinha notado o quanto Rebecca estava bonita?

— Acho que você está linda — comentou Graham.

Kent arqueou a sobrancelha e olhou para o filho.

— Ninguém pediu a sua opinião.

Naquela noite, Rebecca trocou o vestido e, ainda assim, continuou linda, na opinião de Graham.

Porém, ela quase não sorria, algo que simplesmente partia o coração dele.

Durante o jantar, o papel de Graham era ficar sentado e quieto. Seu pai preferia quando ele se mesclava ao ambiente, como se não estivesse ali. Os adultos conversavam sobre como Kent era ótimo, e Graham se sentiu irritado com isso várias vezes.

— Rebecca, que refeição deliciosa — comentou um dos convidados.

Ela entreabriu os lábios para falar, mas Kent se adiantou.

— O frango estava um pouco seco, e a salada com pouco molho, mas, fora isso, estava comestível — disse, com uma risada. — Minha esposa não é conhecida por suas habilidades culinárias, mas ela gosta de tentar.

— Ela é melhor do que eu — interrompeu uma mulher, piscando para Rebecca na tentativa de amenizar o comentário agressivo de Kent. — Eu mal sei fazer macarrão com queijo.

O jantar prosseguiu com mais algumas alfinetadas de Kent, mas suas queixas com relação a Rebecca sempre eram acompanhadas de certo humor, e a maioria das pessoas achava que ele não estava falando sério.

Mas Graham sabia a verdade, apesar de não querer reconhecê-la.

Quando a madrasta foi se servir de mais vinho, Kent pousou a mão sobre a dela, detendo-a.

— Você sabe como você fica quando bebe vinho, meu amor.

— Sim, tem razão — assentiu Rebecca, afastando a mão e colocando-a no colo. Quando uma mulher perguntou sobre isso, ela sorriu.

— Ah, o vinho me deixa um pouco zonza, só isso. Kent só está cuidando de mim.

Seu sorriso foi se tornando mais falso à medida que a noite ia passando.

Depois que o jantar foi servido, Graham foi mandado para o quarto, onde passou o restante da noite jogando videogame e assistindo à contagem para o Ano-Novo em Nova York pela ABC. Ele viu a bola da Times Square chegar ao fim de seu percurso, e depois assistiu à reprise que celebrou a meia-noite em Milwaukee. Ele escutou as comemorações dos adultos no outro cômodo e os fogos explodindo no Lago Michigan.

Se ele ficasse na ponta dos pés e espiasse pela janela, poderia ver alguns dos fogos colorindo o céu à esquerda.

Graham sempre os via com a mãe, mas isso tinha sido há tanto tempo que, às vezes, ele se perguntava se era, de fato, uma lembrança ou se tinha inventado tudo aquilo.

Assim que as pessoas começaram a ir embora, Graham subiu na cama de joelhos e tapou os ouvidos com as mãos. Ele tentou, de alguma forma, abafar o som dos gritos que o pai, embriagado, dirigia a Rebecca, acusando-a de cometer inúmeras gafes naquela noite.

Era incrível como Kent conseguia conter sua raiva até os convidados irem embora.

E então ela transbordava por todos os poros.

Uma raiva tóxica.

— Desculpe. — *Era isso que Rebecca sempre acabava dizendo, mesmo que não tivesse motivos para se desculpar.*

Como seu pai não via o quanto era sortudo por ter uma mulher como ela? Graham ficava triste ao pensar que a madrasta estava sofrendo.

Quando a porta dele se abriu, alguns minutos depois, ele fingiu estar dormindo, pois não sabia se era o pai quem estava ali.

— Graham? Está acordado? — *sussurrou ela, parada no batente.*

— Sim — *sussurrou ele.*

Rebecca entrou no quarto e enxugou as lágrimas, removendo assim qualquer evidência física de que Kent a havia magoado. Ela caminhou até a cama e ajeitou uma mecha de cabelo ondulado que caía sobre o rosto de Graham.

— Só queria desejar feliz Ano-Novo. Queria ter vindo antes, mas tive que arrumar algumas coisas.

Os olhos de Graham se encheram de lágrimas ao fitar os de Rebecca, que estavam pesados de cansaço. Ela costumava sorrir mais.

— O que foi, Graham? O que há de errado?

— Por favor, não... — *sussurrou ele, as lágrimas já rolando por seu rosto. Ele havia feito o possível para agir como um homem, mas não tinha conseguido. Seu coração ainda era o de um garotinho, de uma criança que estava com medo do que poderia acontecer se o pai não melhorasse a forma como tratava Rebecca.*

— Por favor não o que, querido?

— Por favor, não vá embora — *disse, a voz tensa por causa do medo. Ele se sentou na cama e segurou as mãos de Rebecca.* — Por favor, não vá embora. Eu sei que ele é cruel e faz você chorar, mas eu juro que você é uma pessoa boa. Você é boa, e ele é mau. Ele afasta as pessoas, ele faz isso, e eu sei que ele te deixa triste. Sei que ele diz que você não é boa o suficiente para ele, mas você é. Você é boa o suficiente, você é bonita. O seu vestido era lindo, e o seu jantar estava perfeito. Por favor, por favor, não nos deixe. Por favor, não me deixe. — *Agora ele chorava compulsivamente, o corpo trêmulo diante da possibilidade de Rebecca estar de malas prontas, prestes a deixá-lo para sempre. Ele não conseguia imaginar como seria sua vida se ela fosse embora.*

Não conseguia pensar no quanto sua vida se tornaria triste se ela partisse.

Quando morava apenas com o pai, sentia-se muito sozinho.

Mas quando Rebecca chegou, ele se lembrou de como era se sentir amado de novo.

E ele não podia perder aquilo.

Não podia perder sua luz.

— Graham. — Rebecca sorriu, as lágrimas caindo de seus olhos, apesar de sua tentativa de contê-las. — Está tudo bem, está tudo bem. Acalme-se.

— Você vai me deixar, eu sei que vai. — Ele soluçou, cobrindo o rosto com as mãos. Era o que as pessoas faziam. Elas iam embora. — Ele é tão mau. E você vai acabar indo embora.

— Graham Michael Russell, pare com isso agora, está bem? — ordenou ela, segurando firme as mãos dele. Em seguida, colocou-as em seu rosto. — Estou aqui. Estou aqui e não vou a lugar algum.

— Você não vai embora? — perguntou o menino, tentando normalizar a respiração.

Ela negou com a cabeça.

— Não, não vou embora. Você está pensando demais, Graham. Está tarde, e você precisa descansar, está bem?

— Está bem.

Rebecca fez com que ele se deitasse e o ajeitou na cama, dando um beijo em sua testa. Quando ela se levantou para sair, ele a chamou uma última vez.

— Você estará aqui amanhã?

— É claro, querido.

— Promete? — sussurrou, a voz ainda um pouco trêmula, enquanto a de Rebecca permanecia firme e segura.

— Prometo.

Capítulo 13

Graham

Lucy e eu voltamos à nossa rotina normal. Pelas manhãs, ela aparecia com o seu tapete de ioga e fazia sua meditação no jardim de inverno. Quando não estava trabalhando em algum evento especial, voltava para minha casa à noite para ajudar a cuidar de Talon enquanto eu trabalhava no meu romance. Jantávamos juntos quase todas as noites, mas não tínhamos muito assunto além do resfriado que eu e Talon pegamos.

— Beba — ordenou Lucy, trazendo-me uma caneca de chá.

— Não tomo chá — protestei, tossindo. Minha mesa estava uma bagunça, com lenços de papel e vidros de xarope espalhados.

— Você vai tomar isso duas vezes ao dia, por três dias, e vai se sentir cem por cento melhor. Não faço ideia de como você ainda consegue trabalhar com essa tosse horrorosa. Então, beba. — Cheirei o chá e fiz uma careta. Ela riu. — Canela, gengibre, limões frescos, pimenta-de-caiena, açúcar, pimenta-preta, extrato de hortelã e um ingrediente secreto.

— Esse deve ser o cheiro do inferno.

Ela assentiu, com um sorrisinho irônico nos lábios.

— Uma bebida perfeita para o diabo em pessoa.

Tomei o chá por três dias seguidos. Ela praticamente me forçou a beber, mas, no quarto dia, a tosse havia desaparecido.

Eu tive quase certeza de que Lucy era uma bruxa, mas, com o chá, fui capaz de clarear a mente pela primeira vez em semanas.

No sábado à noite, o jantar estava servido, e quando fui chamá--la para comer, notei que ela estava no jardim de inverno falando ao celular.

Em vez de interrompê-la, esperei pacientemente até que o frango assado ficasse frio.

O tempo passou, e Lucy ficou ao celular por horas. Seus olhos estavam fixos na chuva que caía lá fora enquanto ela movia os lábios, falando com quem quer que fosse do outro lado da linha.

Eu passava pelo jardim de inverno de vez em quando, observando como ela gesticulava. O rosto estava banhado de lágrimas, que caíam copiosamente, assim como a chuva. Depois de algum tempo, ela desligou o telefone e se sentou no chão com as pernas cruzadas, olhando para fora através da vidraça.

Quando Talon adormeceu, fui ver como ela estava.

— Você está bem? — perguntei, preocupado ao ver como uma pessoa tão radiante quanto Lucy poderia ter ficado tão triste. Era como se ela tivesse se mesclado às nuvens cinzentas.

— Quanto eu te devo? — perguntou, sem olhar na minha direção.

— Quanto me deve?

Ela se virou e fungou, ainda chorando.

— Você apostou comigo que meu relacionamento acabaria em, no máximo, um mês, e você ganhou. Então, quanto eu te devo? Você ganhou.

— Lucille... — comecei, mas ela fez que não com a cabeça.

— Ele... Ele disse que Nova York era o lugar certo para os artistas. Que é o melhor lugar para aprimorar sua arte e que há oportunidades lá que ele não teria no centro-oeste. — Ela fungou novamente e limpou o nariz na manga da blusa. — Richard disse que o amigo ofereceu o sofá do apartamento para ele dormir, então ele vai ficar lá por um tempo. Falou que não estava interessado em manter um relacionamento a distância. Então meu coração idiota ficou balançado, achando que ele estava me convidando para morar lá com ele. Sei o que você está pensando. — Ela riu, nervosa, e deu de ombros. — Bobinha, imatura e inocente Lucille, acreditando que o amor seria suficiente, que era merecedora de ficar com alguém para sempre.

— Não... não era o que eu estava pensando.

— Quanto? — perguntou Lucy, levantando-se. — Quanto eu te devo? Tenho algum dinheiro na bolsa. Vou até lá pegar.

— Lucille, pare com isso.

Ela caminhou na minha direção e abriu um sorriso falso.

— Não, está tudo bem. Aposta é aposta, e você ganhou, então me deixe ir buscar o dinheiro.

— Você não me deve nada.

— Você é bom em ler as pessoas, sabe? É isso que deve tornar você um autor fantástico. Você olha para alguém por cinco minutos e sabe toda a história dessa pessoa. É um dom, de verdade. Você viu o Richard por alguns instantes e soube que ele ia me magoar. Então, qual é a minha história, hein? Detesto spoilers, mas adoraria saber. O que vai acontecer comigo? — Lucy estava trêmula, em prantos. — Vou ser sempre a garota que tem os sentimentos à flor da pele e termina sozinha? Porque eu... eu... — As palavras se tornaram confusas quando as emoções a dominaram por completo. Ela cobriu o rosto com as mãos e desmoronou bem no meio do jardim de inverno.

Eu não sabia o que fazer.

Eu não estava preparado para esse tipo de situação.

Eu não era a pessoa certa para oferecer conforto.

Essa era a verdade, mas, quando Lucy fraquejou e pareceu prestes a desabar, fiz a única coisa em que consegui pensar.

Eu a abracei, dei a ela algo em que se apoiar, algo em que ela pudesse se agarrar antes que a gravidade a levasse ao chão. Ela se agarrou à minha camisa e chorou, ensopando meu ombro, e pousei as mãos em suas costas.

Lucy não me soltava, e percebi que eu não deveria pedir a ela que tentasse se recompor.

Tudo bem nós lidarmos com as coisas de maneiras diferentes. Ela deixava seu coração à mostra, e eu mantinha o meu preso com correntes de aço bem no fundo da alma.

Sem hesitar, eu a abracei mais forte. A mulher que sentia tudo buscava apoio no homem que não sentia absolutamente nada.

Por uma fração de segundo, senti um pouco de sua dor, e ela absorveu um pouco da minha frieza, mas nenhum de nós pareceu se importar com isso.

***

— Você não pode ir para casa — eu disse, olhando o relógio e notando que era quase meia-noite. — Está caindo uma tempestade lá fora, e você veio de bicicleta até aqui.

— Está tudo bem. Vou ficar bem — respondeu Lucy, tentando pegar o casaco de dentro do armário.

— Não é seguro. Eu levo você.

— De jeito nenhum. Talon está resfriada. Ela não pode sair de casa, especialmente debaixo dessa chuva. E você também está doente.

— Posso suportar um resfriado.

— Sim, mas a sua filha, não. Eu vou ficar bem. Além do mais, tenho uísque em casa — brincou Lucy, os olhos ainda inchados de tanto chorar por causa do ex-namorado idiota.

— Fique aqui um instante. — Corri até o escritório, peguei três das cinco garrafas de uísque que estavam na minha mesa e as levei ao saguão, onde Lucy estava me esperando. — São suas, se quiser. Pode tomar todo esse uísque e ficar em um dos quartos de hóspedes essa noite.

Ela semicerrou os olhos.

— Você não vai me deixar ir de bicicleta até minha casa, não é?

— Não, definitivamente não.

Ela pensou por um instante.

— Está bem, mas você não poderá me julgar pelo intenso caso de amor que eu e Johnnie estamos prestes a ter — avisou Lucy, tirando a garrafa de uísque das minhas mãos.

— Fechado. Se precisar de alguma coisa, pode bater na porta do meu escritório. Estarei acordado e poderei te ajudar.

— Obrigada, Graham.

— Pelo quê?

— Por impedir que eu caísse no chão.

**

Toc, toc, toc.

Olhei de relance para a porta fechada do escritório e ergui a sobrancelha, digitando as últimas frases do capítulo vinte. Meus olhos ardiam um pouco devido à exaustão, mas eu sabia que ainda precisava escrever cinco mil palavras antes de encerrar a noite. Além disso, Talon estaria acordada em algumas horas para tomar a mamadeira, portanto, a ideia de ir dormir naquele momento parecia sem sentido.

Toc, toc, toc.

Levantei e me espreguicei um pouco antes de abrir a porta. Lucy estava parada ali, com um copo de uísque na mão e um sorriso enorme.

— Oi, Graham Bell — disse ela, sem conseguir manter o equilíbrio, oscilando de um lado para o outro.

— Precisa de alguma coisa? — perguntei, completamente desperto. — Você está bem?

— Você é médium? — Ela tomou mais um gole da bebida. — Ou um mago?

— Como é?

— Você só pode ser uma dessas duas coisas. — Ela saiu dançando pelo corredor, cantarolando. — Como você poderia saber que Richard...

err... *Dick* terminaria comigo? Johnnie e eu não conseguimos parar de pensar nisso, e cheguei à conclusão de que você só poderia ter adivinhado isso se fosse um médium. — Ela se aproximou e cutucou o meu nariz com o dedo indicador. — Ou um mago.

— Você está muito bêbada.

— Eu estou muito feliz.

— Não, você está muito bêbada. Está só encobrindo a tristeza com uísque.

— O que será, será. — Ela riu, antes de tentar espiar o escritório. — Então é aqui que você faz a magia acontecer? — Ela riu de novo e tapou a boca por um segundo antes de chegar mais perto e sussurrar: — Quero dizer, a magia das suas histórias, isso não tem nada a ver com sua vida sexual.

— Sim, eu entendi, Lucille. — Fechei a porta do escritório e ficamos parados no corredor. — Quer um pouco d'água?

— Sim, por favor, água que tenha gosto de vinho.

Passamos pela sala de estar, e pedi a ela que me esperasse no sofá enquanto eu buscava a água.

— Ei, Graham Bell — chamou Lucy. — Qual é o seu maior sonho?

— Já disse a você. Não tenho sonhos.

Quando voltei, Lucy estava sentada no sofá, sorrindo.

— Aqui está.

Entreguei o copo a ela, que tomou um gole d'água e arregalou os olhos, surpresa.

— Meu Deus, sei quem você é agora. Você não é médium nem mago. Você é Jesus ao contrário! — exclamou.

— Jesus ao contrário?

— Você transformou vinho em água. — Nem eu consegui deixar de sorrir depois dessa, e ela foi rápida ao notar. — Você conseguiu, Graham Bell. Você sorriu.

— Foi um lapso.

Ela inclinou a cabeça, me observando.

— Meu lapso favorito. Posso te contar um segredo?

— Claro.

— Você pode até não ser médium, mas, às vezes, acho que eu sou, e tenho o pressentimento de que, um dia, você vai acabar gostando de mim.

— Ah, eu duvido disso. Você é bem irritante.

— É, mas mesmo assim. Sou como uma unha encravada. Quando alguém me deixa crescer, eu entranho as minhas garras.

— Que comparação mais nojenta! — Fiz uma careta. — Definitivamente a pior que já ouvi.

Ela apoiou o dedo indicador no meu peito.

— Se você usar isso em algum dos seus livros, vou cobrar direitos autorais.

— Vou mandar o meu advogado conversar com o seu. — Sorri, irônico.

— Ah, você sorriu de novo! — exclamou ela, admirada, e se inclinou na minha direção. — Você fica bonito quando sorri. Não sei por que não faz isso mais vezes.

— Você só me achou bonito porque está bêbada.

— Eu não estou bêbada — disse ela, com a voz engrolada. — Estou bem sóbria.

— Você não conseguiria andar em linha reta nem se a sua vida dependesse disso.

Ela se sentiu desafiada e pulou do sofá. Quando começou a andar, esticou os braços para os lados, como se estivesse caminhando sobre uma corda bamba invisível.

— Viu? — disse Lucy um segundo antes de tropeçar, e corri para segurá-la. Ela permaneceu em meus braços por um instante, e nossos olhares se encontraram. — Eu estava indo bem.

— Eu sei.

— Essa é a segunda vez em um dia que você me impede de cair.

— A terceira sempre dá sorte.

Ela pousou a mão em meu rosto, o que fez meu coração parar de bater por um breve instante.

— Às vezes você me assusta — disse ela com franqueza. — Mas, na maior parte do tempo, o seu olhar me deixa triste.

— Peço desculpas se alguma coisa que eu fiz te deixou assustada. Era a última coisa que eu pretendia.

— Tudo bem. Toda vez que vejo você brincando com a Talon, consigo enxergar sua verdadeira aura.

— Minha aura?

Ela fez que sim com a cabeça.

— Para o restante do mundo, você parece bem sombrio e austero, mas, quando olha para a sua filha, tudo se transforma. Tudo na sua energia muda, e você se torna mais leve.

— Você está bêbada.

— Eu consigo andar em linha reta! — lembrou Lucy. Ela tentou ficar de pé, mas perdeu o equilíbrio e se sentou novamente. — Hã, não vou conseguir, não é?

— Com certeza, não.

Ela tocou meu rosto novamente, sentindo minha barba em suas mãos.

— Talon tem muita sorte em ter você como pai. Como ser humano, você é realmente um merda, mas como pai é maravilhoso. — A voz dela estava repleta de bondade e de uma confiança que eu não merecia, e isso me comoveu.

— Obrigado — eu disse, concordando plenamente.

— Ok. — Ela riu antes de pigarrear. — Graham Bell?

— Sim, Lucille?

— Vou vomitar.

Eu a peguei no colo com um gesto rápido e corri até o banheiro. Assim que a coloquei no chão, ela se agarrou à beirada do vaso sanitário. Segurei o cabelo de Lucy enquanto ela parecia eliminar tudo o que já tinha colocado no estômago ao longo da vida.

— Melhor? — perguntei depois que ela terminou.

Ela se sentou por um momento.

— Não. Johnnie Walker deveria ter me deixado melhor, mas ele mentiu. Ele me deixou pior. Odeio caras que mentem e nos deixam de coração partido.

— Você deveria ir dormir.

Ela concordou e tentou se levantar, mas quase caiu de novo.

— Peguei você — eu disse. Lucy não fez qualquer objeção em ser carregada no colo novamente.

— A terceira vez sempre dá sorte — sussurrou, apoiando a cabeça em meu peito e fechando os olhos. Ela os manteve assim quando tirei as cobertas, deitei-a na cama e coloquei o cobertor sobre o seu corpo mignon.

— Obrigada — sussurrou, enquanto eu apagava as luzes.

Eu duvidava de que ela se lembraria de alguma coisa na manhã seguinte. Provavelmente seria melhor assim.

— Não há de quê.

— Sinto muito por minha irmã ter deixado você. — Lucy bocejou, os olhos ainda fechados. — Porque, mesmo que você seja um cara frio, ainda assim, é muito caloroso.

— Sinto muito por Dick ter terminado com você. Porque, mesmo quando está chateada, ainda assim, você é muito gentil.

— Dói — murmurou ela, abraçando um travesseiro e puxando-o para junto do peito. Ela continuava com os olhos fechados e observei algumas lágrimas escaparem. — Ser deixada para trás dói muito.

Sim.

Doía mesmo.

Fiquei parado ali por mais alguns instantes, incapaz de sair do lado de Lucy. Eu já tinha sido abandonado antes, por isso não queria que ela adormecesse sozinha. Pela manhã, talvez ela não se lembrasse de que fiquei ali, talvez nem mesmo se importasse. Mas eu sabia como era deitar na cama sozinho. Conhecia a brisa fria que a solidão soprava no quarto escuro, e não queria que ela tivesse essa mesma sensação. Por isso, fiquei ali. Não demorou muito para que ela caísse no sono. A respiração se acalmou, as lágrimas pararam, e eu fechei a porta. Não conseguia entender como alguém podia abandonar uma pessoa tão gentil. Com ou sem os incensos de sálvia e cristais esquisitos.

Capítulo 14

Lucy

Ai, ai, ai.

Eu me sentei devagar e logo me dei conta de que aquela não era a minha cama. Meu olhar percorreu o quarto, e me remexi sob os lençóis. Levei as mãos à testa.

Ai!

Minha cabeça girava, e tentei me lembrar do que tinha acontecido na noite anterior. Tudo parecia um borrão. O fato principal, porém, logo caiu como uma bomba em cima de mim: Richard tinha me trocado por Nova York.

Olhei para o lado e encontrei uma bandeja com um copo de suco de laranja, duas torradas, uma tigela de frutas vermelhas, um analgésico e um bilhetinho na mesinha de cabeceira.

Desculpe por desviá-la do bom caminho ontem à noite.
Sou um idiota. Aqui estão um remédio e o café da manhã como forma de me redimir por fazê-la se sentir um lixo.

Johnny Walker

Sorri e coloquei algumas frutinhas na boca antes de tomar o analgésico. Eu me levantei, fui até o banheiro e lavei o rosto — meu rímel estava todo borrado, e eu parecia um guaxinim. Na primeira gaveta, encontrei a pasta de dentes e coloquei um pouco no dedo. Em seguida, usei-o como escova, tentando, assim, acabar com o terrível hálito matinal pós-uísque.

Quando terminei, ouvi Talon chorando e corri para ver como ela estava. Mas, ao entrar no quarto, deparei-me com uma senhora inclinada sobre ela, trocando a fralda.

— Olá? — perguntei.

A mulher se virou por um momento e depois voltou para a sua tarefa.

— Ah, olá, você deve ser a Lucy — disse a mulher, colocando Talon no colo e embalando a garotinha risonha. Ela se virou para mim novamente e deu um sorriso amplo. — Sou Mary, mulher de Ollie.

— Ah, oi! É um prazer conhecê-la.

— O prazer é todo meu, querida. Ollie me falou muito de você. Graham nem tanto, mas, bem, você conhece o Graham. — Ela piscou. -— Como está a cabeça?

— Não sei como, mas ainda está aqui. Foi uma noite difícil.

— Vocês, jovens, e seus mecanismos de compensação. Espero que se sinta melhor logo.

— Obrigada. Hum, onde está o Graham?

— No quintal. Ele me ligou de manhã e me pediu que viesse tomar conta da Talon enquanto realizava algumas tarefas. Como deve saber, o fato de ele pedir ajuda é um grande acontecimento, então vim cuidar da bebê enquanto ele estava fora e você descansava.

— Foi você quem deixou o café da manhã para mim? Com o bilhete?

Mary negou com a cabeça.

— Não. Aquilo foi ideia do Graham. Eu sei, fiquei tão surpresa quanto você. Não sabia que ele era capaz disso.

— O que ele está fazendo no quintal? — perguntei, indo naquela direção.

Mary me seguiu, embalando Talon durante todo o caminho. Fomos até o jardim de inverno e olhamos pelas janelas que iam do chão ao teto. Graham estava cortando a grama. Junto ao pequeno galpão havia sacos de terra e pás.

— Bem, parece que ele está dando um jeito no jardim.

Senti meu coração bater mais forte e fiquei sem palavras.

— Eu disse a ele que esperasse um pouco para cortar a grama, já que choveu bastante ontem à noite, mas ele parecia ansioso para começar — disse Mary.

— Isso é incrível.

— Também acho.

— Posso cuidar da Talon agora, se você precisar ir embora — ofereci.

— Se você estiver se sentindo bem... Eu realmente preciso ir se quiser chegar a tempo na igreja. Aqui está. — Ela passou Talon para o meu colo e beijou a testa da menina. — É incrível, não é? É incrível como, há alguns meses, nós não sabíamos se ela sobreviveria, e agora ela está aqui, firme e forte.

— Incrível mesmo.

Mary pousou a mão gentilmente em meu braço e me dirigiu um sorriso caloroso, assim como o do marido.

— Estou feliz por finalmente ter conhecido você.

— Eu também, Mary. Eu também.

Ela foi embora alguns minutos depois. Talon e eu ficamos no jardim de inverno, observando Graham trabalhar duro no jardim, ainda tossindo de vez em quando. Ele provavelmente estava congelando lá fora depois da chuva fria que caiu na noite anterior, e aquilo não deveria estar contribuindo para que ele melhorasse de seu resfriado.

Fui até a porta que levava ao quintal e a abri, sentindo uma brisa fria passando por mim.

— Graham, o que você está fazendo?

— Cuidando do quintal.

— Está congelando aqui fora, e você está piorando seu resfriado. Venha para dentro.

— Estou quase terminando, Lucille. Por favor, me dê mais alguns minutos.

Eu me senti confusa, sem saber o motivo de ele parecer tão determinado.

— Mas por quê? O que está fazendo?

—Você me pediu que fizesse um jardim — disse ele, secando a testa com as costas da mão. — Então estou fazendo um jardim para você.

Meu coração.

Explodiu.

— Você está fazendo um jardim? Para mim?

— Você tem feito muito por mim, e mais ainda por Talon. O mínimo que posso fazer é plantar um jardim para você. Assim terá outro lugar para meditar. Comprei um monte de fertilizante orgânico; me disseram que era o melhor tipo. Eu imaginei que uma hippie esquisita como você ia gostar dessa parte orgânica. — Ele não estava errado. — Agora, por favor, feche essa porta antes que você faça a minha filha congelar.

Eu fiz o que ele pediu e não desviei os olhos de Graham nem por um segundo. Quando ele terminou, estava coberto de terra e suor. O quintal estava muito bem-aparado, e só faltavam as plantas.

— Talvez você possa escolher as flores, as sementes ou que quer que os jardineiros usem — sugeriu ele. — Não sei nada sobre esse tipo de coisa.

— Sim, é claro. Uau, isso é simplesmente... — Sorri, olhando para o quintal. — Uau.

— Posso contratar alguém para plantar o que você escolher.

— Ah, não, por favor, me deixe fazer isso. Essa é a melhor parte da primavera: mexer na terra e sentir que estou me reconectando com o universo.

— Mais uma vez, suas esquisitices vindo à tona — disse Graham com um pequeno brilho nos olhos, como se estivesse... me provocando? — Se estiver tudo bem por você, gostaria de tomar um banho. Então poderei ficar com a Talon, e você poderá começar o seu dia.

— Sim, claro. Sem pressa.

— Obrigado.

Ele já estava saindo da sala quando perguntei:

— Por que fez isso? O jardim?

Graham baixou a cabeça e deu de ombros antes de me encarar.

— Uma vez, uma mulher sábia me disse que eu era um merda de ser humano, e resolvi tentar me tornar um pouco menos merda.

— Ah, não. — Puxei a gola da camisa sobre o rosto. — Eu disse isso ontem à noite, não foi?

— Sim, mas não se preocupe. Às vezes, a verdade precisa ser dita. Foi muito mais fácil ouvir isso de uma pessoa risonha, embriagada e gentil como você.

* * *

— Como é que é? — perguntou Mari naquela tarde, enquanto conduzíamos nossas bicicletas a pé pela trilha. A primavera era sempre animadora, porque podíamos pedalar mais e explorar a natureza. Claro, eu amava essas coisas mais do que a minha irmã, mas, em algum lugar *bem* lá no fundo, eu tinha certeza de que ela me agradecia por mantê-la saudável.

— Eu sei. É esquisito.

— É mais do que esquisito. Não consigo acreditar que o Richard terminou contigo por telefone. — Ela ofegou e fez uma careta. — Pensando bem, estou surpresa por ter demorado esse tempo todo para vocês terminarem.

— O quê?

— É só um comentário. Vocês dois eram muito parecidos no começo, Lucy. Era um pouco irritante o quanto eram o casal perfeito, mas, com o tempo, vocês meio que... mudaram.

— Do que você está falando?

Ela deu de ombros.

— Você sempre ria o tempo todo com ele, mas ultimamente... Não consigo nem lembrar a última vez que ele te fez sorrir. E mais, me diga quando foi a última vez que ele perguntou como você estava. Toda vez que eu o encontrava, ele estava falando de si mesmo.

Ouvir Mari dizer aquilo não tornava as coisas mais fáceis para mim. Eu sabia que ela estava certa. A verdade era que meu namorado já não era mais o mesmo homem por quem eu havia me apaixonado, e eu estava longe de ser a mesma garota que ele tinha conhecido.

— *Maktub* — sussurrei, olhando para o meu pulso.

Mari sorriu para mim e subiu na bicicleta.

— *Maktub* mesmo. Pode ir morar comigo, assim você não fica no apartamento dele. Será perfeito. Estava precisando mesmo passar mais tempo com a minha irmã. Veja pelo lado positivo: pelo menos agora você não terá um bigode fazendo sexo oral em você.

Eu ri.

— Richard não fazia sexo oral em mim havia anos.

Ela ficou boquiaberta.

— Então você deveria ter terminado com ele há anos, irmãzinha. Um cara que faz corpo mole no sexo oral não merece sua atenção quando fica duro.

Minha irmã estava coberta de razão.

— Você não parece estar tão triste — comentou Mari. — Estou um pouco surpresa.

— Sim, bem, depois de beber praticamente o meu peso em uísque ontem à noite e passar o resto da manhã meditando, estou me sentindo melhor. Além disso, Graham fez um jardim para mim hoje.

— Um jardim? — perguntou ela, surpresa. — É a forma que ele encontrou de pedir desculpas?

— Acho que sim. Ele comprou um monte de fertilizantes orgânicos também.

— Bom, ele merece nota dez por isso. Todo mundo sabe que o caminho para o perdão de Lucy requer terra e fertilizante orgânico.

Amém, irmã.

— E aí, ainda vamos visitar a árvore da nossa mãe na Páscoa? — perguntei assim que começamos a pedalar na trilha. Em todos os feriados, Mari e eu fazíamos o possível para visitar nossa mãe. Uma velha amiga dela tinha uma cabana no norte que não era usada com frequência, e foi lá que plantamos a árvore, anos atrás, cercada por pessoas que ela havia conhecido em todas as partes do país e que agora eram a sua família.

Uma das coisas que aprendi com todas as viagens que fizemos juntas era que a família não era formada pelo sangue: era formada pelo amor.

— Você vai me odiar, mas vou visitar uma amiga nesse feriado — respondeu Mari.

— Ah, é? Quem?

— Eu ia pegar o trem até Chicago para ver a Sarah. Ela voltou aos Estados Unidos para visitar os pais, e pensei em dar uma passada na cidade, pois não a vejo desde que me curei do câncer. Já faz alguns anos.

Sarah era uma das melhores amigas de Mari e estava sempre viajando pelo mundo. Era quase impossível saber onde ela estaria no próximo mês, então eu compreendia perfeitamente a escolha da minha irmã. Mas era chato; afinal, sem o Richard, aquele seria o primeiro feriado que eu passaria sozinha.

Infelizmente, *maktub*.

Capítulo 15

Graham

O professor Oliver estava sentado à mesa do escritório diante de mim, seus olhos percorrendo o primeiro esboço dos capítulos dezessete a vinte do meu romance. Eu o aguardava, impaciente, enquanto ele virava as páginas devagar, lendo com atenção.

De vez em quando, ele me olhava de relance, murmurava alguma coisa baixinho e voltava à leitura. Quando finalmente terminou, colocou os papéis de volta na mesa e permaneceu em silêncio.

Esperei, arqueei a sobrancelha e, mesmo assim, ele não disse nada.

— E aí? — perguntei.

Ele tirou os óculos e cruzou as pernas. Com uma voz bem calma, finalmente falou.

— É como se um macaco tentasse escrever em um monte de merda com o rabo.

— Não está tão ruim assim — argumentei.

— Ah, não. Está pior.

— Qual é o problema?

— Está muito fofo. Muita gordura, pouca carne.

— É o primeiro rascunho. Supostamente é para ser uma merda.

— Sim, mas uma merda humana, não merda de macaco. Graham, você é um autor best-seller do *New York Times*. Também é best-seller no *Wall Street Journal*. Tem milhões de dólares na conta bancária, dinheiro ganho com sua habilidade em criar histórias, e há fãs no mundo todo que tatuam trechos de seus livros. Então, é uma vergonha você ter a audácia de me entregar essa porcaria. — Ele se levantou e ajeitou o terno de veludo. — Talon pode escrever algo melhor do que isso.

— Você está de brincadeira... Você leu a parte sobre o leão?

Ollie revirou os olhos de forma tão intensa que achei que seus globos oculares ficariam para sempre voltados para a parte de trás da cabeça.

— Por que tem um leão solto na Baía de Tampa?! Não. Simplesmente, não. Encontre um jeito de relaxar, está bem? Você precisa se soltar, se libertar um pouco. Você escreveu como se estivesse no meio de um exame de próstata.

Pigarreei.

— Isso é uma coisa realmente estranha de se dizer.

— Sim, bem, pelo menos eu não escrevo merda de macaco.

— Não. — Sorri. — Você só fala.

— Preste bastante atenção, está bem? Como padrinho de Talon, tenho muito orgulho de você, Graham.

— Desde quando você é padrinho dela?

— É um título autoproclamado, e não me contrarie, filho. Como eu estava dizendo, tenho muito orgulho do pai que você é para a sua filha. Você passa cada minuto do seu dia cuidando dela, o que é fantástico, mas, como seu mentor literário, exijo que você reserve um tempo para si. Vá fumar crack, transar com uma estranha ou comer alguns cogumelos esquisitos. Apenas relaxe um pouco. Isso vai ajudá-lo a escrever suas histórias.

— Nunca precisei disso antes.

— Você transava antes? — perguntou ele.

Porra.

— Tchau, Graham, e, por favor, não me ligue até que você esteja chapado ou fazendo sexo.

— Com certeza eu não vou ligar para você enquanto estiver fazendo sexo.

— Claro que não — respondeu Ollie, pegando o chapéu fedora de cima da mesa e colocando-o na cabeça. — Com certeza não duraria tempo suficiente para você discar o meu número — zombou.

Céus, eu odiava aquele homem.

Uma pena ele ser o meu melhor amigo.

* * *

— Ei, acabei de colocar Talon para tirar um cochilo. Só queria saber se você gostaria de pedir uma piz... — Lucy ficou sem palavras ao parar na porta do escritório. — O que você está fazendo? — perguntou, com cautela.

Coloquei o celular em cima da mesa e pigarreei.

— Nada.

Ela deu um sorrisinho irônico.

— Você estava tirando uma selfie.

— Não. Pizza é uma ótima ideia, quero só de muçarela.

— Não, não, não, não mude de assunto. Por que você está tirando selfies vestido de terno e gravata?

Ajeitei a gravata e fiz menção de voltar ao trabalho.

— Bem, já que você quer saber, eu precisava tirar uma foto para uma rede social.

— Qual delas? Você criou uma conta no Facebook?

— Não.

— Então qual é? — Ela deu uma risadinha. — Contanto que não seja o Tinder, você ficará bem na foto.

Comprimi os lábios, e ela parou de rir.

— *Meu Deus*, você criou uma conta no Tinder? — gritou ela.

— Fale mais alto, Lucille. Não sei se os vizinhos ouviram o que você disse.

— Desculpe. É só que... — Ela entrou no meu escritório e se apoiou na beirada da mesa. — G. M. Russell está entrando no mundo do Tinder... Eu sabia que tinha sentido uma brisa fria nessa casa.

— Hã?

— Bom, quando te conheci, imaginei que você fosse o diabo, o que significava que a sua casa era o inferno. E agora ela está mais fria, o que significa...

— Que o inferno finalmente congelou. Muito inteligente, Lucille.

Ela pegou o meu celular e começou a tentar desbloqueá-lo.

— Posso ver as fotos?

— O quê? Não.

— Por que não? Você sabe o que é o Tinder... um aplicativo de encontros, certo?

— Sei muito bem o que é o Tinder.

As bochechas dela coraram, e ela mordeu o lábio.

— Você está em busca de sexo, não está?

— O professor Oliver acredita que o fato de eu não fazer sexo há algum tempo tem comprometido minha escrita. Ele acha que estou muito tenso.

— O quê?! Você? Tenso? Impossível!

— De qualquer forma, ele está cem por cento errado em relação ao manuscrito. Ele está bom.

Lucy esfregou as mãos, entusiasmada.

— Está? Posso ler?

Hesitei por um instante, e ela revirou os olhos.

— Sou sua maior fã, lembra? Se eu não gostar, Ollie terá razão. Mas se eu amar, você é quem estará certo.

Bom, eu adorava estar certo.

Entreguei os capítulos a Lucy, que se sentou para ler. De vez em quando, ela me dirigia olhares preocupados. Finalmente, ela terminou e pigarreou.

— Um leão?

Merda.

— Preciso de sexo.

— Tire a gravata, Graham.

— Como é?

— Preciso que você desbloqueie o telefone e tire a gravata e o paletó. Nenhuma garota que queira fazer sexo está à procura de um homem de terno e gravata. E você abotoou a camisa até o último botão.

— É elegante.

— Parece que seu pescoço é um muffin.

— Você está sendo ridícula. Esse é um terno feito sob medida.

— Ricos e suas frescuras. Isso não é um pênis; portanto, não melhora suas chances de ir para a cama com alguém. Agora, desbloqueie o celular e tire a gravata.

Irritado, obedeci.

— Melhor? — perguntei, cruzando os braços.

Ela fez uma careta.

— Um pouco. Desabotoe os três primeiros botões da camisa.

Fiz como Lucy disse. Ela começou a fotografar.

— Sim! Pelos no peito. Mulheres adoram pelos no peito. Mas é o tipo de coisa que tem que ser na medida certa. Nem muito nem pouco, e no seu caso está simplesmeeeeente perfeito.

— Você bebeu de novo?

— Não, essa sou eu.

— Era disso que eu tinha medo.

Depois de tirar algumas fotos, Lucy viu como as imagens ficaram na câmera e franziu o cenho de uma forma que eu nunca tinha visto antes.

— Err... não. Você precisa tirar a camisa.

— O quê? Não seja ridícula. Não vou tirar a camisa na sua frente.

— Graham, você fica sem camisa dia sim, dia não, para fazer aquele negócio de canguru com a Talon. Agora cale a boca e tire a camisa.

Depois de uma breve discussão, finalmente cedi. Ela até me fez trocar a calça e colocar um jeans escuro, "para parecer mais másculo". Lucy recomeçou a tirar fotos, instruindo-me a virar um pouco para a esquerda e para a direita, sorrir com os olhos, o que quer que isso significasse, e fazer pose de mal-humorado mas sexy.

— Tudo bem, só mais uma. Vire para o lado, incline a cabeça um pouco e coloque as mãos nos bolsos de trás da calça. Olhe para a câmera como se estivesse odiando ser fotografado.

Bem fácil.

— Isso. Bem, um segundo e... fiz o upload das suas fotos. Agora só precisa escrever sua biografia.

— Não é necessário. — Peguei o celular de volta. — Já cuidei dessa parte.

Ela pareceu hesitante, e então começou a ler.

— "Autor best-seller do *New York Times* que tem uma filha de seis meses. Casado, mas abandonado pela esposa. Procuro alguém para um encontro. Tenho um metro e oitenta."

— Parece que todo mundo coloca a altura. Acho que é uma informação importante.

— Isso está horrível. Vou consertar.

Fiquei atrás dela enquanto digitava.

Procuro por sexo. Sou bem grande.

— Você está se referindo ao meu pênis? — perguntei.

— Não, estou me referindo à sua altura mesmo — respondeu ela, com malícia.

Resmunguei e tentei pegar o telefone.

— Está bem, está bem. Vou tentar de novo.

Em busca de sexo casual, sem amarras.
A não ser que você goste desse tipo de coisa.
Estou à sua procura, Anastasia.

— Quem é Anastasia? — perguntei.

Lucy me devolveu o telefone e deu uma risadinha.

— O que importa é que as mulheres vão entender. Agora, tudo o que você precisa fazer é deslizar a tela para a direita se encontrar alguém atraente ou para a esquerda se não gostar da pessoa. Aí é só esperar a mágica acontecer.

— Obrigado pela ajuda.

— Bem, você me deu um jardim, então, o mínimo que posso fazer é ajudá-lo a arrumar alguém para transar. Vou pedir a pizza agora. Estou exausta depois de tudo isso.

— Só muçarela na minha metade! Ah, Lucille?

— Sim?

— O que é Snapchat?

Ela fez que não com a cabeça.

— Não, nem pense em mexer nisso. Uma rede social por noite. Vamos deixar o Snapchat para outro dia.

Capítulo 16

Lucy

O primeiro encontro que Graham arrumou no Tinder foi no sábado seguinte, e, antes que ele saísse de casa, eu o obriguei a trocar o terno e a gravata por uma camisa branca básica e uma calça jeans escura.

— Parece muito casual — reclamou ele.

— Hum, você não vai ficar vestido por muito tempo. Agora vá. Vá e convença-a a abrir as pernas para você, faça alguns movimentos pélvicos, volte para casa e escreva histórias de terror e monstros.

Ele saiu às oito e meia.

Às nove, já estava de volta.

Arqueei a sobrancelha.

— Hum, sem querer soar desrespeitosa com a sua masculinidade e tal... esse foi o sexo mais rápido da história.

— Não transei com ela — retrucou Graham, deixando as chaves na mesinha do saguão.

— O quê? Por quê?

— Era uma mentirosa.

— Ah, não! — Franzi o cenho, lamentando por ele. — Casada? Filhos? Cem quilos a mais do que aparentava na foto? Ela tinha um pênis? O nome dela era George?

— Não — disse ele severamente, jogando-se no sofá da sala.

— Então o que foi?

— O cabelo.

— Hã?

— O cabelo. No aplicativo ela era morena, mas quando cheguei lá, ela era loira.

Pisquei várias vezes e olhei para Graham sem acreditar.

— Como é?

— É óbvio que, se ela mentiu sobre isso, também poderia mentir sobre gonorreia e clamídia.

A forma como ele disse isso, com uma expressão muito séria, me fez ter um ataque de riso.

— Sim, Graham, é exatamente assim que funciona. — Meu estômago doía por causa das gargalhadas.

— Isso não é engraçado, Lucille. Não sou o tipo de cara que consegue dormir com qualquer uma. Meu prazo está acabando e não faço ideia de como vou conseguir relaxar a tempo de mandar o livro para o meu editor. O manuscrito já deveria estar pronto quando a Talon nasceu. Isso faz mais de seis meses.

— Quer saber de uma coisa? Acho que tive uma ideia, e tenho cento e dez por cento de certeza que você vai odiar.

— O que é?

— Já ouviu falar de *hot yoga*?

* * *

— Sou o único homem aqui — sussurrou Graham quando entramos no estúdio de ioga no domingo de manhã. Ele estava de camiseta branca, calça de moletom cinza e parecia apavorado.

— Não seja bobo, Graham Bell. O instrutor é um homem, Toby. Você vai se adaptar muito bem.

Eu menti.

Ele não se adaptou muito bem, mas ver um homem musculoso tentando fazer uma saudação ao sol foi o ponto alto da minha vida. E da vida de todas as mulheres que estavam na aula naquela manhã.

— Agora, mudem da posição da cobra para a do cachorro olhando para baixo e, em seguida, para a posição do pombo, fazendo movimentos controlados — instruiu Toby.

Graham seguiu as instruções, reclamando o tempo todo.

— Cobra, cachorro, camelo... Por que os movimentos têm nomes de posições sexuais?

— Sabe, a maioria das pessoas diria que esses são nomes de animais, Graham Bell, não de posições sexuais.

Ele se virou para mim, dando-se conta da bobagem que tinha dito. Um sorriso se formou em seus lábios.

— *Touché.*

— Você está muito tenso — disse o instrutor a Graham, parando ao lado dele para tentar ajudá-lo.

— Ah, não. Não precisa... — protestou Graham, mas já era tarde. Toby o ajudava a ajustar os quadris.

— Relaxe — disse o instrutor com a voz tranquilizadora. — Relaxe.

— É difícil relaxar quando um estranho está com a mão no meu... — Graham arregalou os olhos. — Ei, esse é o meu pênis. Sua mão está no meu pênis — murmurou.

Eu não conseguia parar de rir ao ver o quanto Graham parecia ridículo e desconfortável. Seu rosto estava muito sério, e, quando Toby o fez empinar a bunda, foi tão engraçado que senti lágrimas no canto dos olhos.

— Muito bem, turma, a última respiração. Inspirem boas energias, expirem as más. Namastê.

Toby fez sua saudação, curvando-se diante de todos nós, e Graham simplesmente ficou lá, deitado no chão sobre uma poça de suor, lágrimas e masculinidade.

— Vamos lá, levante-se! — Estendi a mão para ele e o ajudei a se levantar. Quando ele ficou de pé, sacudiu o cabelo suado e pegajoso em cima de mim. — Eca! Isso é nojento.

Com um sorriso sarcástico, ele falou:

— Minhas partes íntimas foram tocadas em público, e a culpa é sua. Então merece o suor.

— Confie em mim, você teve sorte de ser tocado por Toby, em vez de todas as mulheres que estão ali naquele canto babando por você.

Graham se virou, e as mulheres acenaram para ele.

— Vocês, mulheres, e suas cabeças que só pensam em sexo — brincou ele.

— Diz o homem que acha que camelo é uma posição sexual. Como você faz? Você se senta de joelhos e tipo... — movi os quadris para a frente e para trás — ... faz isso várias vezes? — Continuei o movimento, deixando Graham ainda mais ruborizado do que durante a aula.

— Lucille.

— Sim?

— Pare de dar umbigadas no ar.

— Eu até pararia, mas o seu constrangimento é muito gratificante no momento. — Não consegui conter o riso. Ele ficava envergonhado com facilidade, e eu sabia que estar comigo em público era terrível para ele. Eu aproveitava todas as oportunidades para constrangê-lo. — Tudo bem, não é preciso dizer que *hot yoga* não é a sua praia.

— Não mesmo. Eu estou até mais estressado agora, isso sem falar no assédio — brincou Graham.

— Bom, deixe tentar mais algumas coisas para ver se consigo ajudá-lo.

Ele ergueu a sobrancelha como se pudesse ler a minha mente.

— Você vai espalhar incenso de sálvia pela minha casa, não vai? Ou colocar cristais nos parapeitos das janelas?

— Ah, sim. Vou usar todas as minhas coisas hippies esquisitas na sua casa. E depois você vai me ajudar com o jardim.

* * *

Passei as semanas seguintes no quintal, ensinando a Graham os truques da jardinagem. Plantamos árvores frutíferas, legumes e lindas flores. Fiz uma fileira de girassóis que ficariam lindos quando crescessem. Em um canto, havia um banco de pedra perfeito para meditações matinais e para uma leitura à tarde. Para deixar essa parte do jardim mais alegre, cerquei-a de belas flores: astromélias, nepetas, coreópsis, não-me-esqueças e margaridas-amarelas. As cores ficariam lindas. Os tons de rosa, azul, amarelo e roxo acrescentariam um pouco de cor à vida de Graham, com certeza.

Quando o monitor da babá eletrônica se acendeu, Graham se levantou.

— Vou pegá-la.

Poucos minutos depois, eu o ouvi gritar.

— LUCILLE!

Eu me sentei no chão, alarmada pela urgência no grito de Graham.

— LUCILLE, CORRA!

Fiquei de pé, meu coração acelerado, o rosto sujo de terra. Corri para dentro da casa.

— O que foi? — gritei.

— Na sala! Corra! — exclamou ele.

Corri, apavorada com o que poderia encontrar. Quando cheguei ao cômodo, meu coração foi até a garganta, e levei as mãos à boca.

— Meu Deus — falei, meus olhos se enchendo de lágrimas ao olhar para Talon.

— Incrível, não é? — disse Graham, sorrindo para a filha. Por um longo tempo, ele tentou conter seus sorrisos, mas ultimamente não estava mais conseguindo fazer isso. Quanto mais Talon ria, mais ela abria o coração do pai.

Ele estava com ela no colo, dando a mamadeira.

Bom, na verdade, era Talon quem segurava a mamadeira com as próprias mãozinhas pela primeira vez.

Meu coração explodiu de entusiasmo.

— Ela pegou a mamadeira e começou a mamar sozinha — contou Graham, com os olhos arregalados de orgulho.

Nós a aplaudimos, e Talon começou a dar risadinhas e a cuspir o leite no rosto de Graham, nos fazendo gargalhar. Peguei um pano e limpei a bochecha dele.

— Ela me surpreende todos os dias — disse Graham, olhando para a filha. — É uma pena que Jane... — ele fez uma pausa — ... que *Lyric* esteja perdendo tudo isso. Ela não tem ideia do que deixou para trás.

Assenti.

— Ela está perdendo tudo. É triste.

— Como foi crescer com ela? — perguntou ele.

Fiquei um pouco surpresa. Convivíamos havia alguns meses, e Graham nunca tinha me perguntado sobre minha irmã.

Sentei no sofá ao lado dele.

— Estávamos sempre nos mudando. Nossa mãe era um pouco nômade, e, quando meu pai não aguentou mais, ele nos abandonou. Lyric era a mais velha e percebia mais os problemas do que eu e a Mari. Cada dia com a minha mãe parecia uma nova aventura. A falta de um lar de verdade nunca me incomodou, porque tínhamos umas às outras, e, quando precisávamos de alguma coisa, algum milagre acontecia. Mas Lyric não via as coisas da mesma maneira. Ela era muito parecida com o nosso pai, tinha os pés no chão. Odiava não saber de onde viria nossa próxima refeição. Detestava cada vez que a nossa mãe dava o pouco dinheiro que tínhamos para ajudar um amigo que estava passando por necessidades. Odiava a instabilidade em nossas vidas e, quando não aguentou mais, quando não pôde mais lidar com o jeito da nossa mãe, ela fez o mesmo que o nosso pai. Foi embora.

— Ela sempre fugiu.

— Sim, e uma parte de mim quer odiá-la por ter se tornado tão fria e distante, mas a outra a compreende. Ela teve que amadurecer muito rápido e, de certo modo, Lyric não estava errada. Nossa mãe era um pouco imatura, o que significa que não tivemos uma educação muito parental. Lyric sentia que tinha de assumir esse papel e ser mãe da nossa mãe.

— Talvez por isso ela não quisesse ter filhos. Ela já tinha desempenhado esse papel.

— Sim. Quero dizer, isso não justifica o que ela fez, de jeito nenhum. Mas torna as atitudes dela mais fáceis de serem compreendidas.

— Acho que, quando a conheci, soube logo que ela era assim. E tenho certeza de que ela sabia que eu era frio e que eu nunca pediria a ela que ficasse.

— Você sente falta dela? — perguntei com a voz baixa.

— Não — respondeu ele rapidamente, sem qualquer hesitação. — Nunca fomos apaixonados um pelo outro. Tínhamos um acordo tácito: se um de nós quisesse ir embora, estava livre para partir. Ela achou que um casamento a ajudaria a subir na carreira. Éramos apenas colegas de quarto que faziam sexo de vez em quando. Antes da Talon, eu não me importaria se ela fosse embora. Teria sido completamente aceitável. Droga, de alguma forma, fiquei surpreso por ela ter ficado tanto tempo. Eu não teria me importado, mas agora... — Ele sorriu para a filha ao colocá-la para arrotar e, em seguida, deitou-a no cobertor que estava no chão. — Agora eu ligo para ela todas noites, pedindo que volte, não por mim, mas pela nossa filha. Sei o que é crescer sem mãe e nunca desejaria isso para Talon.

— Sinto muito.

Ele deu de ombros.

— Não é culpa sua. Mas, e o jardim, como está?

— Está perfeito. Mais uma vez, obrigada pelo presente. Significa mais para mim do que pode imaginar.

— É claro. Você vai viajar esse fim de semana, por causa do feriado? — perguntou Graham. Ele se sentou no chão e começou a brincar com a filha, fazendo meu coração palpitar.

— Eu ia, mas acho que vou acabar passando o feriado sozinha.

— Por quê?

Expliquei que Mari estaria fora da cidade e que eu, normalmente, viajava para o norte, mas não queria dirigir sozinha.

— Você deveria vir para a casa do professor Oliver comigo e com a Talon — convidou ele.

— O quê? Não. Não, está tudo bem. De verdade.

Ele pegou o celular e discou um número.

— Alô? Professor Oliver, como vai?

— Graham, não! — sussurrei, mas o tom de voz saiu um pouco mais alto do que eu pretendia. Estiquei o braço para detê-lo, mas ele se levantou e não deixou que eu pegasse o aparelho.

— Ótimo, estou ótimo. — *Pausa.* — Não, não estou tentando desmarcar. Estou ligando para saber se você pode incluir mais um lugar à mesa. Parece que Lucille ia passar a Páscoa sozinha e afogar as mágoas em um pote de Ben & Jerry's. E, apesar de eu achar que isso é algo completamente normal, pensei em ver com você se ela poderia ir comigo à sua casa.

Outra longa pausa.

Graham sorriu.

— Muito bem. Obrigado, professor Oliver. Até o fim de semana. — Ele desligou e se virou na minha direção. — Eles vão fazer um brunch por volta de uma da tarde. Seremos nós, o professor Oliver e Mary, a filha deles, Karla, e a noiva dela, Susie. Você deveria levar algo de comer.

— Não acredito que você fez isso! — gritei, pegando uma das almofadas do sofá e jogando nele. O sorriso de Graham se tornou ainda maior.

Céus, aquele sorriso.

Se ele sorrisse com mais frequência antes, com certeza Lyric nunca o teria abandonado.

Ele pegou a almofada e a jogou de volta na minha direção, fazendo-me cair de costas no sofá.

— Podemos ir juntos. Posso buscar você na sua casa.

— Perfeito. — Peguei a almofada e a atirei nele de novo. — Tipo de roupa?

Ele jogou a almofada de volta para mim uma última vez, e notei uma covinha em sua bochecha direita.

— Qualquer coisa que você usar estará bom para mim.

Capítulo 17

Graham

Quando cheguei à casa de Lucy para buscá-la para o brunch de Páscoa e a vi descer as escadas, precisei me recostar no banco do carro. Talon balbuciou, e eu tive que concordar com ela.

Lucy estava linda. Usava um vestido amarelo com um forro de tule, o que o deixava mais rodado. No rosto, pouca maquiagem, contrastando com o batom vermelho que combinava com os sapatos de salto alto. O cabelo estava trançado com pequenas margaridas, formando algo semelhante a uma coroa.

Saí do carro e abri a porta do passageiro para ela, que sorriu para mim, segurando um buquê de rosas em uma das mãos e uma travessa na outra.

— Olha como você está elegante!

— É só um terno e uma gravata — eu disse, pegando a travessa das mãos dela. Em seguida, contornei o carro, abri a porta de trás e coloquei a travessa em cima do banco.

Quando eu me sentei de novo no banco do motorista e fechei a porta, olhei de relance para Lucy.

— Você está linda.

Ela riu e ajeitou o cabelo antes de passar a mão na saia do vestido.

— Você tem toda a razão, senhor.

Seguimos rumo à casa do professor Oliver e, quando chegamos, apresentei Lucy para Karla, filha de Ollie, e Susie, sua noiva.

— É um prazer conhecê-la, Lucy. Eu diria que ouvi falar muito de você, mas você conhece o Graham, ele não fala muito — brincou Karla.

— Sério? — perguntou Lucy, com um tom de voz irônico. — Nunca consigo fazê-lo calar a boca.

Karla riu, pegou Talon do meu colo e a beijou na testa.

— É, ele é um verdadeiro tagarela.

Karla era o mais próximo que já tive de uma irmã, e nós também discutíamos como se fôssemos irmãos de verdade. Quando criança, ela entrava e saía de programas de adoção e, mais tarde, acabou se envolvendo com drogas e álcool. Eu ainda não a conhecia nessa época. Quando nossos caminhos se cruzaram, ela já havia tomado jeito, e agora era essa linda mulher afro-americana, que lutava pelos direitos das crianças que não tinham um lugar para chamar de lar.

Professor Oliver e Mary não desistiram de Karla nem quando ela chegou à adolescência, e ela sempre dizia que isso havia mudado alguma coisa em seu coração. Poucas pessoas se interessariam em adotar uma adolescente de 17 anos, mas, ainda assim, os dois insistiram em ficar com ela.

Eles tinham a capacidade de enxergar as cicatrizes das pessoas e ainda assim, achá-las bonitas.

— Eu fico com isso — ofereceu Susie, pegando a travessa das mãos de Lucy. Ela também era uma pessoa incrível. Uma linda asiática, ativista dos direitos das mulheres. Se havia um casal destinado a viver uma verdadeira história de amor, era aquele.

Nunca fui do tipo que gostava muito de pessoas, mas elas eram boas.

Assim como Lucy.

Pessoas de bom coração que não queriam nada além de amor.

Quando entramos na cozinha, Mary estava cozinhando e logo veio até mim. Ela me cumprimentou com um beijo no rosto e fez o mesmo com Talon e Lucy.

— Você foi convocado para se juntar a Ollie no escritório, Graham. Ele está esperando os novos capítulos do seu livro — disse ela. Olhei de relance para Lucy, e Mary riu. — Não se preocupe, ela vai ficar bem. Vamos cuidar dela.

Lucy sorriu, e o meu coração pareceu inflar. Então fui ao escritório do professor Oliver.

* * *

Ele se sentou na escrivaninha e começou a ler os novos capítulos. Esperei impacientemente enquanto seus olhos percorriam o texto.

— Tirei o leão — falei.

— Shhh — protestou Ollie, voltando à leitura. De vez em quando, ao virar as páginas, seu rosto assumia algum tipo de expressão, mas, na maior parte do tempo, permanecia impassível. — Bem... — disse ele ao terminar a leitura e colocar os papéis sobre a mesa. — Você não fez sexo?

— Não.

— E não usou cocaína?

— Não.

— Bom. — Ollie se ajeitou na cadeira, parecendo incrédulo. — Isso é surpreendente; o que quer que tenha feito você voltar ao normal, deve ter sido maravilhoso. Esse... é o melhor trabalho que você já escreveu.

— Você está de sacanagem? — perguntei, sentindo um aperto no estômago.

— De jeito nenhum. A melhor coisa que li em anos. O que aconteceu?

Dei de ombros e levantei da cadeira.

— Comecei a fazer jardinagem.

— Ah. — Ele sorriu, compreendendo. — Lucy Palmer aconteceu.

* * *

— Karla, eu te devo cinquenta dólares — anunciou Oliver a caminho da sala de jantar para o brunch, depois de encerrarmos nossa conversa no escritório. Ele ajeitou a gravata e se sentou na extremidade da mesa. — Tinha razão sobre Graham. Ele ainda sabe escrever. Parece que não é um autor de um livro só. Ou melhor, de vinte e sete livros.

Lucy riu, e o som era lindo.

— Você apostou contra o Graham?

— Você leu o último rascunho? — perguntou Oliver.

— O que era aquele leão? — Ela fez uma careta.

— Pois é! — gritou ele, concordando. — Aquela droga de leão.

— Tá bom, tá bom, nós já entendemos, eu sou uma droga. Podemos mudar de assunto? — perguntei.

— Mas aquele leão... — Lucy cutucou meu braço.

— Era horrendo — concordou mais uma vez o professor Oliver.

— Mal-escrito.

— Esquisito.

— Estranho.

— Uma porcaria completa — disseram os dois quase ao mesmo tempo.

Revirei os olhos.

— Meu Deus, Lucille. Você é a versão feminina do professor Oliver. Meu pior pesadelo.

— Ou o seu maior sonho que se tornou realidade — zombou o professor, com uma expressão de quem sabia de algo. O que era, eu não fazia ideia. Ele esticou o braço, tentando pegar o bacon, e Karla deu um tapinha em sua mão.

— Não, pai.

Ele resmungou, e eu me senti aliviado com a mudança de assunto.

— Alguns pedaços não vão me matar, querida. Além do mais, é feriado.

— Sim, mas o seu coração não sabe disso. Então, continue com o bacon de peru que a mamãe preparou para você.

Oliver fez uma careta.

— Aquilo *não* é bacon. — Ele se voltou para Lucy. — Você tem um princípio de infarto, passa por três pequenas cirurgias no coração e as pessoas levam isso a sério pelo resto da sua vida.

Mary sorriu para o marido e acariciou a mão dele.

— Pode nos chamar de superprotetoras, mas só queremos você por perto para sempre. Se forçá-lo a comer bacon de peru fará com que você nos odeie, que seja. — Ela colocou três pedaços no prato dele.

— Tudo bem, tudo bem. — Oliver mordeu o bacon *não bacon*. — Não posso culpá-las. Também gostaria de ficar perto delas para sempre.

Passamos o restante do brunch rindo, contando histórias constrangedoras e compartilhando recordações. Lucy ouvia, encantada, o que cada um dizia, fazia perguntas quando queria mais detalhes e participava ativamente das conversas. Eu adorava essa característica dela. Uma pessoa que se importava com as outras. Quando ela chegava a um lugar, o ambiente se enchia de luz.

— Lucy, estamos muito contentes por você ter vindo hoje. Seu sorriso é contagiante — disse Mary.

Estávamos sentados à mesa de jantar, empanturrados e curtindo as boas companhias.

Lucy abriu um grande sorriso.

— Foi maravilhoso. Eu ia ficar em casa sozinha.

— Você costuma passar os feriados sozinha? — perguntou Karla, com o cenho franzido.

— Ah, não. Sempre passo com a minha irmã, mas esse ano uma amiga dela veio visitar a família nos Estados Unidos, então ela foi vê-la. Normalmente vamos à cabana de uma amiga para visitar a árvore da nossa mãe.

— Árvore da sua mãe? — indagou Susie.

— Sim. Quando ela faleceu, há alguns anos, plantamos uma árvore em honra à sua memória. Criamos uma nova vida e a vemos crescer, mesmo depois da morte. Então, todo feriado nós comemos balas de alcaçuz, o doce preferido dela, e nos sentamos sob a copa da árvore, ouvindo músicas e sentindo o cheiro da terra.

— Que lindo... — Karla suspirou. Ela se virou para a noiva e deu um tapinha no braço dela. — Quando eu morrer, você vai plantar uma árvore em minha homenagem?

— Vou plantar uma cerveja. Parece mais apropriado — respondeu Susie.

Karla arregalou os olhos e se inclinou para beijá-la.

— É por isso que vou me casar com você daqui a três meses.

— Qual é a data do casamento? — indagou Lucy, feliz pelas duas.

— No fim de semana do Quatro de Julho, o feriado em que nos conhecemos — disse Karla, animada. — Íamos nos casar no ano que vem, mas não posso mais esperar. — Ela se virou para o pai, sorrindo. — Só preciso que o meu pai me conduza até o altar e me entregue ao meu amor.

— Será o dia mais feliz de todos — comentou Oliver, pegando a mão de Karla para dar um beijo. — Só perderá para o dia em que você se tornou oficialmente minha filha.

Meu coração pareceu se expandir dentro do peito.

— Bom, se precisarem de uma florista, será o meu presente — ofereceu Lucy.

Susie arregalou os olhos.

— Sério? Isso seria incrível. Mais do que incrível.

Se não fosse pelo amor que eu via entre o professor Oliver e Mary e o amor entre Karla e Susie, eu teria certeza de que esse sentimento era uma lenda urbana, algo que só existia nos contos de fada.

Mas o modo como essas pessoas se olhavam, o amor tão livre e intenso que sentiam...

O amor verdadeiro e romântico era real.

Mesmo que eu nunca tivesse sido capaz de senti-lo.

— Sabe, Graham ainda precisa de uma acompanhante para a cerimônia. Sugestões, sugestões... — Susie sorriu.

Revirei os olhos. Uma rápida mudança de assunto era necessária.

— Susie e Karla são ótimas cantoras — contei a Lucy, cutucando-a de leve. — Foi assim que elas se conheceram: em um show em comemoração ao Dia da Independência. Você deveria pedir a elas que cantem alguma coisa.

— Graham só inventa moda — disse Karla, jogando um pedaço de pão em mim.

— Não, ele está certo — comentou Mary. — Talvez eu seja um pouco tendenciosa, mas vocês são ótimas. Vamos lá, garotas, cantem alguma coisa.

Naquele momento, o monitor da babá eletrônica de Talon acendeu, avisando que ela tinha acordado da soneca.

— Eu vou pegá-la, e vocês, senhoritas, escolham uma música — ordenou Mary.

— Meu Deus, mãe. Sem pressão, tá? — Karla bufou, mas havia um ligeiro brilho em seu olhar que revelava o quanto ela gostava de se apresentar. — Tudo bem. O que acha, Susie? Andra Day?

— Perfeito. — Susie se levantou. — Mas não vou cantar à mesa. Essa diva aqui precisa de um palco.

Nós fomos para a sala, e me sentei no sofá ao lado de Lucy. Mary veio com Talon nos braços e, por um momento, pensei que era assim que uma avó deveria ser. Feliz. Saudável. Completa. Cheia de amor.

Minha filha não fazia ideia de como era sortuda por ter Mary.

Eu não fazia ideia de como era sortudo por ter Mary.

Karla se sentou ao piano e começou a tocar "Rise Up", de Andra Day. O som que vinha do piano já era incrível por si só, mas, quando Susie começou a cantar, tive a impressão de que todos na sala ficaram arrepiados. Os olhos de Lucy estavam fixos na apresentação, enquanto os meus estavam fixos nela. Seu corpo parecia trêmulo; era como se as palavras a engolissem por inteiro. Finalmente, vi uma lágrima escorrer por seu rosto.

À medida que a letra da música encontrava terreno em seu coração e espalhava suas sementes, as lágrimas se tornavam mais abundantes. Lucy corou, nervosa, e tentou secá-las. Porém, quanto mais tentava enxugá-las, mais elas teimavam em cair.

Quando Lucy estava prestes a secar suas lágrimas mais uma vez, segurei sua mão, interrompendo seu movimento. Ela se virou para mim, confusa, e eu apertei sua mão de leve.

— Está tudo bem — sussurrei.

Ela entreabriu os lábios como se fosse falar alguma coisa, mas só assentiu antes de se voltar para as garotas e fechar os olhos. As lágrimas continuavam caindo enquanto ela ouvia a linda voz, o corpo balançando de um lado para o outro enquanto eu segurava sua mão.

Pela primeira vez, comecei a compreendê-la.

A bela garota que sentia tudo.

Suas emoções não a tornavam fraca.

Elas a deixavam mais forte.

Quando as garotas terminaram a apresentação, Lucy as aplaudiu.

— Isso foi fantástico.

— Tem certeza de que não está chorando por sermos ruins? — Karla riu.

— Não, foi maravilhoso. Minha mãe teria... — Lucy fez uma pausa e respirou fundo. — Ela teria adorado.

Meus olhos pousaram em nossas mãos, que ainda estavam entrelaçadas, e eu a soltei imediatamente, sentindo um súbito frio na barriga.

Quando a noite chegou, arrumamos nossas coisas e agradecemos a todos por terem nos convidado.

— Foi maravilhoso — disse Lucy a Mary e Ollie, abraçando-os com força. — Obrigada por não terem deixado que eu ficasse no sofá tomando Ben & Jerry's.

— Você é sempre bem-vinda aqui, Lucy — disse Mary, beijando-a no rosto.

— Vou colocar a Talon no bebê conforto. — Lucy pegou minha filha do meu colo antes de agradecer a todos mais uma vez.

Mary me deu um sorriso breve e me puxou para um abraço.

— Gosto dela — sussurrou, enquanto me dava um tapinha nas costas. — Ela tem bom coração.

Ela não estava errada.

Mary voltou para dentro de casa, mas o professor Oliver permaneceu parado na varanda com um sorriso enorme.

— O que foi? — perguntei.

— Ah, Sr. Russell — cantarolou ele, colocando as mãos nos bolsos e se balançando nos calcanhares para a frente e para trás.

— *O que foi?*

Ele assobiou baixo.

— É engraçado que isso esteja acontecendo com você, dentre todas as pessoas. E você parece nem notar.

— Do que está falando?

— Acho que é difícil entender o enredo quando se é um dos personagens da história.

— Alguém se esqueceu de tomar o remédio de novo?

— Em toda história, há um momento em que os personagens vão do ato um, o velho mundo, ao ato dois, o novo mundo. Você sabe disso.

— Sim, mas o que isso tem a ver...?

Oliver indicou Lucy com a cabeça.

— Tem tudo a ver.

Eu me dei conta do que ele estava dizendo e pigarreei, empertigando-me.

— Não, isso é ridículo. Ela só está ajudando com a Talon.

— Humm — disse Oliver, quase debochado.

— Não, é sério. E, independentemente dos seus joguinhos, ela é irmã da Jane.

— Humm — repetiu ele, quase me deixando maluco. — Acontece que o coração nunca escuta a razão, Sr. Russell. — Ollie me cutucou, usando aquele tom de voz de quem sabe tudo. — Ele simplesmente sente.

— Você está sendo irritante.

— É engraçado, não é? Como os personagens principais nunca sabem as aventuras que estão prestes a acontecer.

O que mais me incomodava em suas palavras era o quanto havia de verdade nelas. Eu sabia que estava começando a sentir algo por

Lucy, mas sabia também o quanto era perigoso permitir que esse sentimento crescesse.

Não conseguia me lembrar da última vez que eu havia sentido o que senti quando segurei a mão de Lucy. Algo semelhante ao que me ocorria sempre que eu a via cuidando de Talon, ou mesmo quando eu simplesmente olhava para ela.

— O que você acha dela, Graham? — perguntou Oliver.

— O que eu acho de Lucille?

— Sim. Se você não puder ficar com ela, talvez haja espaço para uma amizade.

— Ela é o meu completo oposto. Lucille é uma pessoa bastante estranha. Ela é uma aberração da natureza... É atrapalhada e sempre fala fora de hora. O cabelo está sempre bagunçado, e a risada, às vezes, é muito irritante e alta. Tudo nela é um desastre. Ela é uma confusão só.

— E ainda assim...?

Ainda assim, eu queria ser como ela. Queria ser uma pessoa estranha, uma aberração da natureza. Queria tropeçar e rir bem alto. Queria que aquela bela confusão fizesse parte da minha vida desastrosa. Desejava sua liberdade e sua coragem de viver o momento.

Queria saber como era ser parte do seu mundo.

Ser um homem que sentia tudo.

Desejava abraçá-la, mas ainda assim permitir que ela fosse livre em meus braços. Desejava sentir o gosto dos seus lábios e descobrir sua alma, enquanto dava a ela um vislumbre da minha.

Não queria ser amigo dela. Não.

Eu queria muito mais que isso.

Ainda assim, sabia que a possibilidade de ficarmos juntos era quase nula. Ela era a única coisa que estava fora do meu alcance e a única coisa que eu realmente desejava. O rumo que essa história estava tomando não era justo, mas isso não era nenhuma surpresa. Eu nunca havia escrito um final feliz, e Lucy nunca participaria do meu último capítulo.

— Você está pensando demais, Graham, e eu peço a você que não faça isso. Jane foi embora há quase um ano e, vamos ser honestos, você nunca olhou para ela do jeito que olha para a Lucy. Seus olhos nunca se iluminaram desse jeito. Você passou a maior parte da vida tentando evitar a felicidade, meu filho. Quando vai se libertar das correntes que colocou em si mesmo? A vida é curta, e nunca sabemos quantos capítulos ainda restam em nossas histórias, Graham. Viva cada dia como se fosse a última página. Viva cada momento como se fosse a última palavra. Seja corajoso, meu filho. Seja corajoso.

Comecei a descer os degraus.

— Professor Oliver?

— Sim?

— Cale a boca.

Capítulo 18

Lucy

— Preciso fazer uma parada para comprar fraldas. Espero que não tenha problema — disse Graham, estacionando o carro em frente a um mercado vinte e quatro horas.

— Está bem.

Ele entrou apressado. Depois de alguns minutos, saiu do mercado, colocou as sacolas no porta-malas e voltou para o carro.

— Muito bem — disse, engatando a marcha. — Qual é o caminho até a cabana?

— O quê?

— Perguntei o caminho. Para visitar a árvore da sua mãe.

Senti um aperto no peito. Olhei para Graham, paralisada, as palavras ecoando em minha mente.

— O quê? De jeito nenhum, Graham. Você já está atrasado com o livro, e não consigo nem imaginar você dirigindo para tão longe só para...

— Lucille Hope Palmer.

— Sim, Graham Michael Russell?

— Você nunca passou um feriado sem visitar a sua mãe, certo?

— Certo.

— Então... Qual é o caminho?

Fechei os olhos e senti meu coração acelerar ao me dar conta de que Graham não ia desistir tão fácil. Eu não tinha dito uma palavra sequer sobre o quanto lamentava não ver minha mãe naquele dia.

Não tinha dito nada sobre o quanto havia sido difícil presenciar o amor que Susie e Karla sentiam por Mary. Uma lágrima rolou por meu rosto, e um sorriso se formou em meus lábios.

— Pode pegar a rodovia 43 na direção norte por duas horas.

— Perfeito — disse ele, saindo do estacionamento. Quando abri os olhos, olhei de relance para Talon, que dormia no banco de trás, e levei as mãos ao pingente em forma de coração.

Quando chegamos, tudo estava um completo breu, até eu ligar a extensão na tomada que havia do lado de fora da cabana. A árvore se iluminou com as pequenas lâmpadas brancas que Mari e eu havíamos pendurado nela em dezembro, quando a visitamos no Natal. Fui até ela e parei, observando as luzes piscarem. Eu me sentei no chão e entrelacei as mãos. Observar aqueles belos galhos me trazia um misto de tristeza e felicidade. Tristeza porque cada dia que ela crescia representava um dia sem a minha mãe, e isso era muito doloroso. E felicidade porque eu adorava vê-la na primavera, quando estava começando a florescer.

— Ela é linda — elogiou Graham, aproximando-se com Talon aconchegada em seu colo.

— Não é?

— A filha tem a quem puxar.

— A neta também.

Ele tirou um pacote de balas de alcaçuz de dentro do bolso do casaco, fazendo meu coração quase parar de bater.

— Você comprou isso quando foi ao mercado? — perguntei.

— Só queria que o dia de hoje fosse bom para você.

— Está sendo — respondi, emocionada com a gentileza dele. — Está sendo um ótimo dia.

Ficamos ali por alguns minutos, observando, respirando, existindo. Até que Graham pegou o celular e colocou "Rise Up", de Andra Day, para tocar.

— Você disse que ela ia gostar.

Mais uma vez, comecei a chorar.

Foi maravilhoso.

— Somos amigos, Lucille? — perguntou Graham.

Eu me virei para ele, o coração acelerado.

— Sim.

— Então posso contar um segredo?

— Sim, é claro. Qualquer coisa.

— Depois que eu contar isso a você, preciso que finja que eu nunca disse nada, está bem? Se eu não falar agora, tenho medo de que o sentimento cresça e me deixe ainda mais confuso do que estou. Então, depois que eu contar meu segredo, preciso que você volte a ser minha amiga, porque essa amizade me torna uma pessoa melhor. Você faz de mim um ser humano melhor.

— Graham...

Ele se virou e colocou Talon para dormir no bebê conforto.

— Só me diga uma coisa. Você sente algo? Você sente algo mais do que amizade quando eu faço isso?

Ele segurou minha mão.

Nervosismo.

Graham chegou mais perto, e nossos corpos ficaram mais próximos do que nunca.

— Você sente algo quando eu faço isso? — sussurrou ele, acariciando meu rosto com as costas da mão. Fechei os olhos.

Arrepios.

As breves expirações de Graham pairavam sobre os meus lábios, misturando-se ao ar que eu inspirava. Eu não podia abrir os olhos, porque, se fizesse isso, veria seus lábios e, então, desejaria ficar ainda mais perto dele. Eu não podia abrir os olhos, porque eu mal conseguiria respirar.

— Sente alguma coisa quando estamos assim, tão perto um do outro? — perguntou ele com suavidade.

Excitação.

Abri os olhos e pisquei uma vez.

— Sim, sinto.

Uma onda de alívio percorreu o corpo dele, que tirou dois pedaços de papel do bolso de trás da calça.

— Fiz duas listas ontem. Fiquei sentado o dia todo, enumerando todas as razões pelas quais eu não deveria me sentir dessa forma com relação a você, e essa lista é longa. Coloquei nela todos os detalhes, todos os motivos pelos quais esse sentimento, qualquer que seja ele, é uma má ideia.

— Entendo, Graham. Você não precisa se explicar. Sei que não podemos...

— Não, espere. Ainda tem a outra lista. É menor, muito menor, mas nela tentei não ser tão racional. Tentei ser como você.

— Como eu? O que isso quer dizer?

— Tentei *sentir*. Imaginei como seria ser feliz, e acho que você é a definição de felicidade. — Os olhos escuros dele encontraram os meus, e ele pigarreou duas vezes. — Tentei listar as coisas boas da minha vida, além da Talon, é claro. É uma lista pequena, de verdade, só tem dois itens até agora e, estranhamente, começa e termina com você.

Meu coração estava disparado, minha cabeça girava mais rápido a cada segundo.

— Eu e eu? — perguntei, sentindo o calor do corpo dele. Senti as palavras dele acariciando a minha pele e se entranhando profundamente em minha alma.

Os dedos dele percorreram meu pescoço.

— Você e você.

— Mas... — *Lyric*. — Não podemos.

— Eu sei. É por isso que, depois que eu te contar essa última coisa, preciso que você finja que somos apenas amigos. Preciso que esqueça tudo o que eu disse essa noite. Mas primeiro preciso te contar isso.

— O que é, Graham?

Ele se afastou lentamente de mim e encarou as luzes que piscavam na árvore. Eu o observei enquanto ele movia os lábios bem devagar.

— Estar perto de você provoca algo estranho em mim, algo que não acontecia havia muito tempo.

— O que é?

Ele segurou a minha mão e a levou ao seu peito, e as palavras seguintes foram proferidas num sussurro.

— Meu coração começa a bater de novo.

Capítulo 19

Lucy

— Está tudo bem entre nós? — perguntou Graham alguns dias depois da Páscoa, quando eu o levava ao aeroporto. O editor precisava que ele fosse a Nova York para conceder algumas entrevistas e fazer sessões de autógrafos. Ele vinha adiando essas viagens desde o nascimento de Talon, mas agora estava sendo compelido a comparecer a alguns eventos. Era a primeira vez que passaria o fim de semana longe da filha, e eu sabia que ele estava nervoso por causa da separação. — Quero dizer, depois da nossa conversa na outra noite?

Sorri e fiz que sim com a cabeça.

— Está tudo bem, de verdade.

Era mentira.

Desde que ele revelou os sentimentos que habitavam seu coração, eu não conseguia parar de pensar nisso. Mas como ele tinha sido corajoso o suficiente para ser um pouco como eu, permitindo que suas emoções viessem à tona naquela noite, eu estava me forçando a ser mais como Graham, tentando manter as minhas sob controle.

Eu me perguntava se ele tinha sido assim a vida toda, se havia lidado com seus sentimentos sempre às escondidas.

— Tudo bem.

Quando chegamos ao aeroporto, saí do carro para ajudá-lo com as malas. Tirei Talon do bebê conforto, e Graham a abraçou bem apertado. Os olhos dele ficaram marejados.

— São só três dias — eu disse a ele.

— Sim, eu sei, é que... — Sua voz falhou, e ele beijou a testa de Talon. — Ela é tudo para mim.

Ah, Graham Bell.

Era muito difícil não se apaixonar por ele.

— Se você precisar de qualquer coisa, de dia ou de noite, me ligue. Quero dizer, vou ligar sempre entre um compromisso e outro. — Ele fez uma pausa. — Você acha que eu deveria cancelar e ficar em casa? Ela teve febre essa manhã.

Eu ri.

— Graham, você não pode cancelar seus compromissos. Vá trabalhar e depois volte para nós. — Fiquei em silêncio por um instante ao perceber o que tinha dito e dei um meio-sorriso. — Volte para sua filha.

Ele assentiu e beijou a testa dela mais uma vez.

— Obrigado, Lucille, por tudo. Não confio em muitas pessoas, mas confio em você para cuidar do meu mundo. — Ele tocou de leve o meu braço antes de me entregar Talon e partir.

No instante em que a coloquei no bebê conforto, ela começou a gritar, e fiz de tudo para acalmá-la.

— Eu sei, mocinha. — Afivelei o cinto de Talon e beijei sua testa. — Vou sentir falta dele também.

* * *

No dia seguinte, Mari me convidou para dar uma volta de bicicleta, mas, como eu estava com Talon, fizemos apenas uma caminhada com ela no carrinho.

— Ela é simplesmente linda — disse minha irmã, sorrindo para a sobrinha. — Tem os olhos da nossa mãe, assim como a Lyric, não é?

— Ah, sim, e a insolência da nossa mãe também. — Eu ri enquanto seguíamos para o começo da pista de caminhada. — Estou contente por finalmente passarmos um tempo juntas, Mari. Parece que, apesar de morarmos no mesmo apartamento, mal consigo te ver. Nem cheguei a perguntar como foi o encontro com Sarah.

— Eu não a vi — disse ela de repente, fazendo-me parar.

— O quê?

— Ela não estava na cidade — confessou, nervosa, sem conseguir me encarar.

— Como assim, Mari? Você esteve fora todo o fim de semana. Onde estava?

— Com Parker — respondeu ela de forma casual, como se suas palavras não tivessem a capacidade de lhe fazer mal.

— Desculpe, como é?

— Já tem algum tempo, ele foi à Monet de novo quando você não estava, e eu concordei em vê-lo. Temos nos falado há alguns meses.

Meses?

— Você está zangada.

— Você mentiu para mim. Desde quando mentimos uma para a outra?

— Eu sabia que você não aprovaria, mas ele queria conversar comigo.

— Conversar? — repeti, a raiva crescendo dentro de mim. — O que ele teria para conversar com você? — Mari baixou a cabeça e começou a fazer desenhos no chão com o tênis. — Fala sério, ele quer voltar para você, não é?

— É complicado.

— Como assim? Ele abandonou você durante o pior momento da sua vida, e agora, quando você está no seu melhor, ele quer voltar?

— Ele é meu marido.

— Ex-marido.

Ela hesitou por um instante.

— Nunca assinei os papéis.

Meu coração se estilhaçou.

— Você me disse...

— Eu sei! — gritou ela, passando as mãos pelo cabelo e andando de um lado para o outro. — Sei que eu disse que tinha acabado, e acabou. Na minha cabeça, eu tinha colocado um ponto final no casamento, mas... nunca assinei os papéis.

— Você só pode estar brincando, Mari. Ele te *abandonou* quando você estava com *câncer*.

— Mesmo assim...

— Não. Sem "mesmo assim". Ele não merece mais uma chance, e você mentiu para mim sobre estar *divorciada*! Para *mim*! Você deveria ser minha amiga, Florzinha. Deveríamos ser capazes de contar tudo uma para a outra, mas esse tempo todo a gente tem vivido uma mentira. Sabe o que a nossa mãe sempre disse sobre mentir? Se você precisa mentir sobre algo é porque provavelmente não deveria estar fazendo isso.

— Por favor, não cite a nossa mãe agora, Lucy.

— Você tem que deixá-lo, Mari. Fisicamente, emocionalmente e mentalmente. Ele faz mal a você. Nada de bom virá disso.

— Você não faz ideia de como é estar casada com alguém! — disse ela, elevando o tom de voz. Mari nunca levantava a voz.

— Mas eu faço ideia de como é ser respeitada! Céus, não acredito que você mentiu esse tempo todo.

— Sinto muito por ter mentido, mas, se é para sermos sinceras, você não tem sido a pessoa mais honesta do mundo ultimamente.

— O quê?

— Eu me refiro a isso — disse ela, gesticulando em direção a Talon. — Toda essa história com o Graham é esquisita. Por que você está cuidando da filha dele? É óbvio que ela já está grande o suficiente para que ele cuide dela sozinho ou sei lá, contrate uma babá. Diga a verdade: por que você ainda está lá?

Senti um frio na barriga.

— Mari, isso não é a mesma coisa...

— É exatamente a mesma coisa! Você diz que estou em um casamento sem amor porque sou fraca e que está furiosa comigo porque menti, mas você tem mentido não só para mim, mas também para si mesma. Você continua a ajudá-lo porque está apaixonada por ele.

— Pare com isso.

— Você está apaixonada por ele.

Fiquei de queixo caído.

— Mari... nesse momento, não estamos falando de mim ou do Graham ou de qualquer outra coisa. Estamos falando de você. Você está cometendo um grande erro. Não é saudável e...

— Vou voltar para minha casa.

— O quê? — indaguei, chocada. — Aquela não é a sua casa. Eu sou a sua casa. Nós somos a nossa casa.

— Parker acha que reconstruir o nosso casamento será bom para nós.

Que casamento?

— Mari, ele procurou você depois de você estar em remissão por dois anos. Ele ficou esperando para ver se o câncer voltaria. Ele é uma cobra.

— Pare! — gritou ela, sacudindo as mãos em sinal de irritação. — Apenas pare. Ele é meu marido, Lucy, e vou voltar a morar com ele. — A voz de Mari ficou embargada. — Não quero terminar como ela.

— Ela quem?

— Nossa mãe. Ela morreu sozinha porque nunca deixou que nenhum homem se aproximasse o suficiente para amá-la. Não quero morrer sem ser amada.

— Ele não te ama, Florzinha...

— Mas pode amar. Acho que se eu mudar um pouquinho, se me tornar uma esposa melhor...

— Você foi a melhor esposa que podia, Mari. Você fez tudo por ele.

As lágrimas rolavam pelo rosto dela.

— Então por que eu não fui o suficiente naquela época? Parker está me dando outra chance, e posso fazer melhor dessa vez.

A rapidez com que minha raiva se transformou em pura tristeza por minha irmã foi surpreendente.

— Mari... — eu disse com suavidade.

— *Maktub.* — Ela olhou para a tatuagem no pulso.

— Não faça isso. — Balancei a cabeça, mais magoada do que ela poderia imaginar. — Não deturpe a nossa palavra.

— Isso quer dizer que tudo está escrito, Lucy. Que tudo o que acontece tinha que acontecer, não somente o que é da sua vontade. Você não pode aceitar somente as coisas boas na vida. Você deve aceitar tudo.

— Não, isso não é verdade. Se uma bala de revólver está vindo na sua direção e você tem tempo suficiente para se desviar dela, não deve ficar simplesmente parada esperando que ela te atinja. Você sai do caminho, Mari.

— Meu casamento não é uma bala. Não é a minha morte. É a minha vida.

— Você está cometendo um grande erro — sussurrei, arrasada.

— Talvez, mas é o meu erro, assim como o seu com Graham. — Ela cruzou os braços e estremeceu, como se uma brisa fria tivesse passado por ela. — Eu não queria ter que contar isso desse jeito, mas... estou contente que saiba. Meu contrato de aluguel vai vencer em breve, então você terá que procurar um lugar para morar. Olha... nós ainda podemos fazer nossa caminhada se você quiser, para esfriar a cabeça.

— Quer saber, Mari? Prefiro não fazer.

A coisa mais difícil da vida era assistir a um ente querido caminhando diretamente para as chamas e não poder fazer nada além de se sentar e vê-lo se queimar.

* * *

— Você vai ficar com a gente — sugeriu Graham pelo Facetime no hotel, em Nova York.

— Não, não seja bobo. Vou começar a procurar um lugar assim que você voltar, em dois dias. Vou encontrar algo.

— Então, até lá, você fica com a gente, sem desculpas. Está tudo bem. Minha casa é bem grande. Mas eu sinto muito pela Mari.

Estremeci ao pensar em tudo aquilo, na ideia de vê-la voltando para o Parker.

— Não entendo. Como ela pôde perdoá-lo?

— A solidão é mentirosa. — Ele se sentou na beirada da cama. — É tóxica e fatal na maior parte do tempo. Faz as pessoas acreditarem que estão melhores na companhia do diabo do que sozinhas, porque, de alguma forma, estar sozinho é um fracasso, é não ser bom o suficiente para os outros. Então, o veneno da solidão se infiltra, e as pessoas começam a pensar que qualquer tipo de atenção deve ser amor. O falso amor que é construído com base na solidão não tem como crescer. Eu mesmo deveria saber disso. Estive sozinho durante toda a minha vida.

— Odeio isso. — Suspirei. — Odeio que você tenha transformado a raiva que estou sentindo pela minha irmã em vontade de abraçá-la.

Ele riu.

— Desculpe. Eu posso xingá-la se você qui... — Ele estreitou os olhos por um instante. Notei o pânico em seu rosto instantaneamente.

— Lucille, recebi uma mensagem, vou ter que ligar depois.

— Está tudo bem?

Ele desligou antes que eu recebesse uma resposta.

Capítulo 20

Graham

Eu era um mestre na arte de contar histórias.

Eu sabia como um ótimo romance ganhava vida.

Escrever não consistia apenas em reunir palavras sem qualquer relação entre si. Em um bom romance, cada frase era importante, cada palavra tinha um significado para o desenvolvimento da história. Havia sempre uma indicação sobre as reviravoltas do enredo e os diferentes rumos que a história tomaria. Se uma pessoa lesse com atenção, perceberia os sinais. Seria capaz de saborear a essência de cada palavra e, no final, seu paladar ficaria satisfeito.

Uma boa história sempre tinha uma estrutura.

Mas a vida não era uma boa história.

A vida era uma confusão de palavras que às vezes davam certo juntas, outras vezes, não. Era uma mistura de emoções que dificilmente fazia sentido. O primeiro manuscrito de um romance, cheio de rabiscos e frases riscadas, todas escritas com giz de cera.

Não era uma história bonita. Não havia qualquer aviso. Não era fácil.

E quando a novela da vida real queria acabar com você, ela simplesmente arrancava o ar dos seus pulmões e deixava o seu coração sangrando para os lobos.

* * *

A mensagem era da Karla.

Ela tentou me ligar, mas deixei a ligação cair na caixa postal.

Eu estava olhando para Talon.

Ela deixou uma mensagem de voz, mas eu a ignorei.

Estava fitando os olhos de Lucille.

Então ela me mandou uma mensagem de texto que fez uma parte de mim morrer.

Meu pai está no hospital.
Teve outro ataque cardíaco.
Por favor, volte para casa.

* * *

Peguei o primeiro voo de volta para casa, retorcendo as mãos o tempo todo, nervoso demais para conseguir respirar direito. Quando o avião pousou, peguei o primeiro táxi que encontrei e corri para o hospital. Entrei apressado; meu peito parecia queimar por dentro. A sensação me fez estremecer, e tentei afugentar a agitação que tomava conta de mim.

Ele deve estar bem.

Ele tem que estar bem...

Se o professor Oliver não superasse essa, eu não sabia se conseguiria sobreviver. Não sabia se conseguiria viver se ele não estivesse sempre ao meu lado. Quando cheguei à sala de espera, meus olhos recaíram primeiro sobre Mary e Karla. Então notei Lucy, sentada, com Talon dormindo em seu colo. Há quanto tempo ela estava ali? Como soube? Eu não havia falado que estava voltando. Todas as vezes em que tentava digitar as palavras, eu as deletava no mesmo instante. Se eu enviasse uma mensagem dizendo que o professor Oliver tinha sofrido um infarto, o fato se tornaria real. E se pensasse que era real, certamente eu teria morrido no voo de volta para casa.

Não podia ser real.

Ele não podia morrer.

Talon nem se lembraria dele.

Ela precisava se lembrar do melhor homem do mundo.

Precisava conhecer o meu pai.

— Como soube? — perguntei a Lucy, indo até ela e beijando suavemente a testa da minha filha.

Lucy indicou Karla com a cabeça.

— Ela me ligou. Vim imediatamente.

— Você está bem? — perguntei.

— Estou. — Lucy deu um sorriso torto, segurou a minha mão e a apertou de leve. — E você, está bem?

Semicerrei os olhos e engoli em seco, falando tão baixo que não tive certeza se a palavra realmente havia saído dos meus lábios.

— Não. — Meus olhos se voltaram para Mary. — Volto logo.

— Claro, fique com ela o tempo que for necessário.

Eu me sentia grato por isso, por ela estar cuidando de Talon, por estar ao meu lado e ao lado da minha filha quando eu precisava dar força para outras pessoas.

— Mary — chamei. Ela olhou para mim, e senti meu coração rachar ao ver a dor em seu rosto. O olhar devastado de Karla fez com que ele se despedaçasse por completo.

— Graham... — Mary chorava, e veio apressada até mim.

Eu a abracei. Ela tentou dizer algo, mas as palavras não saíram. Começou a soluçar incontrolavelmente, assim como a filha. Puxei Karla para junto de mim e a abracei também. Mantive as duas assim, tentando convencê-las de que tudo ficaria bem.

Permaneci firme, sem sequer estremecer, porque Mary e Karla precisavam que eu fosse o porto seguro delas. Elas precisavam de força, e eu estava tentando ser forte.

Porque era assim que ele teria desejado que eu me comportasse.

Seja corajoso.

— O que aconteceu? — perguntei a Mary assim que ela conseguiu se acalmar. Levei-a até as cadeiras da sala de espera e nos sentamos.

Ela se manteve curvada e entrelaçou os dedos, um pequeno tremor ainda percorrendo seu corpo.

— Ollie estava lendo no escritório, e quando fui ver como ele estava... — Ela começou a chorar novamente. — Não tenho ideia de quanto tempo ele ficou ali, caído. Se eu tivesse ido até lá antes... se...

— Sem o "se", só o agora. Você fez tudo o que podia. Não é sua culpa, Mary.

— Eu sei, eu sei. Estávamos nos preparando para esse dia, mas não achei que chegaria tão rápido. Pensei que teríamos mais tempo.

— Preparando? — perguntei, confuso.

Ela tentou enxugar as lágrimas, mas elas continuavam a cair.

— Ele não queria que eu contasse a você...

— Contasse o quê?

— Ele estava doente há algum tempo, Graham. Há alguns meses, ele foi avisado de que, se não fizesse uma cirurgia, só teria mais alguns meses de vida antes que seu coração sofresse um colapso. O procedimento era muito arriscado também, e ele não queria fazê-lo. Não depois de todos os que já tinha feito. Insisti muito na possibilidade da cirurgia, mas ele estava com muito medo de não sobreviver à operação. Então Ollie decidiu passar o tempo que restava cercado de amor.

Ele sabia?

— Por que ele não queria que eu soubesse? — perguntei, a raiva crescendo em meu peito.

Mary segurou as minhas mãos e abaixou o tom de voz.

— Ele não queria afastá-lo. Achou que, se você soubesse da doença, você se tornaria frio para se proteger da dor da perda. Ele sabia que você se isolaria, e a ideia de que isso acontecesse partia o coração dele, Graham. Ele estava com muito medo de perdê-lo, porque ele considera você como um filho. Você é o nosso filho, e se você o abandonasse nos últimos momentos... ele deixaria esse mundo devastado.

Senti um aperto no peito, e precisei fazer um grande esforço para conter as lágrimas. Abaixei a cabeça.

— Ele é o meu melhor amigo — eu disse a ela.

— E você é o dele.

Esperamos um bom tempo por um médico que nos dissesse como Ollie estava. Quando um deles finalmente veio até nós, pigarreou.

— Sra. Evans?

Todos nós nos levantamos, os nervos à flor da pele.

— Sou eu — respondeu Mary enquanto eu segurava sua mão trêmula.

Seja corajoso.

— Seu marido sofre de insuficiência cardíaca. Ele está na UTI, respirando com a ajuda de aparelhos. E a verdade é que, sem esses aparelhos, há uma grande chance de ele não resistir. Sinto muito. Sei que é muito difícil lidar com isso. Posso chamar um especialista para ajudá-la a tomar a melhor decisão.

— Você quer dizer que precisamos decidir se desligamos os aparelhos ou o mantemos do jeito que está? — perguntou Mary.

— Sim, mas, por favor, entenda: o estado dele não é nada bom. Não há muito o que possamos fazer, exceto deixá-lo confortável. Sinto muito.

— Meu Deus. — Karla chorou, buscando consolo nos braços de Susie.

— Podemos vê-lo? — indagou Mary com a voz embargada.

— Sim, mas só os familiares por enquanto. E uma pessoa de cada vez.

— Você vai primeiro — disse Mary, virando-se para mim, como se a ideia de que eu não fizesse parte da família fosse ridícula.

— Não, você deveria ir, de verdade. Estou bem.

— Não posso. Não posso ser a primeira a vê-lo. Por favor, Graham. Por favor, vá primeiro e me diga como ele está. Por favor.

— Tudo bem — concordei, ainda um pouco preocupado por deixá-la ali, desamparada. Antes que eu pudesse dizer qualquer coisa, Lucy veio até Mary e segurou sua mão bem firme, prometendo-me, com os olhos gentis, que não sairia do lado dela.

— Vou levá-lo até o quarto — disse o médico.

Enquanto caminhávamos pelo corredor, fiz o melhor que pude para me manter forte. Tentei não demonstrar o quanto meu coração doía, mas, no momento em que fui deixado sozinho com o professor Oliver naquele quarto, perdi o controle.

Ele parecia tão fraco.

Muitos aparelhos apitando, muitos tubos e acessos intravenosos. Respirei fundo e puxei uma cadeira até a cama.

— Seu idiota egoísta — eu disse, com raiva. — Você é um idiota egoísta por fazer isso com a Mary e com a Karla, semanas antes do casamento de sua filha. E também por fazer isso comigo. Eu te odeio, eu te odeio por pensar que eu fugiria se soubesse de tudo. Eu te odeio por estar certo quanto a isso, mas, por favor, professor Oliver... — Minha voz falhou, e meus olhos se encheram de lágrimas. Eles queimavam, do mesmo modo que a dor parecia queimar meu coração. — Não vá. Você não pode ir, seu idiota egoísta filho da mãe. Está bem? Não pode deixar a Mary, a Karla e, em hipótese alguma, não pode *me* deixar.

Desabei, segurando a mão dele, e rezei para um Deus no qual eu não acreditava enquanto meu coração frio, que apenas recentemente tinha começado a descongelar, se partia em pedaços.

— Por favor, Ollie. Por favor, não vá. Faço qualquer coisa... só... só... *Por favor, não vá.*

Capítulo 21

Dia de Natal

Ele não gostou do presente que ela deu, então se permitiu tomar uma bebida. Mas Kent nunca tomava uma dose só. Uma levava a duas, que levavam a três, que levavam a um número que trazia à tona o que havia de pior nele E, quando isso acontecia, nada era capaz de trazê-lo de volta.

Ainda que Rebecca fosse bonita.

Ainda que ela fosse gentil.

Ainda que ela tentasse, todos os dias, atender às expectativas.

Ela ia além das expectativas, Graham pensava.

Em seus últimos cinco aniversários, ela o tinha visto soprar as velinhas.

Ela era sua melhor amiga, a prova de que o bem existia, mas aquilo não duraria muito tempo, porque Kent havia tomado um drinque. Ou dez.

— Você é uma merda! — gritou ele, arremessando na parede o copo de uísque, que se espatifou. Ele era mais do que um monstro: era a escuridão, o pior tipo de homem que já havia existido. Kent nem sabia por que estava tão furioso, mas descontava tudo em Rebecca.

— Por favor — sussurrou ela, trêmula, ao se sentar no sofá. — Descanse um pouco, Kent. Você não fez nenhum intervalo desde que começou a escrever.

— Não me diga o que fazer. Você arruinou o Natal — repreendeu ele, cambaleando na direção dela. — Você arruinou tudo, porque você é uma merda. — Ele levantou a mão para dar vazão à sua raiva, mas em vez de dar um tapa nela, Kent acabou atingindo a testa de Graham, que se colocou

entre os dois para proteger Rebecca. — Saia da frente! — ordenou o homem, pegando o filho e atirando-o do outro lado da sala.

Os olhos de Graham se encheram de lágrimas enquanto ele via o pai bater nela.

Como?

Como ele podia bater em uma pessoa tão boa?

— Pare! — gritou Graham, correndo até o pai e batendo nele várias vezes. Em todas, Kent o empurrava, mas o filho não desistia; levantava-se do chão e voltava a atacá-lo, sem medo de se machucar. Tudo o que Graham sabia era que o pai estava ferindo Rebecca, e ele tinha que protegê-la.

Aquilo durou apenas alguns minutos, mas pareceram horas. Graham tinha a impressão de que a sala girava enquanto ele e Rebecca apanhavam, e a surra só acabou quando os dois finalmente desistiram de reagir. Eles levaram tapas e socos, e permaneceram em silêncio até que Kent se cansasse. Ele seguiu para o escritório, bateu a porta e provavelmente bebeu mais uísque.

Rebecca abraçou Graham no instante em que Kent se foi, e o menino desabou em seus braços.

— Está tudo bem — disse ela.

Ele sabia que não deveria acreditar nisso.

Naquela noite, ela foi ao quarto dele. Graham ainda estava acordado, mergulhado na escuridão do cômodo, encarando o teto.

Quando se virou na direção de Rebecca, viu que ela estava com as botas e o casaco de inverno.

Atrás dela havia uma mala.

— Não — disse ele, sentando-se. Balançou a cabeça. — Não.

Lágrimas rolavam pelo rosto dela, que estava machucado.

— Sinto muito, Graham.

— Por favor — implorou ele, chorando e correndo até ela. Seus braços a envolveram pela cintura. — Por favor, não vá embora.

— Não posso ficar aqui — disse ela, a voz trêmula. — Minha irmã está esperando lá fora. Eu só queria contar a você pessoalmente.

— Me leve com você! — pediu ele, sentindo o pânico por Rebecca deixá-lo sozinho com a escuridão. — Vou ser bom, eu juro. Serei bom para você.

— Graham. — Ela respirou fundo. — Não posso levá-lo... você não é meu filho.

Aquelas palavras.

Aquelas poucas e dolorosas palavras deixaram o menino arrasado.

— Por favor, Rebecca, por favor... — Ele soluçava, o rosto escondido na blusa dela.

Ela o afastou, recuou alguns centímetros e se inclinou para olhá-lo nos olhos.

— Ele me disse que, se eu levasse você, abriria um processo contra mim. Disse que lutaria. Não tenho nada, Graham. Ele me fez largar o emprego anos atrás. Assinei um acordo pré-nupcial. Não tenho nada.

— Você tem a mim.

O modo como Rebecca piscou disse a Graham que isso não seria o suficiente.

Naquele momento, o coração do menino começou a congelar.

Ela foi embora naquela noite e sequer olhou para trás. Graham ficou na janela, vendo-a partir, sentindo um aperto no peito à medida que tentava entender como aquilo tinha acontecido. Como alguém poderia permanecer ao seu lado por tanto tempo e então simplesmente ir embora?

Ele olhava fixamente a estrada coberta pela neve. As marcas dos pneus ainda estavam no chão, e Graham não conseguia desviar os olhos delas nem por um minuto.

Em sua cabeça, ele repetia as palavras sem parar.

Por favor, não vá embora.

Capítulo 22

Lucy

Os olhos de Graham estavam inchados quando ele voltou para a sala de espera. Ele deu um abraço rápido em Mary e dirigiu-lhe um sorriso falso antes que ela fosse visitar o marido. Karla e Susie tinham saído para buscar café.

— Ei. — Eu me levantei e fui até ele. — Você está bem?

Graham parecia aguentar firme, mas seu olhar era inconsolável.

— Se alguma coisa acontecer a ele... — Graham engoliu em seco e abaixou a cabeça. — Se eu perdê-lo...

Não dei chance para que dissesse mais uma palavra; abracei seu corpo trêmulo. Pela primeira vez, ele deixou que os sentimentos o invadissem, permitiu-se sofrer, e eu fiquei ali, ao seu lado.

— O que posso fazer? — perguntei, ainda abraçada a ele. — Diga o que posso fazer.

Ele encostou a testa na minha e fechou os olhos.

— Só não me deixe. Se você for embora, esse sofrimento vai tomar conta de mim. Por favor, Lucille, não me deixe.

Continuei abraçada a ele por alguns minutos, que mais pareceram durar uma eternidade. Em seu ouvido, falei suavemente:

— Ar acima de mim, terra abaixo de mim, fogo dentro de mim, água ao meu redor, eu me torno espírito...

Continuei repetindo as palavras e senti que as emoções o dominavam. Graham estava prestes a desmoronar e me abraçou ainda mais forte. Eu me recusava a deixá-lo.

Não demorou muito até que Talon acordasse em seu bebê conforto e começasse a espernear. Graham lentamente me soltou e foi até a filha. Quando os olhos dela encontraram os dele, ela parou de espernear e sorriu, como se tivesse acabado de encontrar o melhor homem do mundo. Seu olhar era cheio de amor, e eu vi o alívio que ela trouxe ao coração do pai. Ele tirou Talon do bebê conforto e a abraçou. Ela colocou as mãozinhas nas bochechas dele e começou a balbuciar, fazendo barulhinhos com o mesmo sorriso lindo de Graham.

Naquele momento, por um breve segundo, ele parou de sofrer.

Talon preencheu o seu coração com amor, o mesmo amor que, até recentemente, ele nem acreditava que existia.

Por um instante, Graham pareceu estar bem.

* * *

Mary decidiu esperar para ver se as coisas mudavam. Ao longo das semanas seguintes, seu coração permaneceu apreensivo, e Graham ficou ao lado dela o tempo todo. Ele a visitava, levava comida e praticamente a obrigava a se alimentar e a dormir, pois tudo o que ela queria era ficar na sala de espera do hospital.

Esperando por uma mudança.

Por um milagre.

Pela volta do marido.

Karla me ligou quando chegou o momento de os familiares tomarem a decisão mais difícil de suas vidas. Quando chegamos ao hospital, a luz do corredor piscava, a lâmpada prestes a queimar a qualquer momento, também à beira da morte.

O capelão entrou no quarto, e todos nós ficamos ao redor de Ollie. Nós nos demos as mãos e nos preparamos para a despedida. Seria uma perda difícil de superar. Eu o conhecia havia pouco tempo, mas sabia que ele já tinha mudado minha vida para melhor.

O coração dele era sempre cheio de amor, e sentiríamos saudades eternas.

Depois que o capelão terminou a prece, ele perguntou se alguém tinha algo a dizer. Mary não conseguia falar, apenas chorava. Karla mantinha o rosto apoiado no ombro de Susie, e meus lábios se recusavam a se mover.

Foi Graham quem nos manteve de pé. Ele se tornou nossa fortaleza. Quando as palavras fluíram de sua alma, senti meu coração confortado.

— Ar acima de mim, terra abaixo de mim, fogo dentro de mim, água ao meu redor, eu me torno espírito.

Naquele momento, todos nós desmoronamos no vazio.

Naquele momento, uma parte de nós se foi junto com a alma de Ollie.

Capítulo 23

Graham

Todo mundo foi embora. Mary, Karla e Susie saíram para tomar as próximas providências, e eu sabia que deveria ter ido com elas, mas não consegui. Fiquei parado no corredor do hospital, a lâmpada ainda piscando. O quarto de Ollie já estava vazio, e não havia mais nada que pudesse ser feito. Ele havia partido. Meu professor. Meu herói. Meu melhor amigo. Meu pai.

Ele havia partido.

Eu não chorei. A ficha ainda não tinha caído.

Como havíamos chegado a esse desfecho? Como ele podia ter definhado tão rápido? Como podia ter partido?

Enfermeiros andavam de um lado para o outro, cuidando de outros pacientes, e os médicos verificavam o estado de saúde daqueles cujos corações ainda batiam, como se o mundo não tivesse parado de girar. Ouvi passos vindo em minha direção.

— Graham.

A voz dela estava mergulhada em dor e pesar. Não levantei a cabeça para vê-la; não conseguia desviar o olhar do quarto onde tinha acabado de dar adeus a Ollie.

— Ele estava certo — sussurrei com voz trêmula. — Ele achava que, se eu soubesse sobre o problema no coração, se soubesse que ele poderia morrer a qualquer momento, eu teria fugido. Seria egoísta e o abandonaria, porque teria me fechado. Não seria capaz de lidar com a morte dele. Agiria como um covarde.

— Você estava aqui. Esteve aqui o tempo todo. Você não foi nada covarde, Graham.

— Mas eu poderia ter conversado com ele sobre a cirurgia. Poderia tê-lo convencido a lutar.

Por um momento, senti como se estivesse flutuando, como se estivesse no mundo, mas não fizesse parte dele. Estava me deixando levar pela descrença, pela negação e pela culpa.

Lucy abriu a boca, prestes a oferecer uma palavra de conforto, mas permaneceu em silêncio. Eu tinha certeza de que nenhuma palavra poderia fazer com que eu me sentisse melhor.

Ficamos ali, olhando para o quarto, enquanto o mundo continuava a girar.

Minhas mãos começaram a tremer de forma incontrolável, meu coração pareceu afundar no peito. *Ele se foi. Ele realmente se foi.*

Lucy baixou o tom de voz.

— Se quiser desmoronar, estou aqui.

Em questão de segundos, senti a ação da gravidade. Toda a sensação de estar flutuando desapareceu, toda a força me abandonou. Entrei em queda livre, cada vez mais rápido, esperando o impacto no chão, mas Lucy estava lá.

Bem ao meu lado.

Ela me segurou antes que eu desmoronasse por completo.

Lucy se tornou a minha força quando eu não consegui mais ser corajoso.

* * *

— Ela finalmente adormeceu, mas relutou bastante. — Os olhos de Lucy estavam pesados; ela parecia exausta, mas se esforçava para mantê-los abertos. — Como você está? — perguntou, encostando no batente da porta do escritório.

Estive sentado à minha mesa por uma hora, encarando o cursor. Queria escrever, queria uma fuga, mas não consegui encontrar as palavras. Ela se aproximou de mim e colocou as mãos nos meus ombros tensos. Seus dedos começaram a massageá-los, e eu me senti grato por seu toque.

— Foi um longo dia.

— Foi mesmo.

Olhei em direção às janelas e observei a chuva lá fora, a água escorrendo torrencialmente pelas paredes externas da casa. O professor Oliver teria revirado os olhos diante da coincidência de cair uma tempestade no dia de sua morte. *Que clichê.*

Desliguei o computador.

Nenhuma palavra sairia de mim naquela noite.

— Você precisa dormir — disse Lucy. Não discordei. Ela pegou as minhas mãos, e me permiti ser conduzido ao meu quarto. Eu fecharia os olhos e tentaria descansar.

— Quer água? Comida? Alguma coisa? — perguntou ela, preocupada.

— Só quero uma coisa.

— Sim? O que posso fazer por você?

— Fique comigo. Esta noite, eu só... — Minha voz falhou, e eu mordi a parte interna da bochecha em um esforço para conter a emoção. — Acho que não consigo ficar sozinho essa noite. Sei que é algo estranho de se pedir, e você está livre para ir embora, é claro, é só que... — Respirei fundo e enfiei as mãos nos bolsos da calça. — Acho que não consigo ficar sozinho essa noite.

Ela não disse nada. Simplesmente foi até a cama, puxou o cobertor e se deitou. Deu um tapinha no espaço ao seu lado, e eu me deitei também. Nossos dedos se aproximaram bem devagar. Fechei os olhos, e as lágrimas deslizaram por meu rosto. Então, de alguma forma, nossos dedos se entrelaçaram, o calor de Lucy lentamente aquecendo meu coração frio. Seu corpo se aproximou mais do meu.

Meus braços encontram o caminho para o corpo dela e, enquanto eu estava lá, deitado, abraçando-a, permiti que o sono tomasse conta de mim.

Ah, como eu precisava que alguém ficasse comigo aquela noite. Eu me sentia aliviado por ser ela.

Capítulo 24

Lucy

Chegou o dia do funeral de Ollie, e nem de perto havia tantas pessoas quanto no último funeral a que compareci. Aliás, o evento não foi em nada parecido com o de Kent. Foi em um campo aberto, cercado pela natureza, no local em que ele tinha pedido Mary em casamento muito tempo atrás. Ela disse que sua vida havia começado naquele dia, e voltar lá para sentir o mesmo amor que ela tinha sentido havia tantos anos parecia a coisa certa a fazer.

E, ah, como havia amor ali. Muitas pessoas apareceram para demonstrar seu carinho por Ollie, incluindo ex-alunos, colegas de trabalho e amigos. Embora o espaço não estivesse lotado de jornalistas, fãs, ou câmeras, estava repleto com a única coisa importante no mundo: amor.

Todos tentaram consolar Karla e Mary da melhor forma que podiam, e as duas nunca ficaram sozinhas. Durante a cerimônia, houve lágrimas, risadas e histórias repletas de luz e amor.

O tributo perfeito para um homem perfeito.

Quando o reverendo perguntou se alguém gostaria de dizer algumas palavras, Graham imediatamente se levantou. Quando ele passou Talon para o meu colo, meu olhar encontrou o dele.

— Um discurso fúnebre? — sussurrei, meu coração batendo rápido. Eu sabia como seria difícil para Graham fazer algo desse tipo.

— Isso mesmo. Pode ser que não seja nada bom.

Eu peguei a mão dele e a apertei de leve.

— Será perfeito.

Cada passo que ele dava em direção ao altar era lento e controlado. Tudo em Graham sempre foi muito controlado. Ele quase sempre mantinha uma postura rígida ao andar, nunca vacilava. Por isso, senti um aperto no peito quando, por um instante, ele perdeu um pouco o equilíbrio. Ao chegar ao altar, ele recuperou a compostura.

O lugar estava silencioso, e todos os olhares estavam voltados para Graham. Eu podia sentir o cheiro das flores de lavanda e jasmim que nos cercavam quando o vento batia nelas. A terra ainda estava molhada por causa da chuva que tinha caído nos últimos dias, e toda vez que a brisa soprava, eu quase podia sentir o gosto da umidade. Meus olhos não desgrudavam de Graham; eu observava o homem que eu tinha aprendido a amar em silêncio preparando-se para dizer adeus ao homem que havia lhe ensinado como deveria ser o amor.

Ele pigarreou e afrouxou a gravata *slim* preta. Fez menção de dizer algo e baixou os olhos para as folhas de papel que estavam escritas frente e verso. Mais uma vez, pigarreou.

— O professor Oliver era um... — Sua voz falhou, e ele baixou a cabeça mais uma vez. — O professor Oliver... — Suas mãos apertavam o púlpito com força. — Isso não está certo. Vejam, escrevi esse longo discurso sobre o Oliver. Passei horas preparando esse rascunho, mas vamos ser honestos, se eu entregasse esse texto, ele diria que está uma completa porcaria. — O lugar se encheu de risadas. — Tenho certeza de que muitos aqui foram alunos dele, e todos sabemos como ele era exigente quando corrigia um trabalho. Ele me deu meu primeiro zero, e, quando fui à sua sala confrontá--lo, ele olhou para mim, abaixou o tom de voz e disse: "Coração." Eu não tinha ideia do que ele estava falando, mas ele me deu um sorrisinho e repetiu: "Coração." Mais tarde, percebi que ele se referia ao que estava faltando no meu trabalho.

"Antes das suas aulas, eu não sabia como escrever uma história com o coração, mas ele arranjou tempo para me ensinar isso. Coração, paixão, amor. Ele era o melhor professor nesses três assuntos. — Graham pegou as folhas de papel e as rasgou ao meio. — E se ele tivesse que dar uma nota para o meu discurso, com certeza eu seria reprovado. Minhas palavras falam sobre as realizações em sua carreira. Ele foi um acadêmico incrível e recebeu diversos prêmios, mas isso tudo é uma grande enrolação. — Graham riu, junto com os outros alunos e ex-alunos de Oliver. — Todos nós sabemos como ele odiava quando as pessoas enrolavam nos trabalhos para chegar ao número de palavras necessário. 'Quero carne, não gordura, alunos.' Então agora vou acrescentar a esse discurso o que temos de mais forte em nossa carne. O coração. Vou falar sobre a essência do professor Oliver.

"Oliver era um homem que amava sem medir as consequências. Ele amava sua esposa e sua filha. Amava o trabalho, os alunos e suas mentes. Oliver amava o mundo. Suas imperfeições, seus erros e suas cicatrizes. Ele acreditava na beleza da dor e na glória de dias melhores. Essa era sua definição de amor, e ele passou a vida toda tentando espalhar esse amor para o maior número de pessoas. Eu lembro que, quando estava no segundo ano, fiquei muito zangado. Ele tinha me dado meu segundo zero. Na verdade, eu fiquei furioso. Fui direto à sala dele, entrei sem bater e, quando estava prestes a gritar com ele por causa desse ultraje, me contive. Lá estava Ollie, sentado à sua mesa, chorando, com as mãos cobrindo o rosto."

Senti uma pontada de tristeza ao ouvir a história de Graham. Seus ombros estavam curvados, e ele se esforçava para manter o autocontrole.

— Não sou a melhor pessoa para esse tipo de situação. Não sei como oferecer conforto às pessoas. Não sei como dizer a coisa certa; normalmente, era ele quem fazia isso. Então, me sentei. Eu me sentei diante dele enquanto ele chorava copiosamente. Fiquei lá e deixei que ele sentisse o mundo desabar em seus ombros antes de me contar o que o havia deixado tão devastado. Um dos seus ex-alunos tinha se matado naquele dia. Ele não o via há anos, mas se lembrava dele, do sorriso, da tristeza, da força. E, quando soube que ele havia falecido, Ollie ficou arrasado. Ele olhou para mim e disse: "O mundo está um pouco mais sombrio essa noite, Graham." Então enxugou as lágrimas e continuou: "Mas, ainda assim, tenho que acreditar que o sol vai nascer amanhã."

As lágrimas brotaram nos olhos de Graham, e ele precisou de um momento para recuperar o fôlego.

— Mary, Karla, Susie, minha profissão é escrever histórias, mas não sou muito bom com as palavras. Não sei o que posso dizer para trazer algum conforto a vocês. Não sei qual é o sentido da vida nem por que morremos. Não sei por que ele teve que partir, e não sei como mentir e dizer que tudo acontece por um motivo. O que sei, de fato, é que vocês o amaram, e ele as amou do fundo do coração. Talvez, algum dia, esse fato seja suficiente para ajudá-las a viver um dia de cada vez. Talvez, algum dia, esse fato traga paz a vocês, mas tudo bem se não for hoje, porque, para mim, não é. Hoje eu não sinto paz. Eu me sinto traído, triste, magoado e sozinho. Durante toda a minha vida, não conheci ninguém em quem eu pudesse me espelhar. Nunca soube o que significava ser um homem de verdade até conhecer Oliver. Ele foi o melhor homem que já conheci, o melhor amigo que tive, e o mundo está muito mais sombrio porque ele se foi. Ollie era o meu pai — disse Graham, as lágrimas agora caindo livremente por seu rosto. Ele respirou fundo. — E eu serei para sempre o seu filho.

* * *

Nas noites seguintes, dormi na cama de Graham. Ele parecia se sentir melhor quando não estava sozinho, e tudo o que eu queria era que ele encontrasse um pouco de paz. As chuvas de maio caíam fortes, e o barulho que elas faziam era a música que embalava o nosso sono.

Em um domingo, acordei no meio da noite com o som dos trovões e, quando me virei na cama, vi que Graham não estava lá. Eu me levantei e fui ver se ele estava com Talon, mas, assim que cheguei ao quarto dela, vi que dormia calmamente.

Caminhei pela casa à procura dele, e só quando entrei no jardim de inverno consegui perceber uma sombra. Rapidamente coloquei as galochas e peguei um guarda-chuva. Ele estava encharcado e tinha uma pá nas mãos.

— Graham — chamei, perguntando-me o que ele poderia estar fazendo, até que vi de relance uma árvore encostada no galpão, esperando para ser plantada.

A árvore de Ollie.

Graham não se virou na minha direção. Eu não sabia nem se ele havia escutado a minha voz. Ele apenas continuou cavando o buraco onde a árvore seria colocada. Doía o coração vê-lo daquele jeito, completamente ensopado, cavando cada vez mais fundo. Fui até ele, ainda segurando o guarda-chuva, e bati de leve em seu ombro.

Graham se virou, surpreso por me ver ali. Foi nesse momento que vi os seus olhos.

A verdade está nos olhos dele, Ollie tinha dito.

Naquela noite, pude comprovar isso. Vi nos olhos de Graham que ele estava completamente devastado. Seu coração se despedaçava a cada minuto, a cada segundo. Então fiz a única coisa em que consegui pensar.

Coloquei o guarda-chuva no chão, peguei outra pá e comecei a cavar junto com ele.

Não trocamos uma palavra sequer. Não havia necessidade. Cada vez que jogávamos a terra para o lado, cada respiração nossa, era uma forma de honrar a memória de Ollie. Assim que o buraco ficou com o tamanho ideal, ajudei-o a carregar a árvore e a plantamos, cobrindo a base com terra lamacenta.

Graham se sentou no chão, na terra revolvida, os joelhos dobrados e as mãos entrelaçadas sobre eles, enquanto a chuva continuava a cair sobre nós. Eu me sentei ao seu lado, com as pernas cruzadas e as mãos sobre o colo.

— Lucille? — sussurrou ele.

— Sim?

— Obrigado.

— Não há de quê.

Capítulo 25

Graham

— Lucille? — eu a chamei no meu escritório uma tarde. Nas últimas semanas, eu havia me forçado a sentar e escrever. Sabia que era isso que o professor Oliver gostaria que eu fizesse. Ele não ia querer que eu desistisse de tudo.

— Sim? — perguntou ela ao entrar.

Meu coração quase parou. Lucy parecia exausta: sem maquiagem, cabelo bagunçado... Ela era tudo o que eu sempre quis.

— Eu, hã, preciso enviar alguns capítulos para o meu editor e normalmente era o professor Oliver quem os lia, mas... — Fiz uma careta. — Você acha que pode lê-los para mim?

Ela arregalou os olhos e abriu um sorriso amplo.

— Está brincando? É claro. Deixe-me ver.

Entreguei os papéis a ela, que se sentou diante de mim. Cruzou as pernas e começou a ler, absorvendo as minhas palavras. Eu a observei enquanto seus olhos estavam fixos no papel. Havia noites em que eu me perguntava o que teria acontecido comigo se ela não estivesse ao meu lado, como eu teria sobrevivido a tudo isso sem essa hippie esquisita.

Eu me perguntava como tinha ficado tanto tempo sem dizer a ela que era uma das pessoas mais importantes da minha vida.

Lucy Palmer tinha me salvado da escuridão, e eu nunca seria capaz de agradecer-lhe o suficiente por isso.

Depois de algum tempo, ela ficou com os olhos marejados.

— Uau — sussurrou, virando uma página. Ela estava muito concentrada, lendo o meu texto com calma, demorando todo o tempo necessário. — Uau — murmurou de novo. Quando terminou, colocou todas as páginas no colo e meneou a cabeça antes de olhar para mim. — Uau.

— Você odiou? — perguntei, cruzando os braços.

— Está perfeito. Absolutamente perfeito.

— Mudaria alguma coisa?

— Nenhuma palavra. Ollie ficaria orgulhoso.

Deixei escapar um pequeno suspiro.

— Tudo bem. Obrigado. — Ela se levantou e começou a andar em direção à porta. — Você gostaria de ir comigo ao casamento da Karla e da Susie?

Um sorriso gentil se formou em seus lábios, e ela deu de ombros.

— Estava esperando que você me convidasse.

— Não sabia se você gostaria de ir. Quero dizer... parece estranho levar uma amiga a um casamento.

Ela abaixou a voz, e os olhos cor de chocolate deixaram transparecer certa tristeza quando me olhou.

— Ah, Graham Bell — disse ela suavemente. Sua voz era tão baixa que, por um momento, pensei ter imaginado as palavras. — O que eu não daria para ser mais do que sua amiga...

* * *

No dia do casamento, esperei na sala enquanto Lucy terminava de se arrumar. Estava ansioso para vê-la e, quando ela finalmente apareceu, foi melhor do que eu poderia ter imaginado. Era a perfeição em pessoa. Usava um vestido longo azul-claro e tinha pequenas flores brancas trançadas no cabelo.

Os lábios estavam com um batom cor-de-rosa, e sua beleza chamava mais atenção do que nunca.

Eu me apaixonava um pouco mais a cada segundo que eu olhava para ela.

Lucy segurava Talon no colo, e eu me apaixonava um pouco mais ao ver o modo como a minha filha, o meu coração, se aconchegava nessa mulher.

Não deveríamos nos sentir dessa forma.

Não deveríamos ter nos apaixonado um pelo outro.

Ainda assim, a força que nos atraía parecia irresistível.

— Você está linda — eu disse, levantando-me do sofá e ajeitando o terno.

— Você também não está nada mal. — Ela sorriu ao vir até mim.

— Papa — balbuciou Talon, esticando os braços na minha direção. Toda vez que ela falava, meu coração parecia que ia explodir. — Pa-papapa.

Eu não sabia que o amor podia ser tão real.

Peguei-a no colo e dei um beijo em sua testa. Lucy se aproximou e ajeitou a gravata-borboleta que havia escolhido para mim. Aliás, ela havia escolhido tudo o que eu estava vestindo. Na opinião dela, meu guarda-roupa tinha muitas peças escuras, então ela me forçou a sair da minha zona de conforto com um terno cinza claro e uma gravata-borboleta azul-clara de bolinhas.

Fomos até a casa da funcionária de Lucy, Chrissy, antes da cerimônia. Ela tinha dito que poderia cuidar de Talon naquela noite. Eu estava um pouco preocupado, afinal, minha filha nunca tinha ficado com outra pessoa além de Mary, Lucy e eu. Mas Lucy disse que confiava em Chrissy, e eu confiava em Lucy.

— Você tem nossos números de telefone se precisar de alguma coisa — eu disse a Chrissy ao entregar Talon, que, a princípio, pareceu tímida.

— Ah, não se preocupe, vamos nos divertir. Divirtam-se vocês também, não precisam se preocupar. Aproveitem cada momento.

Dei um meio-sorriso antes de me inclinar e beijar a testa da minha filha para me despedir.

— Ah, e Graham? Sinto muito pelo seu pai. O professor Oliver parecia ser um grande homem.

Agradeci a Chrissy enquanto Lucy apertava minha mão de leve. Quando íamos para o carro, perguntei:

— Você disse a ela que ele era o meu pai?

— É claro. Ele era o seu pai, e você era filho dele.

Engoli em seco e abri a porta. Quando ela entrou no carro, esperei um segundo antes de fechá-la.

— Lucille?

— Sim?

— Você deixa o mundo muito menos sombrio.

**

Chegamos à cerimônia cerca de dez minutos antes do horário e nos sentamos perto do corredor. O espaço estava repleto de lindas flores. Lucy havia feito os arranjos pessoalmente e decorado o local naquela manhã. Ela era especialista em tornar cada momento mais bonito.

Quando chegou a hora, todos os presentes se levantaram. Susie entrou de braços dados com o pai, sorrindo, deslumbrante em seu vestido branco. Assim que percorreram todo o corredor principal, seu pai deu-lhe um beijo no rosto e se sentou. Então começou a tocar outra música; agora era a vez de Karla entrar. Ela parecia um anjo, segurando um lindo buquê de rosas brancas e cor-de-rosa. O vestido movia-se graciosamente ao seu redor, mas seus passos eram relutantes. Cada passo pesava em seu coração — ela sentia a falta do pai, o homem que deveria caminhar ao seu lado no dia mais feliz de sua vida.

No meio do caminho, Karla parou, levou a mão à boca e começou a chorar, a dor esmagadora da situação dominando-a por completo.

Em um piscar de olhos, eu estava ao lado dela. Peguei seu braço e o entrelacei ao meu.

— Estou com você, Karla. Você não está sozinha — sussurrei.

Karla me fitou, os olhos revelando os cacos de sua alma e, por alguns segundos, ela procurou se recompor. Permaneci ali ao seu lado e, quando ela finalmente reuniu forças para seguir em frente, eu a acompanhei pelo corredor, de braço dado.

O juiz de paz sorriu quando chegamos ao altar. Os olhos de Susie encontraram os meus por um instante, e ela me agradeceu em silêncio. Apenas assenti.

— Quem entrega essa linda noiva? — perguntou o juiz de paz.

Mantive a postura ereta e olhei diretamente para Karla.

— Eu. — Enxuguei algumas de suas lágrimas e sorri. — Com toda a força do meu ser.

Karla me abraçou apertado, e eu a mantive junto a mim por alguns segundos.

— Obrigada, irmão.

— Ao seu dispor, irmã.

Retornei ao meu lugar e me sentei ao lado de Lucy, que estava bastante emocionada. Ela se virou para mim e deu o sorriso mais lindo que eu já tinha visto.

— Estou apaixonada por você — sussurrou.

E então voltou a acompanhar a cerimônia.

Em questão de segundos, meu coração se encheu ainda mais de amor, mais do que achei que seria possível.

Porque era assim que os corações funcionavam: quando achávamos que eles já estavam completamente preenchidos, de alguma maneira, eles encontravam espaço para mais um pouquinho de amor.

Amar Lucy Hope Palmer não era uma escolha. Era o meu destino.

* * *

O restante da cerimônia transcorreu tranquilamente. A noite parecia repleta de amor, risadas e luz. E havia dança. Muita dança.

Quando uma música lenta começou a tocar, Mary veio até mim e estendeu a mão, convidando-me para a pista. Eu me levantei e a acompanhei. Ela pousou a mão em meu ombro, e começamos a dançar.

— O que você fez por Karla... nunca serei capaz de agradecer — disse ela, e uma lágrima escorreu por sua face.

Eu me inclinei e, com um beijo no rosto de Mary, capturei a lágrima antes que ela caísse no chão.

— Estou aqui para tudo o que vocês precisarem. Sempre, Mary. Sempre.

Ela sorriu e fez que sim com a cabeça.

— Sempre quis ter um filho.

— E eu sempre quis ter uma mãe.

Dançamos, e ela apoiou a cabeça em meu ombro, deixando que eu guiasse nossos movimentos.

— O jeito que você olha para ela. O jeito que ela olha para você...

— Eu sei.

— Deixe-a entrar em seu coração, meu querido. Ela faz você se sentir do mesmo jeito que eu me sentia com Ollie: completa. E um amor como esse é algo que nunca deveríamos deixar passar em nossa vida. Pode haver um milhão de motivos para você achar que não daria certo, mas você só precisa de um motivo para ficar com ela, o amor.

Eu sabia que ela estava certa sobre Lucy e o amor.

Se o amor fosse uma pessoa, seria ela.

Quando nossa dança terminou, Mary me deu um beijo na bochecha.

— Diga a ela. Diga tudo o que te assusta, tudo o que te anima, tudo o que te faz seguir em frente. Conte tudo a ela e a deixe entrar em seu coração. Eu juro que cada momento valerá a pena.

Agradeci e respirei fundo ao me virar e ver Lucy terminando de dançar com um senhor de 70 e poucos anos. Eu podia ouvir a voz do professor Oliver em minha cabeça e podia senti-lo nas batidas do meu coração.

Seja corajoso, Graham.

Nós nos encontramos em nossa mesa; ela irradiava felicidade. Era como se a felicidade fosse tudo o que ela conhecia.

— Obrigada por me trazer, Graham. Essa noite tem sido...

Eu a interrompi. Não havia como esperar nem mais um minuto. Não podia viver nem mais um segundo sem que meus lábios tocassem os dela. Eu beijei Lucy, minha mente rodopiando quando finalmente senti sua boca na minha. Senti todo o seu ser envolvendo a minha alma, transformando-me em um homem melhor, alguém que nunca pensei que poderia ser. Morri um milhão de vezes antes de dar uma chance à vida, e naquele beijo eu respirava pela primeira vez.

Eu me afastei por um instante, mas minhas mãos permaneceram gentilmente no pescoço de Lucy.

— É você — sussurrei, nossos lábios ainda se tocando de leve. — Meu maior sonho é você, sempre será.

E, então, ela me beijou.

Capítulo 26

Lucy

Não sabíamos como agir um com o outro depois do primeiro beijo. Nossa situação fugia ao padrão quando se tratava de construir relacionamentos. Fizemos tudo ao contrário. Eu me apaixonei por um homem antes do nosso primeiro beijo, e ele se apaixonou por uma mulher que não podia ter. No nosso mundo de faz de conta, tínhamos uma conexão, e as batidas do nosso coração encontravam-se em perfeita harmonia, mas, no mundo real, a sociedade nos consideraria um terrível acidente do destino.

Talvez fôssemos um acidente — um erro.

Talvez nunca devêssemos ter cruzado o caminho um do outro.

Talvez Graham fosse só uma lição em minha vida, não algo permanente.

Ainda assim, o jeito como ele me beijou...

Foi como se o céu e o inferno colidissem, e cada escolha que fizemos fosse certa e errada ao mesmo tempo. Nós nos beijamos como se estivéssemos cometendo um erro e tomando a melhor decisão do mundo, tudo ao mesmo tempo. Os lábios dele me deixaram nas nuvens e, de alguma maneira, me lançaram em queda livre. Sua respiração fez meu coração bater mais rápido e, ao mesmo tempo, parar completamente.

Nosso amor era tudo de bom e ruim reunido em um só beijo.

Uma parte de mim sabia que eu deveria me arrepender, mas o modo como os lábios de Graham aqueceram os recantos sombrios da minha alma... o modo como ele deixou sua marca em mim...

Eu nunca me arrependeria de estar com ele, de abraçá-lo, mesmo que por poucos segundos.

Ele sempre faria com que os momentos que passamos juntos valessem a pena.

Ele sempre faria com que a conexão que surgia entre nossas almas toda vez que nossos lábios se tocavam valesse a pena.

Ele sempre seria o cara com quem eu sonharia todas as noites.

Graham sempre valeria a pena para mim.

Às vezes, o nosso coração anseia por um grande romance, mas o mundo só nos proporciona um pequeno conto. Às vezes, quando queremos que algo dure para sempre, só temos alguns poucos segundos.

E tudo o que estava ao meu alcance, tudo o que está ao alcance de qualquer um, era fazer com que cada momento valesse a pena.

Depois que voltamos para casa naquela noite, não conversamos sobre o assunto. Nem na semana seguinte. Eu me concentrei em Talon. Graham trabalhou em seu livro. Acredito que estávamos esperando o momento certo para falar, mas o problema com o momento certo é que ele nunca chegava.

Às vezes, é preciso saltar no escuro e torcer para não cair.

Felizmente, numa tarde quente de sábado, Graham saltou no escuro.

— Foi bom, não foi? — perguntou, pegando-me de surpresa quando eu estava trocando a fralda de Talon.

Virei um pouco e o vi parado na porta, olhando na minha direção.

— O que foi bom?

— O beijo. Você acha que foi bom?

Senti um frio na barriga ao terminar de trocar a fralda e pegar Talon no colo.

— É, foi bom. Foi incrível.

Graham assentiu, chegando mais perto. A cada passo que ele dava, meu coração doía de expectativa.

— E o que mais? O que mais você achou?

— A verdade?

— Sim.

— Pensei que já tivesse me apaixonado antes. Que sabia o que era o amor. Achei que entendia suas curvas, ângulos e formas. Mas, então, eu beijei você.

— E?

Engoli em seco.

— E percebi que você foi o único cara que fez meu coração ganhar vida.

Ele me observou por um momento, hesitante.

— Mas? Sei que tem um "mas". Posso ver em seus olhos.

— Mas... ela é minha irmã.

Ele fez uma careta, reconhecendo a situação.

— Jane.

— Lyric.

— Então você acha que nunca...? Eu e você?

A dor que vi em seus olhos ao fazer a pergunta partiu meu coração.

— Acho que a sociedade teria muito a dizer sobre isso. Essa é a minha grande preocupação.

Ele se aproximou ainda mais, ficando perto o suficiente para me beijar de novo.

— E desde quando nos preocupamos com o que a sociedade pensa, minha hippie esquisita?

Ruborizei, e ele ajeitou meu cabelo atrás da orelha.

— Não será fácil. Pode ser muito difícil, esquisito e pouco convencional, mas eu prometo que, se você me der uma chance, vou fazer todo o seu tempo valer a pena. Diga que sim.

Eu vivia o agora, e meus lábios se moveram.

— Sim.

— Quero um encontro com você. Amanhã. Use a sua roupa preferida e saia comigo.

Eu ri.

— Tem certeza? Minha roupa preferida envolve listras, bolinhas e um milhão de cores.

— Eu não esperaria nada diferente. — Ele sorriu.

Céus. Aquele sorriso. Aquele sorriso mexia demais comigo. Coloquei Talon no chão para que ela pudesse engatinhar um pouco.

— E, Lucille?

— Sim?

— Tem cocô na sua bochecha.

Meus olhos se arregalaram, aterrorizados, e corri até o espelho, pegando um lenço umedecido no meio do caminho para me limpar. Olhei para Graham, que estava gargalhando, e meu rosto ficou vermelho de vergonha. Cruzei os braços.

— Você me chamou para sair mesmo quando havia cocô no meu rosto?

Ele assentiu, sem hesitar.

— É claro. É só um pouquinho de cocô. Isso não muda o fato de que estou apaixonado e quero sair com você.

— O quê? Espera. O quê? Diga isso de novo... — Eu me senti um pouco tonta, e meu coração disparou.

— Quero sair com você?

— Não. Antes disso.

— Que é só um pouquinho de cocô?

Agitei as mãos.

— Não, não. A parte depois dessa. A parte sobre...

— Eu estar apaixonado por você?

Pronto, lá estavam de novo. A tontura e o coração disparado.

— Você está apaixonado por mim?

— Com toda a minha alma.

Antes que eu pudesse responder, antes que qualquer palavra saísse da minha boca, uma garotinha deu alguns passos em minha direção. Eu e Graham arregalamos os olhos ao voltarmos nossa atenção para Talon.

— Ela acabou de...? — perguntou ele.

— Eu acho...

Graham pegou a filha no colo, e o entusiasmo dele iluminou toda a casa.

— Ela acabou de andar! — exclamou, girando com Talon nos braços enquanto ela ria dos beijos que ele dava em suas bochechas. — Você deu seus primeiros passos!

Nós começamos a pular e a aplaudir Talon, que continuava a rir e a bater as mãozinhas junto com a gente. Passamos o restante da noite no chão, tentando fazer com que ela andasse um pouco mais. Toda vez que Talon conseguia dar alguns passos, nós aplaudíamos como se ela fosse uma medalhista de ouro olímpica. Aos nossos olhos, ela era exatamente isso.

Foi a melhor noite da minha vida: ver o homem que me amava amando sua filhinha. Quando Talon finalmente adormeceu, Graham e eu fomos para o quarto dele, nos deitamos e nos abraçamos antes que o sono chegasse.

— Lucille? — sussurrou ele em meu pescoço, e eu me aconcheguei em seu calor.

— Sim?

— Não quero que isso se torne realidade, mas preciso prepará-la. Chegará um momento em que vou decepcioná-la. Não quero que isso aconteça, mas acho que, quando as pessoas se amam, às vezes elas decepcionam umas às outras.

— Eu sei, mas sou forte o bastante para me recompor. Vai chegar o dia em que eu também vou decepcioná-lo.

— Eu sei. — Ele bocejou antes de puxar meu corpo para mais perto. — Mas tenho certeza de que, nesse dia, de alguma maneira, eu te amarei ainda mais.

* * *

Na manhã seguinte, eu ainda estava em êxtase por conta de Graham e Talon. Isso até chegar ao trabalho. Mari estava no escritório da Jardins de Monet, os dedos entrelaçados, examinando os registros da contabilidade. Normalmente ela cuidava da parte financeira do negócio, e era boa nisso, enquanto eu era responsável pelo atendimento na loja. Quando entrei no escritório naquela tarde, quase pude sentir a nuvem pesada pairando sobre sua cabeça.

Eu sabia exatamente o que a nossa mãe diria se visse a sua garotinha naquele momento.

Pensando demais novamente, minha Mari Joy?

— O que foi? — perguntei, encostando no batente da porta.

Ela olhou para mim com o cenho franzido e recostou na cadeira.

— Essas são as primeiras palavras que você dirigiu a mim desde que eu...

— Desde que você voltou a morar com o seu ex?

— Com o meu marido.

Não nos falávamos desde que Parker havia se interposto entre nós e ela tinha voltado a morar com ele. Eu evitava tocar no assunto porque sabia que Mari havia feito uma escolha. Essa era uma característica de minha irmã — ela pensava demais sobre tudo, mas, quando tomava uma decisão, permanecia firme. Não havia nada que eu pudesse dizer que a fizesse deixar o monstro com quem dividia a cama.

Tudo o que eu podia fazer era ter paciência e ajudá-la a colar os caquinhos do seu coração quando se partisse. De novo.

— O que houve? — perguntei, indicando a papelada.

Ela balançou a cabeça.

— Nada. Só estou tentando entender os números.

— Então é alguma coisa, sim — discordei, indo até a mesa do escritório e me sentando de frente para ela. — Você está com aquele olhar.

— Que olhar?

— Você sabe, seu olhar de preocupação.

— Do que você está falando? Não estou com olhar de preocupação.

Eu a fitei como se dissesse "você está mesmo tentando me convencer de que não está com um olhar de preocupação?".

Ela suspirou.

— Acho que não podemos manter a Chrissy como funcionária.

— O quê? Ela é ótima. Na verdade, mais do que isso, ela é melhor do que nós duas. Precisamos dela. Eu ia até conversar com você sobre aumentar o salário dela.

— Esse é o problema, Lucy. Não temos dinheiro para dar um aumento. Nós mal temos o suficiente para mantê-la aqui. Acho que seria melhor se a mandássemos embora.

Semicerrei os olhos, confusa com suas palavras, certa de que elas haviam sido contaminadas por alguém.

— Quem está dizendo isso, você ou o Parker?

— Sei pensar sozinha, Lucy. E tenho um diploma. Quem está dizendo isso sou eu.

— Ela ama o trabalho.

Mari deu de ombros.

— Também gosto dela, mas são negócios, não é nada pessoal.

— Agora você está falando como a Lyric. — Bufei. — Só negócios, sem coração.

— Ela tem coração, Lucy. Vocês duas é que nunca se deram bem.

Fiquei chateada por Mari defender Lyric.

— Ela abandonou a filha, Mari.

— Todos nós cometemos erros.

— Sim, mas um erro é derrubar o leite, queimar uma pizza, esquecer um aniversário. Abandonar a filha recém-nascida que estava na UTI neonatal há semanas? Continuar sumida quando a criança ficou bem? Isso não é um erro, é uma escolha.

— Só acho estranho seu envolvimento nisso tudo. Quero dizer, você nem conhece Graham direito, e é claro que você e Lyric não se dão bem. Por que piorar as coisas? Não faz sentido, não é normal.

— Você podia conhecer Talon melhor. Ela é sua sobrinha, nossa sobrinha. Vamos fazer uma festa para comemorar o primeiro aniversário dela no próximo fim de semana... Se você vier, talvez entenda...

— *Vamos* fazer uma festa? Você e ele? Não vê como isso é esquisito? Lucy, ela não é sua filha.

— Sei disso. Só estou ajudando Graham...

— Você está morando com ele.

— Você me colocou para fora!

— Não te coloquei para fora e, definitivamente, não te empurrei para a casa dele. Seu coração fez isso.

— Pare — eu disse, minha voz perdendo a força.

— Lucy, sei que você está se apaixonando por ele.

Tentei conter as lágrimas.

— Você não sabe o que está falando. Não tem a menor ideia.

— Você está cometendo um erro. Ele é marido da Lyric. Ela é sua irmã! Sei que você se deixa guiar por suas emoções, mas isso não está certo.

Eu sentia a raiva crescer.

— Ah, certo, porque você é a maior especialista do mundo em relacionamentos.

— *Relacionamentos?* — sibilou ela. — Lucy, você não tem um relacionamento com Graham Russell. Eu sei que dói ouvir isso, mas entendo como a Lyric se sente em relação a você. Você se parece muito com a nossa mãe, mas liberdade em excesso pode ser sufocante. Se você um dia abrir mão disso e optar por uma vida mais estável, que não seja por ele. Ele não é seu para que você o ame.

Eu não sabia o que fazer. A dor em meu peito era forte demais. Tentei dizer algo, mas nenhuma palavra saiu da minha boca. Não conseguia expressar o que eu precisava dizer, então dei as costas e saí.

Não demorou muito para que eu recorresse à natureza. Segui para a minha trilha favorita e respirei fundo antes de começar a correr. Corri em meio às árvores, permitindo que o ar açoitasse minha pele, acelerando o ritmo na tentativa de me livrar da dor e da confusão.

Parte de mim odiava Mari pelas palavras que ela me disse, mas a outra parte se perguntava se ela estaria certa.

Na minha cabeça, eu vivia um conto de fadas. De forma egoísta, eu pensava em como seria se algum dia tivéssemos a chance de viver esse amor para sempre. De forma egoísta, eu me permitia sentir tudo, intensamente.

Eu era uma sonhadora, assim como minha mãe, e apesar de sempre ter gostado disso, aos poucos eu começava a ver os defeitos dela. Ela estava sempre pulando de galho em galho, com a cabeça no mundo da lua, nunca com os pés no chão, e de forma alguma encarava a realidade.

Então, toda vez que a realidade batia à porta, ela estava sozinha.

A ideia de ficar sozinha me deixava apavorada.

Mas não estar com Graham e Talon me apavorava mais do que qualquer coisa.

* * *

Quando cheguei à casa de Graham, não tive coragem de entrar. Nem a corrida foi capaz de esfriar a minha cabeça, então segui para o quintal e me sentei perto da árvore de Ollie. Cruzei as pernas, fitando a pequena árvore que ainda cresceria por muitos anos. Fiquei lá por segundos, minutos, horas. Quando o sol começou a se pôr, Graham se juntou a mim. Ele usava um terno de caimento perfeito e estava maravilhoso. Eu me sentia péssima por ter perdido o nosso encontro, mas sabia que minhas emoções naquele momento não me permitiriam sair com ele. Mari tinha colocado mais culpa em meu coração do que eu poderia suportar. Talvez eu estivesse sendo ingênua com relação ao sentimento que Graham despertava em mim... Talvez estivesse sendo tola.

— Oi — disse ele.

— Oi.

Ele se sentou.

Olhou para mim.

Então falou.

— Você está triste.

— Estou.

— Você está aqui há quatro horas.

— Eu sei.

— Eu preferi te deixar sozinha por um tempo.

— Obrigada.

— Mas acho que você já ficou sozinha por tempo suficiente. As pessoas só podem ficar sozinhas até o momento em que começam a se convencer de que merecem ficar sozinhas. Confie em mim, eu sei. E você, Lucille Hope Palmer, não merece ficar sozinha.

Não trocamos mais nenhuma palavra, mas a sensação de plenitude era evidente ali. Se o mundo pudesse ver que nossos corações batiam como um só, então talvez as pessoas não fossem tão cruéis ao julgar nossa conexão.

— Esse é um primeiro encontro horrível. — Eu ri, o nervosismo fazendo a minha voz falhar.

Ele tirou um pacote de balas de alcaçuz do bolso do paletó e o estendeu a mim.

— Melhor? — perguntou.

Suspirei e fiz que sim com a cabeça, abrindo a embalagem.

— Melhor.

Estar ao lado de Graham sempre parecia a coisa certa a fazer. Era como estar em casa.

Nesse sentido, eu era diferente da minha mãe. Enquanto ela sempre queria voar para longe, meu coração desejava ficar ao lado de Graham.

Pela primeira vez, eu queria desesperadamente permanecer em terra firme.

Capítulo 27

Graham

— Você deveria ligar para ela — sugeri a Lucy enquanto ela perambulava pela casa, arrumando coisas para se manter ocupada. Ela e a irmã só conversavam sobre coisas relacionadas ao trabalho havia algum tempo, mas, aparentemente, elas tiveram uma grande discussão. Eu tinha certeza de que os motivos corroíam Lucy por dentro, mas ela fazia o possível para não falar sobre o assunto.

— Está tudo bem. Estamos bem — garantiu Lucy.

— Mentirosa.

Ela se virou para mim e levantou a sobrancelha.

— Você não tem um livro para terminar?

Sorri diante de sua impertinência.

Adorava essa faceta da personalidade dela.

Adorava tudo relacionado a ela.

— Só estou dizendo que você sente falta da sua irmã.

— Não é verdade — respondeu Lucy, sua expressão demonstrando o completo oposto de suas palavras. Ela mordeu o lábio inferior. — Acha que ela está feliz? Acho que não. Não importa. Não quero falar sobre isso.

— Lucil...

— Quero dizer, ele a abandonou nos piores dias da vida dela. Quem faz uma coisa dessas?! Deixa pra lá, a vida é dela. Cansei de falar sobre isso.

— Está bem.

— Quero dizer, ele é um monstro! E sequer é um monstro bonitinho! Eu odeio ele, e estou furiosa com Mari por ter preferido Parker a mim, a nós. E hoje é o primeiro aniversário da Talon, e Mari nem vai estar aqui! Não acredito que... Ah, merda! — gritou ela, correndo para a cozinha. Fui atrás de Lucy e vi quando ela tirou o bolo de chocolate, que estava bastante queimado, do forno. — Não, não, não. — Ela colocou o tabuleiro sobre o balcão.

— Respire — falei, parando atrás dela e pousando as mãos em seus ombros. Os olhos dela se encheram de lágrimas, e eu ri. — É só um bolo, Lucille. Está tudo bem.

— Não, não está — contestou ela, virando-se para olhar para mim. — Nós íamos fazer um mochilão pela Europa. Começamos a juntar o dinheiro quando ela ficou doente. Criamos um pote de vidro chamado "Pensamentos Negativos", e toda vez que pensávamos algo ruim sobre o diagnóstico dela ou toda vez que o medo nos dominava, colocávamos uma moeda no pote. Depois da primeira semana, o pote já estava cheio até a tampa, e nós começamos outro. Ela queria viajar logo depois do câncer ter entrado em remissão, mas eu estava com muito medo. Tinha receio de que ela não estivesse forte o suficiente, de que estivesse muito cedo, então a mantive em casa. Não viajamos porque eu não tinha coragem suficiente de entrar num avião com ela. — Engoli em seco. — E agora nós não estamos nos falando. Ela é a minha melhor amiga.

— Ela vai voltar a ser o que era.

— Eu a convidei para vir à festa de Talon. Isso foi o que começou a discussão.

— Por que isso foi um problema?

— Ela... — A voz de Lucy se desvaneceu, e ela respirou fundo. — Ela acha que isso é errado, você, eu e Talon. Acha que é esquisito.

— É esquisito, sim, mas não quer dizer que seja errado.

— Ela disse que você não é meu. Que não é meu para que eu te ame.

Antes que eu pudesse responder, a campainha tocou. Lucy se afastou de mim, pondo um sorriso forçado no rosto.

— Está tudo bem, sério. Só estou chateada porque queimei o bolo. Vou atender à porta.

Fiquei ali, olhando para o bolo por alguns minutos, e em seguida peguei uma faca para ver se conseguia salvá-lo raspando algumas partes que não estavam comestíveis. Lucy precisava de uma vitória naquele dia. Precisava de algo que a fizesse sorrir.

— Meu Deus. — Ouvi a voz de Lucy no outro cômodo. Parecia assustada, e quando cheguei à sala, soube exatamente o porquê.

— Jane — murmurei ao vê-la ali, parada na porta, segurando um urso de pelúcia e um presente na outra mão. — O que você está fazendo aqui?

Ela fez menção de falar algo, mas seus olhos se voltaram para Lucy.

— O que *você* está fazendo aqui? — perguntou, o veneno escorrendo de suas palavras. — Por que diabos você estaria aqui?

— Eu... — começou Lucy, mas eu sabia que ela estava muito abalada para conseguir falar alguma coisa.

— Jane, o que está fazendo aqui? — repeti a pergunta.

— Eu... — A voz dela saiu trêmula, assim como a de Lucy alguns minutos antes. — Queria ver a minha filha.

— Sua filha? — Bufei, espantado com a audácia que ela tinha de vir até a minha casa e usar aquelas palavras.

— Eu... Podemos conversar, Graham? — perguntou Jane. Seus olhos se voltaram para Lucy. — A sós?

— O que quer que você tenha a dizer pode ser falado na frente de Lucille.

O coração já magoado de Lucy estava tomando outra facada.

— Não, está tudo bem. Eu vou embora. Preciso resolver algumas coisas na floricultura. Só vou pegar o meu casaco.

Quando ela passou por mim, segurei o seu braço de leve.

— Você não precisa ir — sussurrei.

— Acho que é melhor vocês conversarem. Não quero causar mais problemas.

Ela segurou minha mão, apertou-a de leve, pegou o casaco e foi embora sem falar mais nada. A sala, de alguma forma, se encheu de escuridão.

— O que você quer, Jane? — perguntei quando ela entrou na casa.

— Já se passou um ano, Graham. Quero vê-la.

— O que faz você pensar que tem algum direito de vê-la? Você a abandonou.

— Eu estava assustada.

— Você foi egoísta.

Ela comprimiu os lábios e trocou o pé de apoio.

— Ainda assim, precisa deixar que eu a veja. Como mãe. Eu mereço isso, é o meu direito.

— Mãe? — resmunguei, com profundo desgosto.

Ser mãe não era apenas dar à luz. Ser mãe era levantar no meio da noite para amamentá-la. Era dormir ao lado do berço, preocupada, acordando o tempo todo, porque a filha estava doente. Ser mãe era saber que Talon odiava ursinhos de pelúcia. Era ter ficado ao lado dela.

Jane nunca foi mãe, nem por um minuto.

Ela era uma estranha para minha filha. Uma estranha em minha casa. Uma estranha para mim.

— Você precisa ir embora — eu disse, apreensivo com o fato de ela acreditar que podia voltar a fazer parte de nossas vidas depois de todo esse tempo.

— Você está dormindo com a Lucy? — indagou ela.

— Como é? — Senti a raiva se formando dentro de mim, subindo pela garganta. — Você abandonou sua filha há meses. Foi embora deixando só uma droga de bilhete. Não olhou para trás nem por um segundo, nem uma vez. E agora acha que tem o direito de me perguntar uma coisa dessas? Não, Jane. Você não pode me fazer perguntas.

Ela se empertigou, mas, apesar da postura firme e dos saltos altos, havia um leve tremor em sua voz.

— Não a quero perto da minha filha.

Fui até a porta e a abri.

— Adeus, Jane.

— Sou sua esposa, Graham. Talon não deveria ficar perto de alguém como Lucy. Ela não é uma boa influência. Eu mereço...

— *Nada!* — gritei, minha voz chegando a um nível de raiva, pânico e repugnância que eu desconhecia. — Você não merece nada. — Ela tinha passado dos limites ao usar a palavra "esposa". Havia extrapolado ao falar mal de Lucy, a única pessoa que ficou ao meu lado. E tinha cometido um grande erro ao se intrometer na criação da minha filha. — *Saia!* — gritei mais uma vez. Talon começou a chorar, e eu engoli em seco.

Eu tinha crescido em um lar com gritos, e essa era a última coisa que eu queria que minha filha testemunhasse.

Abaixei o tom de voz.

— Por favor, Jane. Vá embora.

Ela saiu da casa, a cabeça ainda erguida.

— Pense no que está prestes a fazer, Graham. Se bater essa porta na minha cara, isso significa que vamos começar uma briga. Haverá uma guerra aqui.

Sem precisar pensar duas vezes, respondi:

— Meus advogados vão entrar em contato com os seus.

E, com isso, bati a porta.

Capítulo 28

Lucy

— Lyric está de volta — falei, entrando apressada na Jardins de Monet, onde Mari arrumava a vitrine.

Ela olhou para mim de relance.

— É, eu sei.

— O quê? — perguntei, surpresa. — Quando soube?

— Eu a vi há uns dois dias. Ela deu uma passada lá em casa para conversar com o Parker. — O jeito como as palavras saíram tão facilmente da sua boca, de forma quase insensível, me deixaram confusa. Quem tinha levado a minha irmã embora, a pessoa mais importante do mundo para mim? Quem a havia mudado tanto?

O que tinha acontecido com a minha Mari?

— Por que você não me contou? — perguntei, o peito doendo quando o coração se despedaçou. — Você me viu ontem.

— Eu ia contar, mas nossa última conversa não foi das melhores. Você foi embora zangada — respondeu, pegando um vaso e levando-o à vitrine. — E o que importa ela estar de volta? A família dela está aqui, Lucy.

— Ela os abandonou. Abandonou a filha recém-nascida na UTI neonatal porque foi egoísta. Você não acha que é terrível da parte dela tentar voltar para a vida de Graham? Para a vida da Talon?

— Não temos que ter uma opinião sobre isso, Lucy. Não é da nossa conta.

Eu estava arrasada, e Mari agia como se não se importasse.

— Mas... — Ela respirou fundo e cruzou os braços, olhando na minha direção. — Temos que falar sobre negócios. Pensei que pudesse adiar as coisas por mais tempo, mas já que você está aqui, nós deveríamos conversar.

— Sobre o quê? — perguntei.

— Lyric está um pouco preocupada com o aumento nos gastos, e acho que ela está certa. Nós nos precipitamos ao contratar Chrissy. Não estamos lucrando o suficiente para isso.

— Por que você conversou com a Lyric sobre o funcionamento da nossa loja? — Vi minha irmã erguer a sobrancelha. — O que você não está me contando?

— Não surte — disse ela, o que, é óbvio, me fez surtar ainda mais. — Você se lembra de quando estávamos começando e não conseguíamos um empréstimo para completar o dinheiro de que precisávamos?

— Mari... você disse que tinha conseguido um empréstimo no banco. Você disse que, depois de meses tentando, finalmente tinha conseguido.

Ela continuou a falar, desviando o olhar do meu.

— Eu não sabia o que fazer. Você estava tão feliz e animada para seguir em frente depois que superei a doença que não tive coragem de contar a verdade. Você tinha desistido de muita coisa na vida por minha causa, e tudo o que eu queria era te dar a nossa loja.

— Você mentiu para mim sobre o empréstimo? Você pediu um empréstimo para a Lyric?

— Sinto muito, Lucy, de verdade. Com as despesas médicas e tudo o que estava se acumulando, eu sabia que não seria capaz de conseguir ajuda do banco...

— Então você agiu pelas minhas costas e pediu dinheiro a ela

— Você nunca me deixaria fazer isso se eu te contasse.

— É claro que não deixaria! Acha que ela deu o dinheiro por bondade? Mari, a Lyric sempre procurou uma forma de tirar vantagem de tudo. Ela só faz as coisas que vão trazer algum benefício a ela.

— Não — jurou Mari. — Ela fez isso por nós, para nos ajudar. Não havia qualquer compromisso.

— Até agora. — Pus as mãos na cintura. — Se você não tivesse pegado dinheiro com ela, se não tivesse dado a ela a oportunidade de exercer essa influência tão grande sobre o nosso negócio, isso não estaria sendo um problema, Mari. Agora ela está tentando dizer como administrar a nossa loja. Podíamos ter batalhado mais para conseguir esse empréstimo. E teríamos conseguido, mas agora ela quer arruinar tudo o que construímos, tudo porque você confiou naquela cobra. Você precisa desfazer esse acordo.

— Não — protestou ela, séria. — Eu estava conversando com o Parker sobre tudo isso, e ele acha...

Bufei.

— Por que eu me importaria com o que ele acha? Não é da conta dele.

— Ele é o meu marido. A opinião dele importa para mim.

— Não entendo o porquê. Ele te abandonou quando você mais precisou dele. Eu estava lá, lembra? Fui eu quem ficou lá, catando os caquinhos do seu coração quando ele te destruiu.

— E daí?

— E daí? — respondi, perplexa. — Isso significa que você deveria pelo menos confiar mais na minha opinião do que na dele.

Ela assentiu lentamente.

— Ele disse que você falaria isso.

— Como é?

— Ele disse que você usaria o câncer contra mim, que você me lembraria de que foi a única que ficou ao meu lado, que todos me abandonaram. Parker cometeu um erro, tá bom? E, levando em consideração os últimos meses da sua vida, você sabe o que é cometer um erro.

— Isso não é justo, Mari.

— Não, sabe o que não é justo? Jogar na minha cara todos os dias que você ficou ao meu lado. Ficar lembrando que foi você quem me ajudou durante o câncer toda vez que temos opiniões diferentes. Então vou ficar em débito com você para sempre? Não posso seguir em frente e viver a minha vida?

— Acha que trabalhar sob a influência de Lyric será viver a sua vida? Tudo isso só está acontecendo porque ela precisa ter controle sobre tudo.

— Não, tudo isso está acontecendo porque você transou com o marido da sua irmã.

— O quê? — sussurrei, chocada com as palavras da minha irmã, com a espontaneidade com que elas saíram de seus lábios. Permaneci ali, imóvel, por alguns segundos, atordoada, esperando que ela se desculpasse, esperando que seu olhar frio se tornasse mais suave, esperando que a minha irmã, minha melhor amiga, minha Florzinha voltasse para mim. — Retire o que disse — pedi com o tom de voz brando, mas ela se recusou.

Ela tinha sido envenenada pelo amor — o mesmo amor que uma vez a destruiu.

Eu me surpreendia ao ver como o amor podia machucar tanto.

— Olha, Parker acha... — Ela fez uma pausa e engoliu em seco. — Parker e eu achamos que não será ruim se a Lyric ajudar a administrar a loja. Ela é uma mulher de negócios. Conhece as leis e sabe o que fazer para que a floricultura cresça. Ela quer o melhor para nós, é nossa irmã.

— Ela é *sua* irmã — corrigi. — Ela é sua irmã, e essa loja agora é de vocês duas. Não quero ter mais nada a ver com isso. Não quero mais saber de vocês. Não precisa se incomodar em despedir Chrissy. Eu me demito.

Fui até os fundos, peguei os meus pertences e os coloquei em uma caixa de papelão. Quando voltei para a frente da loja, tirei minhas cópias das chaves do chaveiro e as coloquei sobre o balcão.

O olhar de Mari continuava frio, e eu sabia que ela permaneceria irredutível. Eu também não voltaria atrás, mas, antes de sair, eu precisava dizer umas últimas verdades — mesmo que ela achasse que eram mentiras.

— Eles vão decepcionar você, Mari. Vão se aproveitar da confiança que você tem neles e vão te magoar. No entanto, dessa vez, a escolha é sua. Você tem a liberdade de lidar com os demônios, mas, quando se queimar, não diga que não avisei.

— Sei o que estou fazendo, Lucy. Não sou idiota.

— Não — concordei. — Você não é idiota. Você só confia muito nas pessoas, o que é um milhão de vezes pior. — Contive as lágrimas que estavam prestes a cair. — Para a sua informação, nunca transei com ele. Eu o amo com todo o meu coração. Amo o modo como ele me ama em silêncio, mas nunca transamos, nenhuma vez, porque eu não podia suportar a ideia de fazer algo assim com a minha irmã. Mas agora eu vejo a verdade. Ser irmã não é uma questão de sangue. É uma questão de amor incondicional. Lyric nunca foi minha irmã e nunca será. — Tirei o cordão com o pingente em formato de coração e o coloquei nas mãos de Mari. — Mas você é o meu coração, Mari, e sei que sou o seu. Então, quando eles te magoarem, me procure. Vou catar os cacos do seu coração de novo e, quem sabe, você me ajuda a catar os cacos do meu também.

* * *

— Ei, por onde você andou? Tentei falar com você muitas vezes, mas caía direto na caixa postal — disse Graham quando cheguei à varanda da casa dele, exausta. Seus olhos estavam repletos de preocupação e culpa, e ele segurava Talon no colo. — Você está bem?

Fiz que sim com a cabeça e entrei no saguão.

— Fui até a Jardins de Monet e acabei tendo uma briga feia com a Mari. Resolvi correr para esfriar a cabeça e, quando meu celular ficou sem bateria, percebi que tinha deixado o carregador aqui e vim buscá-lo. Espero que esteja tudo bem.

Passei por ele, tentando esconder os sentimentos que transbordavam da minha alma.

— É claro que está tudo bem, eu só estava preocupado.

Graham continuou me observando, e fiz de tudo para não notar sua crescente apreensão quando me dirigi ao quarto de Talon para pegar o carregador.

Meu coração batia descontroladamente, e eu me esforçava para não desmoronar. Minha mente girava, pensando em tudo o que tinha acontecido na loja com Mari. Era como se a pessoa mais importante da minha vida estivesse sob efeito de drogas, como se ela tivesse simplesmente se transformado em uma marionete do ódio, apesar de ela dizer que era o amor que guiava suas decisões.

Era desolador ver sua melhor amiga a caminho da desilusão.

— Lucille — chamou Graham ao me seguir.

Pisquei.

Ah, Graham...

O conforto em sua voz suave tocou minha alma.

— Estou bem — eu disse, passando por ele com o carregador. Evitei olhá-lo nos olhos porque sabia que o contato visual me faria fraquejar, e eu não podia fazer isso. Talvez Mari estivesse certa. Talvez tudo o que eu sentia pelo homem que estava diante de mim fosse um erro.

Se ao menos o amor tivesse um cronograma e um manual de instruções...

Se fosse assim, eu teria me apaixonado por ele na hora certa. Se o amor viesse com um manual de instruções, Graham Russell teria o meu coração para sempre.

— Acho que vou ficar num hotel por algumas noites. Vai ser complicado continuar aqui, agora que a Lyric voltou. Vou pegar algumas coisas.

— Isso é ridículo — protestou ele. — Você vai ficar aqui. Essa é a sua casa.

Casa.

Se ele me conhecesse, saberia que, durante toda a minha vida, nunca tive uma casa, estive sempre me mudando. Nunca criei raízes em lugar algum, e quando chegava a hora de me mudar, não havia nada que eu pudesse fazer.

Mesmo que isso significasse deixar meu coração para trás.

— Não, está tudo bem, de verdade — insisti, ainda evitando o contato visual. Não queria desmoronar, não na frente de Graham. Eu esperaria até chegar ao hotel. *Sinta menos, Lucy. Sinta menos.*

Mas foi quase impossível manter minha determinação quando senti uma mãozinha puxar minha blusa.

— LuLu — disse Talon, fazendo com que eu me virasse na direção dela. Ela tinha o sorriso mais radiante e os olhos mais lindos. Ah, como seu sorriso fazia o meu coração bater... — LuLu — repetiu, querendo que eu a pegasse no colo.

Isso partiu meu coração, que eu tentava manter intacto com todas as minhas forças.

— Oi, querida. — Eu a peguei dos braços de Graham. Sabia que isso não era certo, sabia que ela não era minha, mas aquela garotinha havia me mudado mais do que eu poderia imaginar. Ela nunca olhava para mim para julgar os meus erros. Nunca tinha dado as costas para mim. Ela só amava, completa, incondicional e sinceramente.

Eu a abracei apertado. A ideia de que eu não acordaria mais todos os dias escutando os barulhinhos que ela fazia era um peso em minha alma. A ideia de que o ano que passei ao lado de Talon e Graham seria o último que passaríamos juntos era esmagadora.

Sim, Talon não era minha, mas eu era dela. Eu a amava com todo o meu ser. Eu faria tudo por ela e por seu pai.

Eu não conseguia mais lutar contra as lágrimas que insistiam em brotar de meus olhos. Não conseguia mudar a pessoa que sempre fui.

Eu era a garota que sentia tudo e, naquele momento, todo o meu mundo começou a desabar.

Chorei, as lágrimas molhando a camiseta de Talon enquanto ela continuava a balbuciar suas palavras. Fechei os olhos e deixei escapar um soluço, abraçada àquela linda alma.

Foi naquela casa que eu senti tudo pela primeira vez.

Senti como era ser feliz.

Como era ser amada.

Como era fazer parte de algo muito maior do que eu.

E agora, eu estava sendo forçada a partir.

Senti uma mão nas minhas costas e me sobressaltei com o toque de Graham. Ele estava atrás de mim, alto como um carvalho, e encostou os lábios na minha orelha. Quando as palavras saíram de sua boca e chegaram ao meu coração, lembrei exatamente por que ele era o homem que eu havia escolhido para amar. Quando Graham falou, suas palavras tornaram a minha alma para sempre dele.

— Se quiser desmoronar, estou aqui.

Capítulo 29

Graham

Jane voltou no dia seguinte como se tivesse o direito de aparecer quando bem entendesse. Ela certamente guardava uma carta na manga, e eu odiava não saber qual era. Odiava a inquietação que eu sentia por ela ter voltado à cidade.

Eu tinha certeza de que ela era capaz de qualquer coisa, mas o meu maior medo era que ela tentasse tirar Talon de mim. Se eu sabia algo sobre Jane era que ela era inteligente. E traiçoeira. Ninguém nunca sabia o que ela estava tramando, e isso me deixava com os nervos à flor da pele.

— Ela está aqui? — perguntou Jane ao pisar no saguão. Seus olhos percorreram o espaço, e revirei os olhos.

— Não.

— Ótimo.

— Levou a Talon para um passeio.

— O quê? — indagou ela, chocada. — Eu disse que não queria que Lucy ficasse perto da minha filha.

— E eu disse que você não tem o direito de opinar sobre isso. O que está fazendo aqui, Jane? O que você quer?

Houve um momento em que os olhos dela encontraram os meus. Ela não parecia em nada com a irmã. Não havia luz, apenas as íris escuras, sem qualquer emoção dentro delas. Mas a voz era a mais gentil que eu já havia ouvido.

— Quero a minha família de volta — sussurrou Jane. — Quero você e Talon de volta na minha vida.

Não podia acreditar na audácia dela. Jane achava que poderia simplesmente voltar para nossas vidas como se não tivesse desaparecido durante um ano.

— Isso não vai acontecer.

Ela cerrou os punhos.

— Vai, sim. Sei que cometi um erro, mas quero consertar isso. Quero estar aqui pelo resto da vida dela. Eu mereço isso.

— Você não merece nada. *Nada.* Eu esperava que não precisássemos ir à justiça, mas se é assim que você quer, é assim que vai ser. Não tenho medo de lutar pela minha filha.

— Não faça isso, Graham. Você realmente não quer fazer isso — alertou ela, mas eu não me importava. — Sou advogada.

— Então vou enfrentar você.

— E eu vou vencer. E vou tirá-la de você. Vou levá-la para longe desse lugar, para longe de Lucy.

— Por que você a odeia tanto? — explodi. — Ela é a melhor pessoa que já conheci.

— Então você precisa conhecer mais pessoas.

Eu sentia meu coração queimar só de pensar naquele monstro levando minha filha para longe de mim.

— Você não pode voltar e decidir que está pronta para ser mãe. Não é assim que funciona, e eu nunca vou deixar você fazer isso. Você não tem direito sobre ela, Jane. Você não é nada para ela. É só um ser humano que abandonou uma criança por razões egoístas. Você não tem argumentos para levar minha filha para longe de mim, mesmo sendo advogada.

— Eu posso fazer isso — disse ela, confiante, mas percebi sua raiva crescente. — Não vou ficar parada enquanto vejo minha filha se transformar na pessoa que Lucy é. — As palavras dela me enojavam. Eu odiava o jeito como ela falava, como se a irmã fosse um monstro. Como se Lucy não tivesse me salvado de mim mesmo. Como se ela não fosse nada além de um milagre.

— E quem é você para dizer quem pode ou não chegar perto de Talon? — perguntei, meu coração acelerado.

— Sou a mãe dela!

— E eu sou o pai!

— *Não, você não é!* — gritou, a voz falhando por conta da raiva.

Suas palavras ricochetearam pelas paredes e acertaram em cheio a minha alma. Foi como se uma bomba explodisse na sala de estar e abalasse todos os alicerces da minha vida.

— O quê? — perguntei, meus olhos semicerrados. — O que você acabou de dizer?

— O quê? — questionou ao mesmo tempo uma voz atrás de nós. Lucy estava perplexa, parada ali, com Talon no carrinho.

Jane permaneceu imóvel, exceto pelas mãos trêmulas. Quando seus olhos encontraram os de Talon, os ombros se encolheram, e eu vi o que aconteceu. Seu coração ficou devastado, mas eu não me importei. Nem por um momento eu me importei com a sua expressão de dor. Minha única preocupação era o fato de que ela estava tentando separar minha família de mim.

— Eu disse que você... — Ela engoliu em seco, baixando os olhos.

— Olhe para mim — ordenei, minha voz alta e severa. Ela levantou a cabeça e piscou uma vez antes de soltar um suspiro. — Agora repita.

— Você não é o pai dela.

Ela estava mentindo.

Ela era perversa.

Ela era suja.

Era o monstro que sempre pensei que eu seria.

— Como ousa vir até aqui com suas mentiras para tentar tirá-la de mim? — sussurrei, fazendo o possível para que eles não me dominassem. Minhas sombras, meus fantasmas, meus medos.

— Não é... — Ela fez uma careta e meneou a cabeça. — Eu... hã...

— Está na hora de você ir embora — eu disse, parecendo forte, escondendo o meu medo. Uma parte de mim acreditava nela. Eu tinha a sensação de que aquele pensamento sempre esteve em algum lugar no fundo da minha mente, e eu havia feito o possível para afugentá-lo. Mas outra parte de mim olhava para Talon e via semelhanças entre nós. Eu me via em seus olhos, em seu sorriso. Via o melhor de mim em sua alma. Ela era minha, e eu era dela.

— Você estava viajando para divulgar um livro — sussurrou ela, a voz trêmula. — Eu, hã, eu estava doente havia um bom tempo, e me lembro de ficar irritada porque você passou uma semana sem ligar para saber como eu estava.

Tentei me lembrar daquela época em busca de alguma pista. Talon era prematura. Pensei que Jane estivesse com trinta e uma semanas de gestação, mas ela estava com vinte e oito. Eu não havia registrado aquela informação. Talon era minha filha. Meu bebê. Meu coração. Não conseguia imaginar que isso não era verdade.

— Você estava gripada e ficava me ligando a todo instante.

— Eu só queria... — Ela fez uma pausa, hesitante, sem saber se deveria prosseguir. — Ele veio ver como eu estava.

— Quem é ele? — perguntou Lucy, em voz baixa.

Jane não respondeu, mas eu sabia exatamente de quem ela estava falando. Ela me contou a história diversas vezes. Ela sempre comentava o quanto ele era carinhoso, enquanto eu era frio. O quanto ele era gentil com todos. O quanto ajudava as pessoas que não conhecia e, de modo especial, aquelas que ele amava.

— Meu pai — eu disse, minha voz sumindo. Kent Theodore Russell, um homem, um pai, um herói.

Meu inferno pessoal.

Uma parte de mim ainda via semelhanças entre Talon e eu. Mas, ao olhar para ela, vi os olhos dele, o sorriso. Eu o via em sua alma. Ainda assim, ela não era dele, e ele não era dela.

Mas isso era o suficiente para destruir minha alma.

— Acho que você deveria ir embora — disse Lucy à irmã.

Jane se empertigou e fez que não com a cabeça.

— Se alguém deveria ir, esse alguém é você.

— Não — murmurei, sem saber como o meu coração ainda estava batendo. — Se alguém deveria ir, esse alguém é você, Jane. Agora.

Ela quis argumentar, mas percebeu o fogo dentro de mim. Naquele momento ela soube que, se desse mais um passo, eu a reduziria a cinzas. Então disse que voltaria depois e foi embora.

Quando ela se foi, fui até Talon e a peguei no colo. Como ela não poderia ser tudo para mim?

Ela era minha, e eu era dela.

Eu era dela, e ela era minha.

Ela havia me salvado.

Ela havia me dado algo pelo qual valia a pena viver, e agora Jane tinha voltado para arrancá-la de mim.

— Pode ficar com ela um pouco? — perguntei a Lucy, sentindo o mundo ruir ao meu redor. Ela se aproximou e a pegou do meu colo. Lucy pousou a mão em meu braço, mas eu me afastei.

— Fale comigo — pediu.

Fiz que não com a cabeça e saí sem dizer uma palavra. Fui para o escritório, fechei a porta e me sentei, encarando o cursor na tela do meu computador.

Eu o odiava. Odiava como ele ainda exercia controle sobre mim. Odiava o fato de ele ter conseguido destruir a minha vida, mesmo depois de morto.

Capítulo 30

Dia de Ação de Graças

— *Você deve ser a musa inspiradora do meu filho* — *disse Kent, entrando na casa de Graham quando ele estava prestes a sair para apresentar Jane ao professor Oliver.*

— *O que está fazendo aqui?* — *perguntou Graham com aspereza na voz e frieza no olhar.*

— *É dia de Ação de Graças, filho. Esperava que pudéssemos colocar a conversa em dia. Vi que o seu último livro ficou em primeiro lugar na lista dos mais vendidos, e ainda não comemoramos o sucesso dele.* — *Kent sorriu para Jane, que o fitava com os olhos arregalados, como se estivesse diante de uma lenda viva, não de um monstro.* — *Ele puxou ao pai.*

— *Não sou nada parecido com você* — *vociferou Graham.*

— *Não, você é um pouquinho mais mal-humorado* — *debochou Kent.*

Jane riu, e o som deixou Graham furioso. Ele achava desprezível o fato de todos rirem quando estavam perto de seu pai.

— *Estamos saindo para um jantar* — *disse Graham, desejando mais do que nunca que o pai fosse embora.*

— *Então serei breve. Escute, meu assessor de imprensa me perguntou se você poderia conceder uma entrevista para o ABC News comigo. Ele acha que seria ótimo para nossas carreiras.*

— *Não dou entrevistas, muito menos com você.*

Kent mordeu o lábio, e seus lábios se contorceram de leve. Era um sinal de que estava ficando irritado, mas, com o passar dos anos, ele havia aprendido a se controlar na presença de desconhecidos. Graham, no entanto, conhecia muito bem aquele olhar e também a raiva que fervilhava sob a aparência tranquila do pai.

— Pense nisso — disse o homem com uma leve rispidez, algo que passou despercebido para Jane. Kent se virou para ela e deu o sorriso que fazia todas as pessoas se encantarem por ele. — Qual é o seu nome, querida?

— Jane, e devo dizer que sou sua maior fã.

O sorriso de Kent se tornou ainda maior.

— Ainda mais fã do que é do meu filho?

Graham fez uma careta.

— Estamos de saída.

— Tudo bem, tudo bem. Mande um e-mail se mudar de ideia. E Jane... — Kent pegou a mão dela e a beijou. — Foi um prazer conhecer uma mulher tão bonita quanto você. Meu filho é um homem de sorte.

Jane ruborizou e agradeceu as palavras gentis.

Os olhos de Kent percorreram discretamente o corpo dela antes que ele se virasse para ir embora.

— Sei que tivemos momentos difíceis, Graham. Que as coisas nunca foram fáceis entre nós, mas quero consertar isso. Acho que essa entrevista pode ser o primeiro passo. Espero que, em breve, você permita que eu volte para a sua vida. Feliz Dia de Ação de Graças, filho.

Ele foi embora, deixando Graham e Jane parados na varanda.

— Ele parece adorável — comentou ela.

Graham franziu o cenho e seguiu em direção ao carro.

— Você não sabe nada sobre esse monstro. Só está caindo na armadilha dele.

Ela se apressou, tentando alcançar Graham, apesar dos saltos altos.

— Mesmo assim, ele foi gentil.

Ela não disse mais nada, mas Graham sabia o que ela estava pensando. Kent era gentil, engraçado e charmoso, o oposto do homem que Graham aparentava ser.

Kent irradiava luz, enquanto Graham vivia na escuridão.

Capítulo 31

Lucy

Ela o encurralou. Ao controlar o coração de Graham, ela não deu a ele uma chance real de escolher seu futuro. Graham não se conformou com a ideia de não ser o pai de Talon. Ele lutou o máximo que pôde e, quando fez o teste de paternidade, seu coração ainda tinha esperanças de que Lyric estivesse errada. Quando saiu o resultado, porém, vi a luz dentro dele se apagar.

Lyric apresentou a ele a grande escolha de sua vida, mas na verdade nem havia uma escolha a fazer: ele a aceitaria de volta e assim continuaria com a filha ou ficaria comigo e ela iria embora com Talon.

No dia em que ela disse isso, eu estava lá. Permaneci ao lado dele enquanto Jane ameaçava dilacerar o seu mundo. Ela tinha o controle sobre Graham, e eu sabia que só havia uma coisa que eu poderia fazer.

Eu precisava arrumar as malas e ir embora. E tinha certeza de que precisava fazer isso antes que Graham voltasse para casa. Ele tinha passado a tarde toda conversando com um advogado, e eu sabia que, se não fosse embora agora, as coisas só se tornariam mais difíceis para ele. Aquele homem não podia perder a filha; não podia perder sua alma.

Então, comecei a arrumar minhas coisas.

* * *

— O que está fazendo? — perguntou ele, a voz confusa.

— Graham. — Ao vê-lo parado na porta do banheiro, peguei uma toalha rapidamente e me enrolei nela. Seus olhos cor de café me observaram por um instante, e deixei escapar um suspiro. — Não sabia que tinha chegado.

— Vi suas coisas perto da porta.

— Sim.

— Você está indo embora — disse Graham, sem fôlego. Ele tinha feito a barba no dia anterior, mas ela já havia crescido um pouco. Seus lábios estavam contraídos, e ele cerrava os dentes, o que sempre deixava seu queixo quadrado e bem-delineado mais evidente.

— Acho que é o melhor a fazer.

— Acha mesmo? — Ele entrou no banheiro, fechando a porta. O barulho da água caindo foi o único som que ouvimos nos poucos segundos em que olhamos um para o outro.

— Sim, acho — respondi, sentindo um frio na barriga, meu coração batendo forte. Acompanhei com o olhar o movimento da mão de Graham, e notei quando ele trancou a porta. Seus passos em minha direção foram lentos, e um calor percorreu minha coluna. — Graham, por favor — implorei, embora não soubesse se eu implorava para que ele fosse embora ou para que ele ficasse.

— Preciso de você — sussurrou. Ele finalmente estava junto de mim, seu olhar fixo no meu, e, mesmo não tendo me tocado ainda, eu já podia sentir seu corpo. — Por favor. — Ele levantou o meu queixo e mordeu o lábio. — Não me deixe. — Suas mãos deslizaram até minha bunda e a agarraram por cima da toalha, e minha respiração acelerou. A boca de Graham deslizou pelo meu pescoço, e ele me ergueu, passando minhas pernas em torno de sua cintura e fazendo minha toalha cair. — Fique comigo. Por favor, Lucy, só fique comigo. — sussurrou ele em meio aos beijos.

Eu sabia como deveria ser difícil para ele pedir a alguém que não fosse embora. Mas também sabia os motivos pelas quais eu não poderia ficar.

Minha mente disparou quando Graham entrou na banheira, segurando-me junto dele, e senti a água do chuveiro em cheio sobre nós. Ele me pôs de pé, e seus lábios mordiscaram meu peito antes de encontrarem o mamilo e o sugarem com força. Meus sentidos ficaram enfraquecidos quando ele me empurrou contra a parede, suas roupas encharcadas grudando em sua pele.

— Gra... — Eu me sentia tonta, fraca, feliz, entorpecida. *Muito entorpecida...*

Graham acariciou meu peito. Logo suas mãos desceram pela minha barriga, e então ele deslizou um dedo dentro de mim com desejo, necessidade, aflição.

— Não me deixe, Lucille, por favor. Não posso te perder — sussurrou em meus lábios antes de começar a explorar minha boca com a língua. — Preciso de você mais do que imagina. *Preciso de você.*

Tudo acelerou. Seus movimentos, seus dedos, sua língua. Desabotoei sua calça jeans com urgência, e logo ela foi parar no fundo da banheira. Acariciei sua ereção por cima da cueca encharcada. Quando finalmente a tirei, ele retirou os dedos de dentro de mim e fixou os olhos nos meus.

Fizemos uma escolha que adicionaríamos à nossa lista de erros. Usamos nossos corpos para nos entorpecer. Nós nos perdemos um no outro, nós nos tocamos, gememos e imploramos. Ele me ergueu novamente e me apoiou na parede de azulejos. Gemi quando ele me penetrou, centímetro por centímetro, preenchendo-me com um calor indescritível. Ele beijava como um anjo e fazia amor como um pecador. Com a água caindo sobre nós, fiz uma prece silenciosa para que eu tivesse aquilo novamente: Graham e eu, para sempre. Meu coração dizia que eu o amaria eternamente, minha cabeça dizia que eu tinha apenas mais alguns minutos e que deveria aproveitar cada um deles, e minha intuição...

Minha intuição dizia que eu precisava ir embora.

Enquanto amava cada centímetro do meu corpo, Graham levou os lábios ao meu ouvido. Eu sentia sua respiração quente quando ele falou:

— Ar acima de mim... — Ele segurou um dos meus seios e beliscou o mamilo de leve. — Terra abaixo de mim...

— Graham — murmurei, atordoada, confusa, culpada e apaixonada.

Seus dedos se entrelaçaram aos fios do meu cabelo, e ele o puxou com suavidade, curvando um pouco o meu pescoço. Uma faísca disparou pela minha coluna.

— Fogo dentro de mim... — Ele continuou a se mover cada vez mais fundo e mais forte, controlando o ritmo, controlando seus desejos, controlando nosso amor. Ele me levou até a outra parede, e a água quente nos atingiu em cheio enquanto eu gemia o seu nome, e ele gemia as palavras em meu pescoço. — Água ao meu redor...

— Por favor — implorei, pairando no limite do nosso faz de conta, sentindo a proximidade do nosso último erro. Ele apoiou uma das mãos na parede, a outra ainda em volta da minha cintura. Seus braços eram firmes, e era possível ver cada músculo definido. Nossos olhares se encontraram, e meu corpo começou a tremer. Eu estava tão perto... tão perto do êxtase, do nosso adeus... — Por favor, Graham — murmurei, sem saber se estava implorando para que ele me deixasse ir ou para que me abraçasse ali para sempre.

A boca dele foi de encontro a minha, e ele me beijou com força, com mais força do que nunca, e eu podia dizer que, quando a sua língua tocou a minha, quando ele me beijou com suas mágoas e seu amor, ele também soube que estávamos perto de dizer adeus. Ele também tentou se agarrar ao torpor que escapava de nós.

Ele me beijou para dizer adeus, e eu o beijei para pedir por mais alguns segundos. Graham me beijou para me dar o seu amor, e eu o beijei para lhe dar o meu. Ele me beijou com a sua eternidade, e eu o beijei com a minha infinitude.

Logo depois de atingirmos o céu, chegamos ao fundo do poço. Mas não antes que o ar dele se tornasse a minha respiração. Não antes que ele se tornasse o meu chão. Suas chamas eram o meu fogo, sua sede era a minha água. E o seu espírito?

Seu espírito se tornou a minha alma.

Então nos preparamos para o adeus.

* * *

— Não pensei que seria tão difícil — sussurrei, ouvindo os passos de Graham atrás de mim quando entrei no quarto de Talon. Ela dormia tranquilamente. A ideia de que eu não estaria por perto para vê-la crescer fazia o meu peito doer mais do que nunca.

— Pode acordá-la — disse ele na porta.

— Não. Se eu vir os olhos dela, não serei capaz de partir. — Enxuguei algumas lágrimas e respirei fundo, tentando encarar Graham. Quando olhamos um para o outro, queríamos mais do que nunca ficar juntos, ser uma família, nos tornar um só.

Mas, às vezes, o que queríamos não era o que deveria acontecer.

— Seu táxi está aqui, mas eu ainda posso levar você ao aeroporto.

Finalmente eu havia tomado coragem de trocar todas as moedas dos potes de vidro que eu tinha juntado com o passar dos anos. Faria a viagem para a Europa com que Mari e eu sempre sonhamos. Eu tinha que ir para longe, o mais longe possível, porque sabia que, se o meu coração ainda estivesse no mesmo continente que o de Graham, eu acabaria voltando para ele.

— Não, está tudo bem. É mais fácil assim. — Coloquei meus dedos sobre os lábios, beijei-os e pousei-os na testa de Talon. — Eu te amo mais do que o vento ama as árvores, minha doce garotinha, e sempre estarei ao seu lado, mesmo quando você não puder me ver.

Graham se aproximou de mim como se fosse me abraçar, na tentativa de amenizar a minha tristeza, mas eu não podia permitir isso. Eu sabia que, se caísse em seus braços de novo, imploraria para que ele nunca me deixasse ir embora. Ele me ajudou a carregar as bagagens e a colocá-las no carro.

— Não vou dizer adeus — disse Graham, segurando as minhas mãos. Ele levou as palmas até seus lábios e as beijou gentilmente. — Eu me recuso a dizer adeus a você. — Ele me soltou e voltou para a varanda, mas, quando eu estava prestes a abrir a porta do táxi, ele me chamou. — Lucille, qual o segredo?

— O segredo?

— Do seu chá. Qual é o ingrediente secreto?

Sem que eu sentisse, meus pés me conduziram até ele, e Graham deu alguns passos na minha direção. No momento em que paramos diante um do outro, observei o castanho de seus olhos, um tom que talvez eu nunca mais visse novamente, e guardei aquela visão em meu coração. Eu me lembraria daqueles olhos o máximo que pudesse.

— Diga quais ingredientes você sabe que tem, e eu digo qual é o ingrediente que falta.

— Promete?

— Prometo.

Ele fechou os olhos e começou a falar.

— Canela, gengibre, limões frescos.

— Sim, sim, sim.

— Pimenta-de-caiena, açúcar, pimenta-preta.

— Aham.

— E extrato de hortelã.

Quando ele abriu os olhos, me encarou como se pudesse ver uma parte de mim que eu ainda precisava descobrir.

— Estão todos corretos.

Ele sorriu, e eu quase chorei, porque quando ele sorria, eu sempre me sentia em casa.

— Então, o que é?

Olhei em volta para ter certeza de que não havia ninguém ali que pudesse me escutar e me inclinei na direção dele, meus lábios deslizando por sua orelha.

— Tomilho — respondi. Dei um passo para trás e sorri. — Só um pouquinho de tomilho.

— Tomilho. — Ele assentiu lentamente e também deu um passo para trás.

— Desculpe, senhora, mas não posso esperar aqui o dia todo — disse o motorista do táxi.

Eu me virei para ele e fiz um gesto de assentimento antes me voltar novamente para Graham.

— Suas últimas palavras? — brinquei, o nervosismo revirando meu estômago.

Graham colocou uma mecha do meu cabelo atrás da orelha.

— Você é o melhor ser humano de todos.

Engoli em seco. Eu já sentia saudade dele. Já sentia sua falta, embora ele estivesse ali, na minha frente. Eu podia esticar a mão e tocá-lo, mas, por alguma razão, ele parecia cada vez mais distante.

— Um dia, você vai ficar feliz por não termos dado certo — prometi a ele. — Um dia, você vai acordar com Talon à sua esquerda e outra pessoa à sua direita, e vai perceber o quanto é feliz por nós não termos ficado juntos.

— Um dia, eu vou acordar, e você estará deitada ao meu lado — disse ele, sombrio.

Levei a mão ao seu rosto e aproximei meus lábios dos dele.

— Você é o melhor ser humano de todos. — Uma lágrima rolou pelo meu rosto, e eu o beijei bem devagar, demorando-me em sua boca antes de finalmente deixá-lo. — Eu te amo, Graham Bell.

— Eu te amo, Lucille.

Quando abri a porta do táxi e entrei, Graham me chamou uma última vez.

— Sim?

— Tempo — disse ele.

— Tempo?

— Dê tempo ao tempo.

Capítulo 32

Graham

Naquela noite, acordei de um sonho para viver um pesadelo.

O lado esquerdo da minha cama estava vazio, e Lucy estava num avião, indo para longe de mim. Quando o táxi estacionou na frente de casa, precisei reunir todas as forças para não implorar a ela que ficasse. Precisei me esforçar muito para não fraquejar. Se ela tivesse ficado, eu nunca mais a deixaria partir. Teria começado do zero, teria aprendido a amá-la ainda mais, estaria agora andando nas nuvens. Mas eu sabia que ela não podia ficar. Ela não podia. Na situação atual, não havia como mantê-la por perto e dar todo o amor que ela merecia.

Ela era a minha liberdade, mas eu era a sua prisão.

Continuei deitado na cama, sentindo um aperto no peito, angustiado, e quase desmoronei ali mesmo. Quase deixei que meu coração se tornasse duro novamente, como era antes de Lucy entrar em minha vida. Mas uma linda garotinha começou a chorar, e eu fui até ela. Assim que cheguei, Talon pediu colo e imediatamente ficou quieta.

— Oi, meu amor — sussurrei ao abraçá-la, apoiando a cabeça dela em meu peito.

Fomos para o meu quarto e nos deitamos. Em questão de minutos, ela voltou a dormir. Sua respiração era tranquila, e ela roncava bem baixinho quando a abracei novamente.

Foi nesse momento que lembrei por que desmoronar não era uma opção, por que eu não podia me permitir afundar na solidão — eu não estava sozinho. Eu tinha a mais bela razão para seguir em frente.

Talon era a minha salvadora, e eu tinha prometido a mim mesmo ser um bom pai. Qualquer homem podia ter filhos. Mas somente um homem de verdade podia exercer o papel de pai. E eu devia isso a ela. Minha garotinha merecia que eu fosse dela por inteiro.

Quando ela se agarrou à minha camisa e encontrou conforto em seus sonhos, eu me permiti descansar também.

Eu me surpreendia com o amor.

Eu me surpreendia ao perceber como o meu coração podia estar tão devastado e, ao mesmo tempo, tão completo.

Naquela noite, meus piores pesadelos e meus sonhos mais bonitos se misturaram, e eu abracei minha filha como um lembrete do motivo pela qual eu precisava levantar todas as manhãs, assim como o sol.

***

Jane voltou para casa na semana seguinte e acomodou-se em um lar que não lhe oferecia mais amor. Logo começou a agir como se soubesse o que estava fazendo, e todas as vezes que ela pegava Talon no colo, eu estremecia.

— Talvez nós três pudéssemos sair para jantar, Graham — disse ela ao desfazer as malas no meu quarto. Não me importava com o fato de ela querer dormir ali; eu ficaria no quarto da minha filha. — Pode ser bom para nós retomarmos nossa relação.

— Não.

Ela olhou para mim, perplexa.

— O quê?

— Eu disse que não.

— Graham...

— Só quero deixar algumas coisas bem claras aqui, Jane. Eu não escolhi você. Não quero nada com você. Pode morar na minha casa, pode segurar a minha filha no colo, mas você precisa entender que não há uma célula do meu corpo que queira *você*. — Cerrei os punhos e franzi o cenho. — Eu escolhi Talon. Escolhi minha filha. Vou escolhê-la sempre pelo resto da vida porque ela é tudo para mim. Então, vamos parar de fingir que seremos felizes. Você não é o último parágrafo da minha história. Você é simplesmente um capítulo que eu gostaria de ter deletado.

Dei as costas e me afastei dela, deixando-a aturdida, mas eu não me importava. Passaria o máximo de tempo possível com a minha filha.

Um dia, de alguma maneira, Lucy voltaria para nós.

Porque ela sempre seria o último parágrafo da minha história.

* * *

— Você não deveria estar aqui — disse Mari quando entrei na Jardins de Monet.

Tirei o chapéu e assenti.

— Eu sei.

— Você deveria mesmo ir embora. Não me sinto confortável com a sua presença.

Fiz que sim com a cabeça mais uma vez.

— Eu sei. — Mas continuei ali, porque, às vezes, a coisa mais corajosa a fazer era ficar. — Ele te ama?

— Como é?

— Perguntei se ele te ama. Você o ama? — Segurei o chapéu contra o peito.

— Olha...

— Ele faz você rir tanto que a sua barriga chega a doer? Quantas piadas internas vocês têm? Ele tenta mudar você ou tenta inspirá-la? Você é boa o suficiente para ele? Ele faz com que você se sinta merecedora do amor dele? Ele é bom o suficiente para você? Você, às vezes, deita na cama ao lado dele e se pergunta por que ainda está lá? — Fiz uma pausa. — Você sente falta dela? Ela te fazia rir a ponto de a barriga doer? Quantas piadas internas vocês tinham? Ela tentou mudar você ou inspirá-la? Você foi boa o suficiente para ela? Ela fazia com que você se sentisse merecedora de seu amor? Ela era boa o suficiente para você? Você, às vezes, se deita na cama e se pergunta por que ela teve que partir?

Durante as minhas perguntas, o corpo de Mari começou a tremer. Ela tentou dizer algo, mas não conseguiu. Então eu continuei a falar.

— Estar com alguém com quem você não deveria estar por medo de ficar sozinha não vale a pena. Juro, você vai passar a vida toda se sentindo mais sozinha com ele do que sem ele. O amor não afasta as coisas. O amor não sufoca. Ele faz o mundo florescer. Ela me ensinou isso. Ela me ensinou o que é o amor, e tenho certeza de que fez o mesmo com você também.

— Graham... — disse Mari suavemente, com lágrimas nos olhos.

— Nunca amei a sua irmã mais velha. Estive entorpecido por anos, e Jane foi somente uma forma que encontrei de me manter assim. Ela também nunca me amou, mas Lucille... ela é tudo para mim. Ela é tudo de que eu precisava e muito mais do que mereço. Sei que talvez você não consiga entender isso, mas eu lutaria pelo coração dela pelo resto da vida, lutaria para ver seus lábios voltarem a sorrir. Então, estou aqui na sua loja, nesse exato momento, Mari, perguntando se você o ama. Se Parker é tudo o que você sabe que o amor pode ser, fique com ele. Se ele é a sua Lucille, então não saia do lado dele nem por um segundo. Mas se ele não é... Se ainda há um pedacinho da sua alma que duvida de que ele seja o homem da sua vida, *corra*. Preciso que você corra para a sua irmã. Que você lute comigo pela única pessoa que sempre ficou ao nosso lado sem querer nada em troca. Não posso estar com ela agora, e ela está com o coração partido do outro lado do mundo. Então, esse sou eu, indo à luta por ela. Esse sou eu, implorando para que você a escolha. Ela precisa de você, Mari, e eu acho que o seu coração também precisa dela.

— Eu... — Mari começou a chorar e cobriu o rosto com as mãos. — As coisas que disse a ela... o modo como eu a tratei...

— Está tudo bem.

— Não está — disse ela, fazendo que não com a cabeça. — Ela era a minha melhor amiga, e eu a deixei de lado, não levei seus sentimentos em consideração. Escolhi os outros em vez dela.

— Você cometeu um erro.

— Foi uma escolha, e ela nunca vai me perdoar.

— Mari, é da Lucille que estamos falando. Perdão é tudo o que ela conhece. Sei onde ela está agora. Eu vou ajudar você a chegar lá, e assim você poderá fazer o que for preciso para ter a sua melhor amiga de volta. Eu cuidarei de todos os detalhes. Tudo o que você precisa fazer é correr.

Capítulo 33

Lucy

Os jardins de Monet em Giverny eram mais bonitos do que eu havia imaginado. Eu passava o tempo caminhando pelo lugar, respirando as flores e apreciando a vista. Naqueles jardins, eu me encontrei de novo. Estar cercada por tanta beleza me lembrava dos olhos de Talon, do sorriso torto de Graham, da nossa casa.

Ao andar por um caminho pavimentado de pedras, sorri para algumas pessoas que visitavam os jardins. Às vezes, eu imaginava de onde elas vinham. O que tinha acontecido para que estivessem ali no mesmo momento? Qual era a história delas? Elas já haviam amado? O amor as havia consumido? Elas tinham sido abandonadas?

— Docinho.

Senti um aperto no peito ao ouvir aquela palavra e reconhecer aquela voz. Eu me virei, e meu coração teve um sobressalto quando vi Mari. Eu queria ir até ela, mas meus pés não se moveram. Meu corpo não me obedeceu. Então continuei imóvel, assim como minha irmã.

— Eu... — começou Mari com a voz entrecortada. Ela segurava um envelope junto ao peito com força e fez uma nova tentativa. — Ele me disse que você estaria aqui. Que você visitava esse lugar todos os dias. Só não sabia o horário. — Permaneci em silêncio. As lágrimas brotaram nos olhos de Mari, e ela fez o possível para se manter firme. — Sinto muito, Lucy. Sinto muito por ter perdido a cabeça. Por ter afastado você. Só quero que saiba que terminei tudo com o Parker. Uma noite, eu estava deitada ao lado dele na cama, e ele me abraçava bem apertado.

Ele me mantinha bem junto de si, mas eu tinha a sensação de que não deveria estar ali. Toda vez que ele dizia que me amava, eu me sentia cada vez menos eu mesma. Estive tão cega para a verdade que deixei que o medo me guiasse de volta para os braços de um homem que não me merecia. Estava tão preocupada em ser amada que nem me importei se eu correspondia ao sentimento. E, então, eu afastei você, a pessoa que tem sido a única constante na minha vida, e não consigo acreditar que te magoei daquele jeito. Você é a minha melhor amiga, Lucy, você é o meu coração, e eu sinto muito, sinto muito. Eu...

Ela não teve tempo de dizer mais nada antes que eu a puxasse para perto de mim e a abraçasse. Ela chorou copiosamente no meu ombro.

— Sinto muito, Lucy. Sinto muito por tudo.

— Shhh — sussurrei, abraçando-a ainda mais forte. — Você não tem ideia de como é bom te ver, Florzinha.

Ela suspirou, o alívio percorrendo o corpo.

— Você não tem ideia de como é bom te ver, Docinho.

Depois de algum tempo para nos recuperarmos, caminhamos por uma das muitas pontes dos jardins e nos sentamos. Ela me entregou o envelope.

— Ele me pediu que entregasse isso. E disse que eu não deveria deixá-la sair dos jardins antes de ler cada página.

— O que é?

— Não sei — respondeu ela, levantando-se. — Mas fui instruída a dar um tempo para que você leia. Vou explorar o lugar e encontro você aqui quando terminar.

— Tudo bem.

Abri o envelope, e dentro dele havia um manuscrito com o título *A história de G. M. Russell*. Inspirei fundo: a autobiografia dele.

— Ah, e Lucy? — chamou Mari, fazendo-me erguer os olhos das páginas. — Eu estava errada sobre ele. O modo como ele te ama é inspirador. E o jeito como você o ama é de tirar o fôlego. Se um dia eu tiver a sorte de sentir pelo menos um quarto do que vocês sentem um pelo outro, vou morrer feliz.

Quando ela se afastou, respirei fundo e comecei a ler o primeiro capítulo.

Cada um deles fluía sem dificuldade. Cada frase era importante. Cada palavra era necessária.

Eu li a história de um cara que se tornou um monstro e que, aos poucos, havia aprendido a amar de novo.

Então cheguei ao último capítulo.

O casamento

As palmas das mãos dele suavam enquanto sua irmã, Karla, ajeitava sua gravata. Ele nunca imaginou que poderia ficar tão nervoso ao tomar a melhor decisão de sua vida. Ele também nunca imaginou que um dia se apaixonaria por ela.

Uma mulher que sentia tudo.

Uma mulher que havia mostrado a ele o que era viver, respirar, amar.

Uma mulher que tinha se tornado a sua força nos momentos mais sombrios.

Havia algo romântico no modo como ela encarava o mundo, como ela dançava na ponta dos pés e ria sem se importar de parecer ridícula. Havia algo muito verdadeiro em seu olhar e em seu sorriso.

Aqueles olhos.

Ah, ele poderia fitar aqueles olhos pelo resto da vida.

Aqueles lábios.

Ele poderia beijar aqueles lábios pelo resto dos seus dias.

— Você está feliz, Graham? — perguntou Mary, sua mãe, ao entrar no cômodo para ver os olhos do filho brilhando de animação.

Pela primeira vez na vida, a resposta veio sem dificuldade.

— Sim, estou.

— Está pronto?

— Estou.

Ela deu o braço a ele, e Karla fez o mesmo do outro lado.

— Então vamos lá buscar a garota.

Ele seguiu pelo corredor principal até o altar, e ali esperou que sua eternidade se juntasse a ele. Mas primeiro, vinha a filha.

Talon caminhou pelo corredor em seu lindo vestido branco, rodopiando e jogando pétalas de rosas pelo caminho. Seu anjo, sua luz, sua salvadora. Quando chegou ao altar, correu até o pai e o abraçou bem apertado. Ele a pegou no colo, e os dois esperaram. Esperaram que ela se juntasse a eles. Que aqueles olhos encontrassem os deles. Quando isso acontecesse, Graham certamente ficaria sem fôlego.

Ela estava linda, mas isso não era surpresa. Tudo nela era deslumbrante, real, forte e gentil. Vê-la caminhando em direção a ele, em direção à nova vida deles, fez com que algo mudasse dentro de Graham. Naquele momento, ele prometeu dar tudo de si a ela, até mesmo as rachaduras em seu coração. Afinal, era por elas que a luz entrava.

Quando finalmente ficaram diante um do outro, os dois entrelaçaram as mãos como se fossem um só. Quando chegou a hora, ele pronunciou as palavras que havia sonhado em dizer.

— Eu, Graham Michael Russell, te recebo, Lucille Hope Palmer, como minha esposa. Prometo tudo a você: meu passado conturbado, meu presente cheio de cicatrizes e o meu futuro. Sou seu antes de ser meu. Você é minha luz, meu amor, meu destino. Ar acima de mim, terra abaixo de mim, fogo dentro de mim, água ao meu redor. Eu te dou toda a minha alma. Eu me entrego inteiramente a você.

Então, com todos os clichês possíveis, eles viveram felizes para sempre.

Fim

* * *

Fiquei um tempo ali, olhando aquelas palavras, emocionada.

— Ele escreveu um final feliz — sussurrei para mim mesma, perplexa. Graham nunca tinha escrito um final feliz.

Até me conhecer.

Até nós ficarmos juntos.

Até agora.

Eu me levantei da ponte e corri para encontrar minha irmã.

— Mari, precisamos voltar.

Ela deu um grande sorriso e fez que sim com a cabeça.

— Esperava que você dissesse isso. — Ela tirou do pescoço o cordão com o pingente em forma de coração que minha mãe havia me dado e o colocou em mim. — Agora vamos. Vamos para casa.

Capítulo 34

Lucy

Quando cheguei à varanda da casa de Graham, meu coração batia forte. Não fazia ideia do que encontraria do outro lado da porta, mas sabia que, o que quer que fosse, não me faria fugir. Eu ia ficar. Eu ia ficar para sempre.

Bati na porta algumas vezes e toquei a campainha. Então, esperei. Esperei.

E esperei mais um pouco.

Quando girei a maçaneta, fiquei surpresa por encontrar a porta aberta.

— Olá? — chamei.

A sala estava escura, e ficou óbvio que Graham não estava em casa. Ouvi alguns passos e fiquei tensa. Lyric vinha saindo apressada do quarto, carregando duas malas. Ela não notou minha presença de imediato, mas, quando finalmente ergueu os olhos e me viu, havia pânico neles.

— Lucy — disse ela, ofegante. Os cabelos estavam bagunçados, parecidos com os de nossa mãe, e os olhos, injetados. Eu sabia que não devia sentir pena dela. Sabia que não tinha nada a dizer ou qualquer conforto a oferecer.

Mas os olhos dela, o peso em seus ombros...

Às vezes, as pessoas mais desagradáveis eram aquelas que acabavam mais destruídas.

— Você está bem? — perguntei.

Ela sorriu com desdém, e vi uma lágrima cair.

— Como se você se importasse...

— Por que você acha que eu te odeio? — perguntei abruptamente. — Por que você me odeia, afinal?

Ela se empertigou.

— Não sei do que você está falando.

— É claro que sabe, Lyric. Não sei por que, mas parece que você sempre teve um problema comigo, e isso ficou mais grave depois que a nossa mãe faleceu. Nunca entendi a razão. Eu sempre admirei você. — Ela bufou, sem acreditar em mim. — De verdade.

Minha irmã abriu a boca para dizer algo, mas hesitou. Depois de um momento, disse:

— Ela te amava mais, tá bem? Ela sempre te amou mais.

— O quê? Isso é ridículo. Ela amava nós três da mesma maneira.

— Não, isso não é verdade. Você era o coração dela. Ela sempre falava de você, de como você era livre, do quanto era inteligente, do quanto era incrível. Você era a luz da vida dela.

— Lyric, ela te amava.

— Eu guardava mágoa de você. Eu me ressentia de ver o quanto ela te amava, e então eu volto para cá e Graham te ama também. Todo mundo sempre te amou, Lucy, e eu sempre fui deixada de lado, sem amor.

— Eu te amei, Lyric — eu disse, compadecendo-me do sofrimento na voz dela.

Lyric riu, sem acreditar.

— Sabe qual foi a última coisa que ela me disse quando estava no leito de morte e eu segurava a sua mão?

— O que ela disse?

— *Vá chamar sua irmã. Eu quero a Lucy.*

Imaginei o quanto aquelas palavras deviam ter deixado minha irmã arrasada. Ela nunca foi capaz de se recuperar daquilo.

— Lyric... — comecei, mas ela fez que não com a cabeça.

— Para mim já chega. Não aguento mais. Não se preocupe, pode ter a sua vida. Eu não pertenço a esse lugar. Esse não é o meu lar.

— Você está indo embora? — perguntei, confusa. — Graham sabe que você está indo?

— Não.

— Lyric, você não pode simplesmente ir embora de novo.

— Por quê? Já fiz isso antes. Além do mais, ele não me quer aqui, e eu também não quero ficar.

— Mas você poderia pelo menos deixar um bilhete, como fez da última vez — interveio Graham, o que nos fez virar na direção dele. Quando nossos olhares se encontraram, meu coração se lembrou de como era estar vivo.

— Não achei que fosse necessário — retrucou ela, pegando as malas.

— Tudo bem, mas antes de você ir, espere aqui — disse Graham, vindo até mim com Talon nos braços. — Lucille — sussurrou, os olhos repletos da mesma gentileza que eu tinha visto havia alguns meses.

— Graham Bell — respondi.

— Pode pegar Talon no colo por um instante?

— Sempre.

Ele foi até o escritório e, quando voltou, trazia alguns papéis e uma caneta.

— O que é isso? — perguntou Lyric quando ele os entregou a ela.

— Os papéis do divórcio e documentos legais me garantindo a guarda total de Talon. Você não pode fugir de novo sem resolver essas coisas, Jane. Não pode ir embora e me deixar preocupado com a possibilidade de você tirar a minha filha de mim.

A voz dele era severa, mas não havia ressentimento nela. Era direta, mas não fria.

Ela entreabriu os lábios, como se fosse argumentar, mas, quando encarou Graham, percebeu a intensidade de seu olhar. Os olhos dele sempre diziam tudo o que as pessoas precisavam saber. Estava claro que ele nunca seria dela, e Lyric finalmente se deu conta de que nunca quis ficar com ele de verdade. Ela assentiu.

— Vou deixá-los assinados em seu escritório — disse ela, entrando na casa.

Quando Lyric ficou fora do nosso campo de visão, Graham deixou escapar um suspiro profundo.

— Você está bem? — perguntei.

Ele me beijou para dizer que sim.

— Você voltou para mim — sussurrou ele, os lábios contra os meus.

— Eu sempre vou voltar.

— Não — disse ele com firmeza. — Só não vá embora de novo.

Quando Lyric voltou à sala, anunciou que os papéis estavam assinados e que não seria mais um problema. Antes que ela saísse pela porta, eu a chamei.

— As últimas palavras que a nossa mãe disse foram: "Cuide da Lyric e da Mari. Cuide de suas irmãs. Cuide da minha Lyric, cuide bem da minha filha, minha canção favorita." Você foi o último pensamento dela. O último suspiro, a última palavra.

Lyric assentiu, emocionada, agradecendo pela paz que só eu podia ter trazido à sua alma. Se eu soubesse o quanto isso pesava sobre o coração dela, teria dito muitos anos antes.

— Deixei um presente para Talon — disse ela. — Achei que seria melhor para ela do que foi para mim. Está na cabeceira da cama. — Sem dizer mais nada, Lyric desapareceu.

Quando chegamos ao quarto de Talon, levei a mão ao coração ao ver o presente que ela havia deixado para a filha: a caixinha de música com a bailarina que nossa mãe tinha dado a ela. Havia um bilhete em cima, e as lágrimas rolaram pelo meu rosto quando li as palavras que estavam escritas no papel.

Dance sempre, Talon.

Capítulo 35

Lucy

Quando o Natal chegou, Graham, Talon e eu tivemos três comemorações. O dia começou com nós três abraçados e tomando café no quintal junto da árvore de Ollie. Todos os dias, Graham visitava aquela árvore e se sentava para conversar com o seu melhor amigo, seu pai. Falava sobre como Talon estava crescendo, sobre seu próprio crescimento pessoal e sobre nós. Eu ficava contente com isso, com essa conexão. Era como se, de alguma maneira, Ollie vivesse para sempre.

Era lindo ver a árvore dele crescendo dia e noite.

À tarde, fomos para a casa de Mary passar o dia com a família dela. Minha irmã se juntou a nós, e ficamos ali, rindo, chorando e compartilhando recordações. O primeiro Natal sem um ente querido era sempre mais difícil, mas quando estávamos cercados de amor, as feridas doíam um pouco menos.

À noite, Graham, Talon e eu pegamos o carro e fomos passar o restante do tempo com a árvore da minha mãe. Mari disse que nos encontraria lá algumas horas depois. Durante a viagem até a cabana, baixei os olhos e vi minhas mãos entrelaçadas às de Graham. Meu ar, meu fogo, minha água, minha terra, minha alma.

Eu nunca soube que um amor poderia ser tão verdadeiro.

— Vamos fazer isso, não é? — sussurrei, olhando de relance para Talon, que dormia no banco de trás. — Vamos continuar apaixonados para sempre?

— Para sempre — prometeu ele, beijando a palma da minha mão.

— Para sempre.

Quando chegamos à cabana, tudo estava coberto pela neve. Graham saiu do carro e foi direto para a árvore, carregando Talon em seu bebê conforto.

— Graham, devíamos entrar. Está frio.

— Acho que a gente deveria pelo menos dizer oi — disse ele, olhando para a árvore. — Pode acender as luzes? Estou preocupado com a possibilidade de colocar o bebê conforto da Talon no chão e ela começar a chorar no escuro.

— É claro — falei, andando apressada, sentindo o ar frio. Quando liguei o interruptor, virei-me para a árvore e senti um aperto no peito ao ver que as luzes formavam as palavras que mudariam minha vida para sempre.

Quer casar com a gente?

— Graham — sussurrei, trêmula, virando-me lentamente na direção dele. Quando o vi, ele estava ajoelhado, segurando um anel.

— Eu te amo, Lucy — disse ele, pela primeira vez sem me chamar de Lucille. — Amo o modo como você se entrega, se importa com as pessoas, o modo como você sorri. Amo o seu coração e a forma como ele bate pelo mundo. Antes de você, eu estava perdido e, por sua causa, encontrei meu caminho de volta para casa. Você é a razão pela qual eu acredito no futuro. É a razão pela qual acredito no amor, e minha intenção é nunca mais sair do seu lado. Case comigo. Case com a Talon. Case com a gente.

Não consegui conter as lágrimas. Eu me ajoelhei diante dele e o abracei bem apertado, sussurrando o meu sim várias vezes, a palavra saindo dos meus lábios e indo diretamente ao encontro da alma dele.

Ele colocou o anel no meu dedo e, ao me abraçar novamente, senti meu coração bater ainda mais acelerado. Meu maior sonho tinha finalmente se tornado realidade.

Eu estava, enfim, criando raízes em um lar acolhedor, cheio de amor.

— Esse é nosso final feliz? — perguntei suavemente, encostando meus lábios nos dele.

— Não, meu amor, esse é só o nosso primeiro capítulo.

Quando ele me beijou, eu podia jurar que, na escuridão da noite, havia sentido o calor do sol.

Epílogo

Graham

Seis anos depois

— E ele era o seu melhor amigo, papai? — perguntou Talon enquanto me ajudava com o jardim. Estávamos escolhendo pimentões verdes e tomates para preparar o jantar daquela noite, o sol do fim de tarde ainda tocando o nosso rosto.

— Meu grande amigo — eu disse a ela, com o joelho afundado na terra. Os girassóis que plantamos havia alguns meses estavam tão altos quanto minha filha. Toda vez que o vento soprava sobre nós, as flores que Lucy havia plantado iluminavam os nossos sentidos.

— Pode me contar a história dele de novo? — perguntou ela, colocando a pá no chão e escolhendo um pimentão verde. Ela o mordeu como se fosse uma maçã, assim como a mãe fazia. Sempre que eu procurava por elas dentro de casa e não as encontrava, elas estavam no quintal comendo pepinos, pimentões e ruibarbos.

A terra é boa para a alma, Lucy sempre dizia.

— De novo? — perguntei, arqueando a sobrancelha. — Não contei a história ontem à noite, antes de você dormir?

— *Maktub* — respondeu ela, com um sorriso astuto. — Quer dizer que tudo está escrito. Ou seja, está escrito que você deve contar a história de novo.

Eu ri.

— Então é assim? — perguntei, andando até ela e pegando-a nos braços.

— Sim! — exclamou Talon, dando risadinhas.

— Muito bem, já que tudo está escrito...

Levei-a até a árvore do professor Oliver, onde três cadeiras estavam enfileiradas. Duas de tamanho normal e uma infantil de plástico. Coloquei Talon na cadeira dela e me sentei ao seu lado.

— Tudo começou quando eu estava na faculdade e tirei uma nota horrível no meu primeiro trabalho.

Contei a ela a história de como o professor Oliver entrou na minha vida e de como ele plantou uma semente em meu coração, uma semente que acabou se tornando amor. Ele era o meu melhor amigo, meu pai, minha família. Talon adorava essa história. O jeito que ela sorria ao me escutar com atenção sempre me enchia de amor. Ela era uma ouvinte como Lucy; escutava com o coração e com um brilho nos olhos.

Quando terminei a história, ela se levantou, como fazia todas as vezes, caminhou até a árvore e deu um abraço apertado em seu tronco.

— Eu te amo, vovô Ollie — sussurrou ela, dando um beijo na casca da árvore.

— Outra vez? — perguntou Lucy ao entrar no jardim, referindo-se à história do professor Oliver. Ela veio até nós, sentindo o peso da gravidez avançada, e, ao se sentar na cadeira, suspirou como se tivesse acabado de correr uma maratona.

— Outra vez. — Sorri, antes de me inclinar para dar um beijo em seus lábios e, em seguida, na barriga.

— Como foi o seu cochilo, mamãe? — perguntou Talon, cheia de energia. Era incrível vê-la crescer, correndo animada de um lado para o outro. Anos atrás, ela quase cabia na palma da minha mão. Naquela época, eu não tinha certeza se ela sobreviveria, e agora ela era a personificação da vida.

— Foi bom — respondeu Lucy, bocejando, ainda cansada.

Qualquer dia desses, nossas noites de sono se tornariam ainda mais curtas.

Nunca estive tão animado e preparado em toda a minha vida.

— Você precisa de alguma coisa? — perguntei. — Água? Suco? Cinco pizzas?

Ela sorriu e fechou os olhos.

— Só um pouquinho de sol.

Nós três ficamos sentados no jardim por algumas horas, absorvendo os últimos raios de sol. Era maravilhoso estar cercado pela minha família.

Família.

De alguma maneira, acabei construindo uma família. Nunca tinha imaginado que poderia ser assim, feliz. As duas garotas sentadas ao meu lado eram tudo para mim, e o menininho que chegaria em breve já fazia o meu coração bater mais forte.

Quando chegou a hora de preparar o jantar, ajudei Lucy a se levantar da cadeira, e no minuto em que ela se pôs de pé, nós dois ficamos paralisados por um instante.

— Mamãe, por que você fez xixi nas calças? — perguntou Talon, olhando para Lucy.

Ergui a sobrancelha, dando-me conta do que tinha acabado de acontecer.

— Hospital? — perguntei.

— Hospital — respondeu ela.

Tudo foi diferente dessa vez. Meu filho chegou ao mundo com três quilos e setecentos gramas, gritando, permitindo que todos nós conhecêssemos a força de seus pulmões.

Às vezes eu olhava para trás, lembrava-me dos segundos mais felizes da minha vida e me perguntava como um homem como eu se tornou tão abençoado. Houve o dia em que Talon teve alta da UTI neonatal. A primeira vez que o professor Oliver me chamou de filho. A primeira vez que Lucy disse que me amava. O momento em que Talon se tornou oficialmente nossa filha adotiva. O dia do meu casamento. E agora também havia o instante em que eu segurei no colo o meu lindo filho pela primeira vez.

Oliver James Russell.

Ollie para os íntimos.

Voltamos para casa um dia depois que Ollie nasceu, e antes de Talon ir para cama naquela noite, ela foi até o irmãozinho, que dormia nos braços de Lucy, e beijou a testa dele.

— Eu te amo, bebê Ollie — sussurrou ela, e meu coração pareceu inflar no peito. Ele parecia se tornar cada dia maior, cercado por meus amores.

Levei Talon para o quarto dela, ciente de que, no meio da noite, ela iria para a nossa cama, dormiria entre a mãe e eu. Eu dava as boas-vindas a ela todas as noites com um beijo e um abraço, porque sabia que chegaria um dia em que ela não faria mais isso. Sabia que chegaria o dia em que ela seria muito velha e muito descolada para ficar perto dos pais. Então, toda vez que ela entrava em nosso quarto, eu a abraçava apertado e agradecia ao universo por minha filha me mostrar como era o amor verdadeiro.

Depois que coloquei Talon para dormir, voltei para o quarto de Ollie, onde Lucy estava quase caindo no sono ao embalar o bebê na cadeira de balanço. Tirei-o dos braços dela e o coloquei no berço, dando um beijo em sua testa.

— Hora de dormir — sussurrei para a minha esposa, beijando seu rosto e ajudando-a a levantar.

— Hora de dormir — murmurou ela, bocejando, enquanto eu a ajudava a chegar ao nosso quarto. Depois de puxar as cobertas e ajeitá-la na cama, deitei ao lado dela e a abracei bem apertado.

Ela roçou os lábios no meu pescoço ao se aconchegar em mim.

— Feliz?

Beijei-a na testa.

— Sim, muito feliz — respondi.

— Eu te amo, meu Graham Bell — disse ela bem baixinho, segundos antes de adormecer.

— Eu te amo, minha Lucille — eu disse, beijando-a na testa.

Enquanto estávamos deitados naquela noite, pensei em nossa história. Em como ela havia me encontrado quando eu estava perdido, em como ela havia me salvado quando eu mais precisei dela. Em como ela me ensinou a parar de afastar as pessoas e me provou que o amor verdadeiro não era algo saído dos contos de fadas, que demandava tempo. Que precisava de esforço e comunicação. O amor verdadeiro só crescia se fosse cultivado, regado, se tivesse luz.

Lucille Hope Russell era a minha história de amor, e eu havia prometido a mim mesmo que seria dela para o resto da vida.

Afinal de contas, *maktub* — estava escrito.

Estávamos destinados a viver felizes para sempre, com nossos corações flutuando junto às estrelas e nossos pés fixos em terra firme.

Agradecimentos

Escrever este romance foi muito difícil para mim, e muitas pessoas me ajudaram a terminá-lo. No entanto, houve uma pessoa que realmente me ouviu quando eu desmoronei e me ajudou a juntar os cacos para escrever este livro. Ela passou horas conversando comigo ao telefone e, quando excluí setenta mil palavras, ela segurou a minha mão e me disse que eu poderia recomeçar e fazer ainda melhor. Staci Brillhart, você foi a minha rocha durante este trabalho. Você manteve meus pés no chão quando eu queria flutuar e foi um anjo para mim. Não sei como tive a sorte de encontrar alguém como você, tão paciente e atenciosa, sempre presente em minha vida. Agradeço do fundo do meu coração por você segurar a minha mão e ouvir meu choro. Estarei sempre aqui se precisar de mim, minha amiga. Dia e noite. Você é a razão pela qual eu acredito na bondade do mundo.

Para Kandi Steiner e Danielle Allen — duas mulheres que deixam meu coração nas nuvens. Vocês duas são a definição de força, de encanto e de lealdade. Obrigada por lerem partes desse livro, ouvirem meus medos e, ainda assim, me amarem do mesmo jeito. Vocês são as duas melhores coisas que esse mundo dos livros me proporcionou. Não tenho palavras para dizer o quanto adoro vocês, meus amores!

Para o meu grupo de mulheres que incentivam e torcem pelo sucesso umas das outras: quanta sorte eu tenho por conhecer tanta beleza!

Para Samantha Crockett: você é a minha melhor amiga. Obrigada pelos memes de encorajamento que me ajudaram com esse livro. Obrigada pelas viagens a Chicago para esfriar a cabeça. E obrigada por ser minha grande amiga. Sou abençoada por conhecer você e te amo com todas as forças. Mesmo você gostando de ervilhas.

Para Talon, Maria, Allison, Tera, Alison, Christy, Tammy e Beverly, meu grupo favorito de *beta readers*. Obrigada por me desafiarem e não deixarem que minhas palavras passassem apenas com um "ok". Todas vocês deixam as minhas histórias mais fortes, e suas vozes estão me ajudando a encontrar a minha própria voz. "Obrigada" não é o suficiente, mas já que vocês não estão lendo essa parte de antemão, não podem me dizer como melhorar, haha!

Um grande, grande agradecimento às minhas editoras, Ellie, da Love N Books, e Caitlin, da Editing by C. Marie. Obrigada por acreditarem nas minhas palavras confusas e por lapidarem-nas até que brilhassem. Ah, e obrigada por lidarem comigo quando eu dizia: "ESPERA! DEIXA EU ACRESCENTAR ISSO!" Céus, eu sou irritante.

Virginia, Emily e Alison — as melhores revisoras do mundo. Por pegarem os pequenos detalhes e as vírgulas irritantes que eu uso em excesso: obrigada por me ajudarem a consertar esses erros esquisitos. Eu diria que faria melhor na próxima vez, mas temo que isso seja uma mentira.

Para Staci Brillhart NOVAMENTE, que criou essa capa maravilhosa e também descobriu a foto extraordinária. (SÉRIO, ELA É PERFEITA!) Obrigada! Obrigada a Arron Dunworth, o fotógrafo incrível, e a Stuart Reardon, o estonteante e maravilhoso modelo da capa.

Para a minha família e amigos, que de alguma maneira ainda gostam de mim, embora eu more basicamente em uma caverna feita de palavras durante boa parte da vida. Obrigada por compreenderem que, às vezes, eu paro no meio da conversa e vou até o meu caderno para anotar ideias aleatórias. Obrigada por compreenderem que, às vezes, eu repito as mesmas músicas quando estou escrevendo certas cenas. E obrigada por me amarem mesmo nos dias (tá bom, semanas) em que não arrumo minha cama ou faço maquiagem. Viver com uma escritora zumbi deve ser estranho, mas, ainda assim, todos vocês me amam. Esquisitões.

E, finalmente, para vocês. E vocês. E vocês. Obrigada por lerem esse livro. Obrigada por me darem uma chance. Sem vocês, leitores e blogueiros, eu seria apenas uma garota com um sonho e um romance não lido. Vocês mudaram a minha vida. Obrigada por me incentivarem a ser melhor a cada romance. Por estarem por perto quando eu mais precisava. Obrigada por todas as mensagens que, às vezes, eu demoro semanas para responder (mas juro que leio todas). Por amarem a palavra escrita e reservarem um tempo para abrir os meus livros. Amarei vocês para sempre. Vocês são as minhas Lucilles do mundo. São o meu coração. As pessoas mais importantes de todas.

Maktub.

Este livro foi composto na tipografia Palatino
LT Std, em corpo 11/16, e impresso em
papel off-white no Sistema Cameron da
Divisão Gráfica da Distribuidora Record.